漫娱图书
SINCE BOOKS

池焰

著

CONTENTS

C H I Y A N

第 01 章
CHAPTER ONE

对门新搬来了一个男生。

他是个大学生，在此独居。每周一早上，池瑶都会在电梯里碰到他，已经好几次了。

他们从不打招呼，即使偶尔眼神交流一瞬，也会很快避开，转而各自低头看手机。

对池瑶而言，她并没有和邻里套近乎的习惯。

不像她妈池女士，好像和所有人的关系都不错，逢人便聊。就算是在菜市场遇到陌生人，只要眼神一对上，池女士都能自然而然地露出笑容："出来买菜啊？"

池瑶从小就对池女士的社交能力很是钦佩，她就没继承到这点，更多的时候，她只是游离在边界外，远远地观察着身边的人和事。

比如这个住她对门的大学生，她便留心观察过。男生比穿高跟鞋的她还要高出一个头，五官没仔细看过，只知他面相白净，气质出众，属于在校园里应该很受欢迎的类型。

值得一提的是，他的鞋子周周不重样。

这让池瑶每回在电梯前遇到他，视线都会不自主地向下移。

但仅限于此。

两人真正有所交集，是在他搬过来两个月后，某一个周六的晚上。

张一铭是池女士顺着表姑那边的线给池瑶寻来的相亲对象。

池瑶与他吃过一次饭，张一铭本人和相片上相差无几，他戴着眼镜，一副斯文的模样，就在她小区后边的 A 大当老师。他说话虽一板一眼，但比起池瑶先前相亲过的几个，要好上不少。

所以这次张一铭提出第二次邀约时，池瑶没有拒绝。

吃饭的地点就在小区附近的一家餐厅，距离得近，池瑶不紧不慢地化着妆，想了想还是穿了裙子。对张一铭，她谈不上喜欢，但如果可以堵住池女士的口，试试也不是不行。

换鞋的时候，池瑶顺手开了门。一个弯腰的工夫，她听到对面传来开门的动静，下意识抬头，不期和人撞了视线。

两人皆是一愣，随后，池瑶却见男生目光闪躲，匆忙转头时耳根上染了可疑的红。

她穿好鞋，垂眸一看，便知他在耳赤什么劲儿。裙子是荡领设计，直接看倒是看不出什么，俯身却极易走光。她眨眨眼，没当回事，在她看来对方还是学生，实在不能让她脸红地展开想象。

把门关上，电梯还没来。

两人一左一右站着。

池瑶抱着手臂神游太空，眼神飘着飘着，又看向身边人的鞋子。

他又换鞋了。

应该是要去打球，他穿了身篮球服，四肢修长，精瘦有力，周身散发着年轻的气息。

池瑶都有些忘记自己在校园生活时的模样了。

电梯门适时打开，池瑶走进去，眼风扫过男生挡在门边的手，不由得看了他一眼。

他按下一层。

池瑶微仰起头，发现他的站姿不同于电梯外的闲适松散，在这个密闭的空间里，他整个人都变得拘谨起来。

从肌肉的紧绷程度就能看出，这果然是个小男生。

池瑶没忍住，轻笑了一声，但很快，又低头调整过来。

于是错过了男生的侧目。

池瑶准时到达餐厅，没想到张一铭比她来得还要早。

她放下包："你什么时候来的？"

"也没多久。"

张一铭的目光落在池瑶的脸上，她的发丝蓬松浓密，五官清淡明丽，看人的眼神不抵深处，点到即止，不笑时总带着一股傲气，冷冰冰的，但笑起来又很美，是很耐看的长相。

他说："你今天很漂亮。"

池瑶笑了笑，唇红齿白："谢谢。"

这家餐厅她常来，知道有什么招牌菜，问过张一铭的意见后，她很快下好单。

上回见面，多是张一铭在说自己，今天他难得掌握了话题主动权，问了不少池瑶的事。

池瑶上学时主修精神科，毕业后进了本市最大的一家专科医院，但也就听着好听罢了。前几年她的资历尚浅，过了好久的"清贫"日子，借着家里帮持，直到今年手头才宽裕些许。

结果好不容易能放松一点，池女士又紧赶慢赶地替她张罗起了相亲。

原因无他，她给池女士列举了太多找医生作对象的弊端，所以池女

士早早便歇了让她和同事发展的心思。可偏偏池瑶的生活太过简单，医院公寓两点一线，想让池瑶脱单，就只能靠她这个当妈的出马了。

张一铭是池瑶见过的第四个相亲对象。

饭后，张一铭坦言，自己对池瑶的感觉很好。

他问：“池瑶，你觉得我怎么样？”

两人从餐厅出来，沿着大路散步，很快走进A大校园。

十月的夜，校园里的人还不少，皆是三三两两地结伴走。再往里走，便是一整排被网住的篮球场，有人在打篮球，白灯明晃晃地照着，鞋底摩擦橡胶地的声音，在这会儿竟也不算刺耳。

池瑶出神地看了一会儿，听到张一铭问自己，她思忖着回道：“你人挺好的。”

张一铭挑眉：“我这是被发了好人卡？”

池瑶莞尔：“我可没那么说。”

“只是，”她顿了顿，尽量委婉地说，“目前我们对彼此都还不太了解……可能你眼里的我和真实的我，会有出入。”

“那不正好？一眼就看透，多没意思。”

池瑶睨了他一眼，发觉今晚的他比上次要主动不少。

她挽了头发到耳后：“慢慢来吧。”

规规矩矩的答复，不算接受也不算拒绝，张一铭没有操之过急，轻轻“嗯”了一声。

这时，旁边的篮球场突然传来几声异口同声的“老师”。

是冲着自己这边来的，池瑶先扫了篮球场一眼，然后看向张一铭。

张一铭的神情微凝，有些尴尬地朝那头抬了抬手，算是打过招呼。

有胆大的学生看到他俩站在一起，还不嫌事大地扬声道：“老师，

女朋友吗？好漂亮哦！”

张一铭没有急着向他们否认，而是摸了摸后颈，和池瑶解释：“大三的学生，平时没大没小惯了，你别介意。”

池瑶了然地点头，再度回头望过去。

篮球场的夜灯下，她的视线直直穿过球网落在某人身上。

那人目光如炬，赫然也在看她。

池瑶淡淡地问：“那个穿白色球服的男生，叫什么？”

“嗯？”

张一铭扶着眼镜看过去，微微眯起眼：“那是江焰。”

说完，张一铭才反应过来，他神色古怪地看向池瑶：“怎么问起他？”

“哦，他也住我那小区。”

不知出于什么心理，池瑶没有说出具体位置。

就在刚才，张一铭还以为她是像学校里那些小姑娘一样被江焰那副皮囊吸引了去——这样的情况简直不要太多。现在知道只是巧合，他好歹松了口气。没办法，像江焰这样的男生，在异性群体中确实吃香。

不过看池瑶浑不在意的态度，应该是不怎么看脸的，他想。

幸亏池瑶不知道张一铭给自己贴了个不看脸的标签，若是知道，指不定会笑出声。因为她远比他想的要肤浅。在认识一个人之前，她更习惯用最直白的观感去决定要不要继续深入了解。

在看人这一块，她非常挑剔。江焰是好，甚至比她所以为的标准还要高出不少。

只一点，他还小。

所以不在她的考虑范围内。

池瑶的弟弟池承就和他一般大，想想池承在家里作威作福成那样，

池瑶对比自己小的男生，唯有敬谢不敏。

回到公寓，池瑶倒在沙发上玩手机，没多久池女士打电话过来，问她和张一铭约会结果如何。相亲就这点不好，她和对方做什么，都尽在池女士的掌握之中。也许后面关系再亲密些可以杜绝这个现象，但她还没想好要不要继续。

从挑剔的层面看，张一铭的打扮偏板正，普通的衬衫，过长的西裤，总让她想起自己年轻时的舅舅。更巧的是，她舅舅也是老师。

“还行。”她说。

“还行？还行那就先处着，没准后面就还不错了。”

池瑶听到她那头电视的背景音：“这么晚还看电视，你也不怕我爸说你。”

“他出差去了。噢，对了，你弟是不是又谈恋爱了？”

池瑶一顿：“我怎么知道。”

“你是他姐姐啊。”

“……大概吧，他很少和我说这些。”

“你们姐弟两个，要么不想谈，要么一直谈，真是没一个让我省心的。”

池瑶：……

挂了电话，池瑶放空了两分钟，门外对面密码锁解锁的动静适时响起，她回过神来。

是江焰回来了。

池瑶起身把裙子脱了，换上家居服去浴室卸妆，边卸边想，江焰是不是也和池承一样，谈了一个又一个。这个年纪的男生，尤其还是长得又帅又高的，大多很早就有过感情经历。

池承就是这样。那天他回家都是哼着歌的，走路飘飘然，想让人不注意都难。

当然，池瑶之所以知道，还是因为当天她去池承房间拿东西时看到了他随手一放的安全套盒子。

呵，小兔崽子。

A 大对学生住宿没有什么硬性要求，江焰现在住的房子是托人找的，是一套两居室，一人住有些大，入住两个月有余，屋里还空荡荡的。

洗完澡，他从冰箱里取了瓶冰水，径直回房。最近他在老师那儿接了个私活，不大不小的模型，时间还算宽裕，弄了一礼拜，今天就差个收尾。

结束已是深夜，没吹过的头发早就干透了，江焰随手往后一拨，喝完最后一口水，他仰头靠在椅背上看天花板。

房间里没开灯，只有显示屏发出幽蓝的光。

静谧中，他突然想起站在张一铭旁边的池瑶。他们走后，球场上对两人的八卦并没有跟着结束。大家都很好奇张一铭是什么时候找的对象。

当时他听了听，有些不爽地否认："不是。"

"不是什么？"

"不是对象。"

"你怎么知道？"

"我没瞎。"

……

是，他们一看就不是很熟，哪怕走在一起，相处的磁场也透露着一股疏离。

可还是不爽。

初秋的天，她穿得很少，吊带裙外只有一件单薄的开衫。

是因为约会吗？那她和张一铭又是怎么认识的？

江焰回想起他俩少有的几次碰头，恰巧都是在她去上班的时候，她几乎没有穿过裙子，永远的牛仔长裤和防晒衣装扮，全副武装，似乎生

怕自己在外边晒到一丁点太阳。

所以她是为了张一铭穿的裙子。那裙子绸缎材质，设计的褶皱在暗处反射出浅浅的闪光，层层叠叠看着繁复，腰线收得极美。

她的长发又浓又密，衬得锁骨那处的肌肤雪白，是真的好看。

江焰垂眸，感到身上有些躁动与热意。接着他往门口看去，视线穿墙越门，仿佛池瑶就在他眼前。

周一池瑶起得晚，来不及烤面包，头发也没扎就出了门。

和往常一样，她又遇到了江焰。

但这一回，和前面几回比起来，却有了细微的不同。

因为池瑶出门的时候正好赶上电梯门合上。她一时失声，也忘了去按电梯，眼见江焰的脸快要消失在自己面前，电梯门突然又开了。

池瑶吁了口气，她住的楼层高，这一来一回的话还得耽搁几分钟，她抬眸扫了里头的人一眼："谢谢。"

这算是两人第一次这么近距离且正面的打交道。

池瑶记得前天在篮球场，因为离得远，她看男生时只觉有股模糊的清冷感。这会儿离近了，发现他脸形偏短，五官紧凑得恰到好处，透着一股少年的稚气，眉眼要相对凌厉些，但并不违和。

他似乎"嗯"了一声，她听不仔细，不是很确定，只得收回视线，在一旁站定。

不想他再度开口："你今天起晚了。"

池瑶：……

池瑶是慢热的性子。

刚到医院时，一起的实习生都以为她很高傲，因为平时她总是微抬下巴，脊背如同嵌了钢筋一般直，话少，眼神也冷。有那么一段时间，

实习生们都不知道该怎么和她交流。

确切来说，每一个刚认识池瑶的，或者是不认识她的，对她的第一印象多为难以接近。

事实上，她只是懒于社交，喜欢习惯性地摆臭脸。

池瑶将江焰这次的主动归结于两人上次在篮球场的对视。怎么说她现在也知道了他的名字，又低头不见抬头见的，总归不算是完全陌生了。在脑子里过了一遍池女士热情的模样，她露出浅笑，然后把话题抛回去："是啊，你今天也起挺晚的。"

她是随口一说，江焰听了却是肩膀微僵。

他想起自己昨晚做的事，此时竟有些不敢看她，慢了半拍才应："嗯。"

两人没了话。

好在没下几层，就又有人进了电梯。

池瑶终于放松下来，也不明白一个男孩而已，自己为什么要紧张。

踩着点到了科室交班，池瑶跟着主任查房。

这些天收了几个新病患，其中两个都是躁狂症，不服从管理，很能闹腾，动不动就摔东西。前天病房里一个小护士就被砸破了头。池瑶最头痛新入院的，就算见多了，也没法完全淡然处之。

例行检查结束，池瑶一回办公室，姚敏敏就凑过来问她相亲相得怎么样了。

姚敏敏和池瑶的关系不错。当初两人一起进的医院，姚敏敏一开始觉得池瑶心比天高，还有些瞧不上她，后来接触了几回，这才摘掉自己的有色眼镜。

她知道池瑶和张一铭这是第二次见面，池瑶对她也没有什么好瞒，直说了："估计悬。"

"为什么？"姚敏敏睁大了眼睛，"不是说各方面都及格了吗？"

“及格是够搪塞我妈了，可我看着不来电啊，没那感觉。”

“那是有点问题……”

池瑶耸耸肩。

姚敏敏说：“我一朋友周六生日，要不你和我一块儿去？人多热闹嘛。”

池瑶好一段时间没和姚敏敏出去玩了，加上周末正好休假，她点头：“行。”

姚敏敏朋友的生日办在钟湖区一家有名的俱乐部，叫“Sunday”。

很巧，早几年池瑶曾去过。

那时也是参加某人的生日。

因为就在池瑶家附近，姚敏敏干脆过来找她吃晚饭，等时间到了再一起过去。

饭后，姚敏敏从冰箱里摸出了瓶茶饮，问道：“你不是说隔壁搬来了个小朋友吗？要不要叫他一块儿去玩？”

姚敏敏说一出是一出，池瑶习以为常，她对着镜子描眉，嘴巴微张，话也含糊：“我和人家说的话总共不超过三句，你还是收了你的心思吧。”

“谁让你跟我说他很帅……搞得我特别好奇他到底长什么样。”

“两只眼睛一张嘴，就提示到这里，剩下的你自己慢慢想。”

姚敏敏嗤了她一声，倒没再纠结这个问题了。

这次的寿星池瑶也不算陌生，今年夏天才和他一块儿去过芭蕉音乐节，他是个有趣的人，可惜刚失恋。进包厢前姚敏敏就叮嘱池瑶千万谨慎说话，毕竟失恋的人总是很脆弱。

但寿星远比池瑶想得要坦然得多，酒水喝过一巡，他主动问池瑶，失恋后如何才能走出去。

池瑶反问：“这是让我加班吗？”

他很大方：“我给钱就好了嘛！”

池瑶扑哧笑了：“那你们是因为什么分手的？”

“她嫌我小。”

池瑶看他一眼。他一愣，连忙补充：“年纪，年纪。”

池瑶：……

姐弟恋？池瑶脑海中闪过什么，一瞬即逝，快得她抓不住。

她说：“过了今天你都二十七了，她还嫌你小？”

“她比我大五岁。”

五岁的年龄差说大不大，说小不小。在一段感情里，年龄的差距是最不足为奇的。虽然池瑶对姐弟恋敬而远之，但并不代表她否定这一群体。之所以抗拒更多的是因为她不愿意再投入更多的精力和时间去奔赴一段很有可能没有结果的感情。

要么别开始，要么别后悔。至少当下是这样。

如果两人分手的理由是因为年龄，那只能说他们不够合适。

解铃还须系铃人，池瑶也没真当工作来处理，只是站在朋友角度尽量委婉地安慰了他几句。

这时，姚敏敏走过来，冲她打了个眼色，两人走到相对安静的阳台透气。玻璃门一关，隔断了包厢里的喧闹，秋风放肆，吹得池瑶长发乱飞，她随手束起，胳膊肘撑着雕栏，酒后积攒的那点醺醺然就这么被吹散了三分。

姚敏敏拿着手机发了条消息，熄屏时脸上笑意尚存，她问：“和他说什么呢？”

“鸡汤。”池瑶说。

姚敏敏会心一笑：“昨天我已经在电话里和他说过一通了，他现在就是不甘在作祟，逮谁都要问上两嘴，别理他。”

“寿星最大嘛。”

姚敏敏却话锋一转：“话说你有没有想过找个比自己小的试试？”

“别了，麻烦。”

“不试试怎么知道？”姚敏敏杵她手臂，语气戏谑，“住你对面那个男大学生？”

池瑶哭笑不得：“拜托，他和池承差不多大。”

“那又怎么样？我看我们家池承就挺好的。”

姚敏敏三观跟着五官走，只见池承几次就被他那副皮囊蒙骗，典型的食色动物。

“在你面前是不错，但我和他一起长大，他什么德行我不清楚？”

“又不是每个人都长了池承那张脸。”

“……男大学生可能比池承还要过分一点。”

姚敏敏吃惊，愈发好奇：“这么过分你都不动心？”

池瑶垂首，想起江焰的脸。稀奇的是，仅仅几面之缘，她原以为自己对对方的印象还不够深刻，可这会儿想起来，脑海中却能清晰地勾勒出他面部的轮廓。

对着那张脸，她很难不带偏见。

池瑶无意识地摸了摸耳垂，说：“看面相，那位男大学生的感情史肯定比我丰富，我还是别轻易尝试了。”

姚敏敏轻笑之余，手机又在震。她低头回复信息，池瑶贴心地移开目光，扭头看向另一边。却在隔壁斑驳的竹影中看到微弱的光，那是从手机里发出来的白光。

这家俱乐部背靠钟湖，像顶层这样的大包间都配有独立的阳台，方便观景，为了兼顾美观和私密性，以青竹作隔，还体贴地没有设置壁灯，仅凭楼下环湖大道的路灯照明。然而八层够高，路灯的光照不上来，照明效果微乎其微。

最开始出来的时候眼睛还没适应，池瑶并没有注意到隔壁有人。

她甚至不知道对方在那里站了多久。

回想刚才和姚敏敏的对话，多少有些私密。明明她和某位男大学生根本不算认识，聊及此不过是随口调侃两句，偏偏她多嘴揣测，倒显得自作多情了。池瑶的表情管理向来不错，情绪鲜少会失控外露，然而这次她都没有看到对方的脸，却意外地有一种被人抓包的错觉，竟有些脸红。

而且，她能感受到，对方正在看她们这边。

那注视说不上来的熟悉，带着窥探的侵略性。池瑶不确定自己是不是职业病作怪，等姚敏敏回完消息，她说："有点冷，进去吧。"

推开隔音的茶黑色玻璃，风与声色交汇。

池瑶忍不住又往隔壁看了一眼。

那边已经没人了。

会在这里看到陈楚然是池瑶想不到的。

彼时姚敏敏说有人在一楼打赌，赌台球，让她一起去观战。

等去了她才知道打球的是陈楚然。姚敏敏后她一步认出陈楚然，咂舌间看向她："什么狗屎运。"

蓢城不小，能在出来消遣的时候偶遇前任的概率何其低，但池瑶却觉得正常。

毕竟陈楚然当初就曾带她来过这里参加朋友的生日聚会。

她看了下战况，陈楚然的球技一直很不错，目前他掌杆，已经赢了一局。

但对手也不弱。

池瑶将视线从球桌上移开，看向陈楚然的对手，却是微怔。

这是她今晚第二次失神。

一个小时前才调侃过的男大学生近在咫尺。

陈楚然的长相无疑是优越的，有阅历加持，他如今已没了当年的生涩，

取而代之的是内敛的沉稳，不显山不露水，只恰到好处地给人看到他想让人看到的东西。

可池瑶太了解他，也看得太清他此时正端着的那股劲。

比起他，对面的江焰要显得松弛得多。

他完全外放，将自己的特性毫无避讳地显露，透着年轻的野和莽，却真实得让人挪不开眼。

很快，姚敏敏也注意到了江焰，她一下握紧池瑶的胳膊："小帅哥！"

池瑶怕她失态，没有告诉她这就是自己的邻居，而是问道："赌吗？"

"啊？"姚敏敏不太确定地看她，"押哪边？"

就当下分析，陈楚然暂时还没有出现失误，他的胜率很大。但出于私心，姚敏敏并不想让陈楚然赢。

只是池瑶这人总是太冷静，她不一定会这么想。

谁知下一秒，池瑶就冲江焰抬了抬下巴："押他赢。"

直到池瑶上了网约车，姚敏敏还在手机里轰炸她。

"现在的小年轻真是不得了，陈楚然高中的时候进过省队吧？没想到这都能赢。我现在光是想想陈楚然输掉时的表情就爽得不得了，你是没看到他发现你也在看时的表情，那张脸，直接绿了，哈哈哈哈哈笑死我了！"

池瑶无奈。说实话，她也没想到江焰会赢。

虽是险胜，但足以打击陈楚然那要命的自尊心。

更别提陈楚然还在结束后看到了她。对陈楚然来说，被她观战自己的败局，这比在任何情况下输了比赛都要致命。

姚敏敏说她心软，都没上前阴阳怪气几句就走了，实属大度。

"我和他分手本来也不是因为什么大矛盾，纯粹观念不合罢了，大可不必在他输的时候落井下石。"

姚敏敏嘀咕几句，便又把话题引到江焰的身上。

池瑶有些头疼，不免庆幸自己没有告诉她江焰就是自己邻居这件事。

如果说了，怕是姚敏敏现在就该和她一起回家了。

车程很短，不一会儿车就停在了小区门口。

“行了，我到家了。”池瑶想了想，“你们要是有缘的话，以后会再见的。”

一下车，池瑶的手机就收到一条新好友提示。

她点开，看到是谁，手指落了空，没有同意。

凌晨的风很凉，池瑶将自己包裹在风衣里，输了密码进了楼，好不容易暖和了，她跺了跺脚。

江焰闻声看去，看清后，他默默将手机收进了口袋。

在 Sunday，他看到她了。

两次。

一次是在包间自带的阳台，她似笑非笑地和朋友调侃。

一次是在俱乐部台球室，她站在人群中看着他打球。

胜负欲就是在那一刻迸发的。

他想让她看到自己最好的那一面。

只是，在他赢了之后，却发现，她看着的人，不是他。

在电梯门口看到江焰，池瑶的第一反应是，幸好姚敏敏不在。

她甚至已经脑补出姚敏敏无声的尖叫了。

向男生点了点头，池瑶在他旁边站定。

楼层高，降得慢。

池瑶看着数字，突然听到江焰说：“我在 Sunday 看到你了。”

她快速眨了眨眼，抬头看向他。

还没开口，男生就又说：“本来想跟你打声招呼的，可你走太快了。”

听到这儿，池瑶有些尴尬，她说：“因为急着去拿奖品，所以……”

“你押了我？”

“是啊。”

江焰有些意外，他以为池瑶押的是他对家。开局他就输了一局，加上对手足够专业，在场不少人都不怎么看好他。

纷乱的思绪顷刻被理顺，江焰不自觉地挺直了腰板，和她一起进了电梯。

他说：“还好我赢了。”

“嗯？”

“让你拿到奖品了。”

池瑶笑了，从善如流地点头：“是啊，谢谢你。”

“不客气。”

他煞有其事地回应，池瑶的笑意渐浓。

也许是胜利的喜悦在蔓延，不像前几天的那个清晨，他们这会儿并没有因为对话的终止而感到局促。

电梯门开的时候，江焰让池瑶先出去。在轿厢的门合拢之前，江焰踌躇着，认为自己有必要澄清一件事。

“对了。”

池瑶输密码的动作一顿，回头：“怎么了？”

只见江焰摸了摸后脑勺，说：“有件事，你误会了。”

池瑶不解：“什么？”

他说：“我不知道别人怎么样，但我的感情经验，真的不丰富。”

掐头去尾的一句解释，池瑶以为自己应该是要反应一会儿的。

然而事实却是，她立刻就听懂了他在解释什么。

她的瞳孔微缩。

在阳台的那个人，是江焰。

再没有比自己八卦被当事人撞见更丢人的事了。

一连几天，池瑶只要想起这件事都会想捂脸。

以至于周一那天她早早就出了门，那是她第一次没有在周一的早上碰到江焰。

好在医院事多，又碰上值班周，接下来的一周，池瑶都很好地规避了和江焰见面的机会。

只除了那次。

那天张一铭约她出去，两人饭后没处去，就近逛了家超市。

就在超市门口，她在马路对面看到了江焰。

他和朋友在一起，几个男生的身高都差不多，个个青春洋溢，但仍挡不住他的锋芒。在他对面的那个男生正比画动作，他只看着，偶尔仰头喝一口水。

那时有点晚了。

霓虹灯下的他被月色吸附，月色因他有了温度。

池瑶忘了自己看了多久，回去后张一铭给她发消息，问她是不是有什么心事。

她说没有，又回问他为什么这样问。

张一铭说，你看上去魂不守舍。

如此过去两周。

小时候池瑶曾在爷爷奶奶身边待过一段时间。老人家疼她，对她百依百顺，什么都想给她最好的。

但同时，也造成了池瑶娇气的毛病。比如挑食，但凡食物不对口，她都会上吐下泻，更别提那些垃圾食品。还比如体弱，她随便哭哭都喘不上气，流了汗不及时换衣服第二天就得生病。

以至于后来她回到不拘小节的池女士身边，三天两头就要往医院跑。

后来是池父带着池瑶一起跑步，情况才有所好转。

除非刮风下雨，每天晚上她都要绕着学校操场跑五圈。

从一开始的上气不接下气，到之后的还能再跑一轮，她的身体确实强健了不少。

习惯成自然。

现在池瑶搬出来自己住了，也还是保留着夜跑的习惯。

只要第二天不用值班，她每晚都会沿着小区旁的钟湖跑上那么一圈。

如往常一样，池瑶换了身行头，戴上耳机出门。

天正好是将冷未冷的时候，晚上出来散步的人挺多，跑步的也有，路灯带着发烫的黄光投在石板路上，池瑶吹着湖边的晚风跑了一圈，最后停在小公园前做拉伸运动。

压着腿，池瑶的视线飘向远处那冒着烟的烧烤摊，她有点饿了。

她今天晚饭就吃了一张饼，根本不顶饿。

正当池瑶在脑子里天人交战到底要不要吃烧烤的时候，突然听到后方“啪”的一声，她循声看去，是一个戴着黑色棒球帽的男人侧身对她点烟。

那人背微弯，不太高，脚上穿的运动鞋旧而大，他始终低着头，看不清脸。

池瑶蹙眉，隐约觉得不对，这个男人再普通不过，没什么记忆点，她却好像不是第一次见了。可要让她说具体些，她又说不上来。

眼看这会儿已不如一小时前热闹，身体的本能告诉池瑶得尽快离开这里——她的第六感一向很准。

不想让自己表现得太过突兀，池瑶低头摸出手机，给姚敏敏打去电话。

等待姚敏敏接通的过程中，她转身离开。

随即，身后跟着传来脚步声。

不会这么倒霉吧?

住过来这边也有大半年了，池瑶还是头一回遇到这种事。姚敏敏一直不接电话，她愈发紧张，身上冷汗直淌，却只能故作镇定，对着忙音说起话来。

“喂，敏敏。”

只听脚步声一顿，还没等池瑶放下心，那脚步声又卷土重来，甚至变得急促。

池瑶暗道不好，再懒得掩饰，张腿就要往烧烤摊的方向跑。

“姐姐——”

池瑶及时刹停，身体里绷着的弦就这么断了。

这声音她很熟悉，但从未像现在这般悦耳。

她猛地回头，恰恰看到陌生男人改变方向压低帽檐错过江焰的画面。

江焰目光阴鸷地看着男人离开的背影，拧紧眉头，不知在想什么。

“那个，江焰。”

江焰一愣，思绪被池瑶叫出了自己的名字打乱，他不再盯着远去的男人，而是望向池瑶。

却见池瑶虚脱般蹲在那里，朝他招手：“过来扶我一下，我腿有点软，起不来了。”

江焰：……

烧烤摊那边才开张就已经非常热闹，池瑶却没胃口。

就近找了个石凳坐下，晚风一吹，她清醒了些，见江焰扶自己起来后还站在一边，便拍了拍旁边的位置：“坐呀。”

不同于池承的聒噪，江焰的话少得可怜。像刚才她向他道谢，他也只是说自己凑巧路过，并没有邀功的意思——虽然他确实是只喊出了那

声“姐姐”，但对池瑶来说，那也够了。

比起那个陌生人，他这个带着“邻居”标签的男生，已经可以给她带来足够多的安全感。

即便这两周她一直在躲着他。

江焰手指一捻，依言坐下。

他问：“刚才那个男的，你之前有印象吗？”

池瑶摇头：“没什么印象。”

“应该是蹲在这边有一段时间了，你……”江焰咳了声，“你这几天注意点，尽量别出来跑步了。”

池瑶背后一凉：“你是说他盯上我了？”

“不一定。但你就一个人，还是要小心。”

男生的声音平静低沉，池瑶却听得鸡皮疙瘩都起来了，默默将外套拢起。她看向江焰，他身上有皂角的气味，宽大的白色卫衣，更衬得他脸小；路灯光线直白得很，投在他脸上，连细微的绒毛都能看见。

她微微眯起眼：“你刚刚说，你是路过？”

“嗯，”江焰倒坦荡，“出来散步。看到那人跟着你，有点奇怪，就叫了你一声。”

“你叫我姐姐。”池瑶说。

江焰的呼吸一滞，烫红了耳根：“不好意思。”

“这有什么不好意思的，我本来就比你大。”

池瑶在二十四岁过后对年龄的概念便愈发浅薄，她被池承叫了二十几年的姐姐，也早习惯了这个称谓。

爱美之心人皆有之，如果叫她姐姐的对象是赏心悦目的江焰，她不亏。

“不管怎么说，今天谢谢你，”池瑶撑着膝盖站起来，“欠你一个人情。你有什么想吃的？我请你。”

江焰抬眸，这才和她对视。

“现在没有。”他说。

他这个回答挺有趣的，池瑶笑了：“那等你什么时候有了，就和我说。”

江焰迟疑片刻，却问：“怎么和你说？”

池瑶扬眉，想说他们住对面，摁个门铃不就是了。

却见他低下头，语气失落：“我已经很多天没有见过你了。”

池瑶的呼吸一滞。

清风扫过她鼻尖，她不自然地摸了摸脸，说：“这段时间我是有点忙。”

“……我那天，是不是不该那么说？”

江焰接的话很密，可神情又很真诚。

池瑶思忖片刻，说道：“不是你的问题，是我的错，我不该在不熟悉你的情况下对你任意揣测。当然，就算我和你很熟悉，也不能在背后那样拿你开玩笑。”

江焰凝视着她，眼神因为睫毛耷下来而显得柔软。

池瑶不自觉地放轻声音：“江焰，我很抱歉。”

这话池瑶早就想说了。

有头发丝迷了眼，她拨开，看到江焰在笑。

“我不介意。”

有别于她的轻，男生的声音清亮，掷地有声：“我只是不想你误会我。”

池瑶安静下来。

江焰说：“不过，我不介意我们变得熟悉。”

两人是一起回的小区。

路上江焰话虽少，但有问必答。

等电梯的时候，江焰说：“你知道我叫江焰。”

“那天在球场看到你了，就问了你老师你的名字。”

江焰想了想，还是开口问道：“你和张老师……”

“算是，”池瑶斟酌着，“朋友吧。”

可江焰却不太满意这个答案，他想起几天前他在外边看到张一铭和她一起从超市离开的画面。

其实他隐约能猜到他们的关系。不是情侣，不算朋友，但有进一步发展的可能性。

他没再吭声，唇线抿直，不复先前内敛的姿态，竟变得有些冷淡。

池瑶站在他身侧，满头雾水。

现在的男生心思都这么叵测的吗？

等出了电梯，她想到什么，叫住了江焰。

“对了，我还没告诉你我的名字。”

江焰回头。

她咧嘴一笑：“我叫池瑶，不过你叫我姐姐也可以，我不介意。”

有便宜不占是傻子。

江焰定定地看她两秒。

“好的，池瑶。”

池瑶：……

平常去医院，池瑶一般是秉着环保出行的理念，能不开车就不开车。

她去年买的车，因为没怎么开，自从上回池承把车开回家后，便停在了家里。

但在经过昨晚的意外后，池瑶决定还是过几天就去把车开回来，不然她总是疑神疑鬼。

人总要解决当下才能考虑以后。

不知是不是错觉，她最近总觉得有人在她看不见的角落盯着自己。有时臆想过甚，她还会起一手臂的鸡皮疙瘩。

这滋味并不好受。

池瑶意识到自己状态不对，但医者不自医，她唯一能做的也只是让自己缩在车厢一隅而已。

然而人不可能一直都缩在龟壳里。

最近医院评职称，池瑶都在忙论文的事，有些资料只有院里有，加班不可避免，这天一下忙过了头，天也黑了。

池瑶站在窗边，打开手机，张一铭给她来过电话，她白天见了没回，他那边也没再多打扰。

这会儿已经过去几个小时，池瑶想了想，给他发了条消息，问他在哪儿。

张一铭没有回复。

池瑶后知后觉地打开自己和张一铭的对话框。这几天，多是张一铭在主动找她，她回复得极少。从一开始的每天三次，到现在的一天一次，足以看出他对自己态度的变化。池瑶知道自己也有问题。但现在的她就是提不起和人交往的劲儿，像潭死水，永远都在怕麻烦，旁人越是殷勤，她就越有压力，干脆冷处理，冷着冷着，也就没了下文。过去的几个相亲对象，都是这么不了了之的。

没有人愿意一直热脸贴冷屁股。

退出对话框，池瑶向下一划，看到江焰的名字，手指顿住。

这几天，江焰都没有找她。

她欠他一个人情，得赶紧把这个人情还上才行，她想。

从医院出来，夜色压城，秋末了，树叶凋零，路边明亮的灯火灼目又冰冷。

池瑶很困，差点在车上睡过去。

车子停在小区门口，她走下车，冷风一吹，清醒之余，那股毛骨悚然的感觉再次席卷而来。她下意识地向左右张望，宽敞的大道，斑驳的树影，保安室亮着灯，但里头并没有人。

池瑶快速走进小区。

她住的那栋楼靠里，路边是再寻常不过的白灯，晕着光，有灰尘在光里飞，可是偏偏就有那么几盏灯有问题，时亮时灭。

池瑶过去不介意，如今却觉得处处是问题。快到的时候，池瑶突然脚步一顿。

她看到不远处站着一个人影。

高个子，肩很宽。

她退了半步，心跳也快了半拍，直到那个人向她走过来。

“江焰？”

池瑶放松下来，包也从肩上滑到手肘：“你站那儿干吗？”

江焰穿得不多，上衣单薄，底下一条卫裤，难得没穿球鞋，脚上是双再普通不过的帆布鞋。看样子，应该是临时从家里出来的。

他说：“你一般六点就到家了。”

池瑶歪了歪脑袋，有些戒备地看着他。

“是开门关门的声音，”他解释，“就稍微关注了一下。”

池瑶看手表，提醒他：“已经八点了。”

“我也没下来多久，刚才还去保安室坐了一会儿。”

池瑶不语。

他又问：“我是不是多事了？”

有他在，池瑶没刚才那么多疑了，只是她很奇怪：“你好像很怕自己做错事。”

小心翼翼，有点讨好型人格。

“有吗？”江焰自己都没注意，“我就是担心，你在遇到那天那个人之后，如果我表现得太殷切，你会更有压力。”

池瑶心一动，微微惊讶地看着他。

他回看她，目光坦荡，最后是池瑶先移开了视线。

“不会。”她会心一笑，那暗处被捆绑住的束缚陡然消失。

她说：“谢谢你。”

尊重比任何都重要。

无论如何，此时对江焰，她心存感激。

大概是知道有人会在楼下等自己，池瑶心里的不安感少了许多。

她不喜欢欠人人情，趁周末，从橱柜里拿了罐曲奇饼出来。

这是昨晚烤的。

池瑶有点宅，平时得空她都会在家琢磨点小零食，然后再带去医院解馋。她的手艺不算精湛，但好歹报过烘焙班，还是拿得出手的。

没在手机上知会江焰，池瑶直接开门走到对面，摁下了门铃。

门很快就开了。

江焰见到池瑶，脸上没有露出什么惊讶的神情，他保持着开门的姿势，眼神扫过她手里的饼干罐子：“给我的？”

池瑶被他的单刀直入弄得一愣，她点点头，递了过去：“自己做的，你看看吃不吃得惯。”

江焰接过，嘴角快速地翘了一下。

“谢谢。”

“不客气。”手里没了东西，池瑶干巴巴地把手背过身后，“今天的晚饭，你要怎么解决？”

江焰看她：“还没想好。”

于是池瑶提议：“带你出去吃？”

“出去太麻烦了。”江焰的反应极快，一下就知道她在说什么，“就在家里吃吧。”

池瑶下意识地以为他要点外卖：“那你想吃什么？”

江焰想了想：“火锅？”

“在家吃火锅，”池瑶提醒他，“你准备好食材了吗？”

他答得干脆：“没有。但我们可以去小区超市里买。”

超市？似乎有什么念头一闪而过，池瑶喃喃道：“还要去买啊……”

那不是更麻烦吗？

江焰却说：“正好我也想买点零食，你帮我挑挑吧。”

池瑶摊手，还是答应了他。

这几天降温，池瑶回去多穿了件外套。

和江焰往超市方向走的路上，她接到姚敏敏的电话。一通电话结束后，超市近在眼前。

“朋友问我工作的事。”她向江焰解释道。

江焰并不在意这一路的冷落，他从门口左侧推了辆购物车出来，随口问道：“你在医院上班？”

“是啊，精神科。”池瑶诙谐地笑，“如果你有这方面的困扰，可以挂我的号。”

“好。”

池瑶木木地瞧他一眼。

“哪有这样咒自己的。”

江焰挑眉：“因为我也在开玩笑。”

池瑶也笑：“好吧，算你厉害。”

池瑶每周都会来一趟超市购物，她很享受从货架上挑选出物品的时刻，莫名的放松，等买完东西后，再回到住处给自己做一顿还不错的晚饭，对她来说很解压。

但江焰明显是很少来逛超市的类型。

“这个牌子的不好吃。”

再次将他手里的午餐肉夺走，她选了旁边那一款。

“我分不太清。”

“你是不是没下过厨？”

江焰诚实地点头。

“你住过来也有两三个月了吧？”池瑶有些惊讶，“就一直吃外卖？”

“学校有食堂。”

“那怎么不住校？”

“吵，睡不好。”江焰看她低头认真地挑选火锅底料，他放轻声音：“池瑶，你要吃水果吗？”

池瑶抬头，看向前面五颜六色的蔬果区：“我不在超市买水果。”

“那在哪儿买？”

“早市。”池瑶没来由地觉得江焰是个生活无法自理的小可怜，她脱口而出，“要不，下次我去买的时候叫你？”

“好啊。”

江焰的瞳孔乌黑晶亮，应声时，他微微睁大了眼，里头带着湿漉漉的喜悦。

池瑶在他的瞳孔里看到了自己，她一瞬怔住，又一瞬回神，突然低头，往前推了一下装满东西的购物车。

“买完了，走吧。”

因为江焰那边没有吃火锅需要的酱料，池瑶将东西和人都领回了自己家里。

“你先坐。”

池瑶给他倒了杯水，又转身回厨房。

江焰坐在客厅的单人沙发上，稍微侧过身子就能将屋子看得清楚。和他那边的空旷相比，池瑶这边显得要细致得多。窗台的绿植、沙发的抱枕、墙上的装饰画，以及阳台挂着的仅有的一条吊带裙子。

是她上次和张一铭约会的那件。

江焰收回心思，起身去厨房："需要帮忙吗？"

"不用，已经好了。"池瑶打开冰箱，"果汁和苏打水，你要哪一个？"

"苏打水。"

江焰有一个优点，面对问题，他的回答往往都很明确。池瑶取出两瓶苏打水，用手肘一顶，柜门关上，她发现江焰在看她。

"怎么了？"

"你一个人住多久了？"

"有几年了，怎么？"

"感觉你很勤快。"

家里很干净，书本强迫症一样在架子上排列整齐，厨房台面上不见油腻凌乱，瓶瓶罐罐都在它们应该在的地方。

"只是碰巧昨天打扫过而已。"池瑶自觉好笑地越过他，"而且说好要请你吃饭，我还能让你伺候我不成？"

惰性是只能给自己人看的，在外人面前，自己的丢三落四慌慌张张，池瑶一直都藏得很严实。

但她不知道，此时的江焰却想起某个傍晚，昏黄暮色晕染了整条街，他站在校门口等人，期间有人从后头手忙脚乱地跑出来，嘴里咬着皮筋，细白的手指插进乌发将其拢起聚高，她恨恨地瞪着身后慢悠悠走出来的人，咬牙切齿："看我回家不收拾你！"

那时还未下课，那么宽的路只站着他一人，当她回头望过来时，他不禁站直了，明知道不是在警告自己，却还是生了她在和他对话的错觉。

那个时候的她，被某人气得跳脚，又因为临时有急事要处理变得毛躁，外人看来确实不太像办事效率很高的样子。

锅里的汤底差不多煮开了。

江焰碗边的酱料是池瑶调的，他看着池瑶在锅里涮肉，说道："这

几天你还有去跑步吗？”

“哪儿还敢啊？”

池瑶拧眉，白皙的脸在升腾的热气中变得朦胧：“我打算去小区对面的健身房办张卡。”

江焰知道那个健身房，是新开的，最近在搞什么充值活动，广告都打到他学校去了。

A 大附近的健身房很多，圈完钱就跑路的不在少数。

江焰向池瑶提了一嘴，见她纠结，又佯装随意地说道：“其实如果你担心夜跑不安全，我可以和你一起。”

池瑶看他。

“A 大下个月要开运动会，我报了长跑，要练习。”

池瑶安静片刻，往他的酱料碟里放了个丸子，欣然点头：“行，那到时候一起。”

池瑶发现，江焰的记忆力格外好。

周一早上，他问池瑶，这周休哪天的假。

“周六，怎么了？”

他摸了摸鼻梁：“我还没去过早市。”

池瑶这才想起自己两天前随口说的话。

她点头：“可以啊。不过周六休息日，我可能起不来，周五怎么样？你白天有课吗？”

江焰毫不犹豫地摇头：“没课。”

池瑶笑：“有课也没事，只要你起得来就行。”

快要入冬，天亮得早，凌晨五六点的天色是晕了水的蓝。

钟湖早市场在明茂街后，不能走车，徒步穿过小巷，各式摊贩自成一派，热闹非凡。

池瑶说：“外面这些摊子基本都是特地从乡镇上来的，瓜果蔬菜都很新鲜，还便宜，不过都得赶早，再晚点就没了。”

“你经常来？”

江焰头一回见，有些新奇。他今天异常清醒，很大一部分原因是池瑶——他只是想和她一起去一个地方，随便哪里都好。可当他站在熙攘的早市，旁边就是池瑶，她披着晨露的清甜，正在和他说水果该怎么挑时，琐碎的生活细节，充满了烟火气的对话，竟让他感到前所未有的满足。

“刚开始独居的时候经常来，久了就懒了。”

池瑶说着，停在一水果摊前。

摊主似乎记得池瑶，主动打了招呼：“欸，你又一个人来啊？”

池瑶看着摊主的脸，慢了半拍才想起来，她笑：“这次不是一个人。”

摊主转头看向江焰，发现他很年轻，一看就是学生。

池瑶虽然也长得年轻，但她气质卓越，穿着打扮也偏成熟，一看就知道脱离校园生活有段时间了。

“这是你弟弟？”摊主没多想。

池瑶掂着柿子的动作一顿，回头乜了下江焰。他抿着唇线，反驳也不是，应和也不是，就这么看着她，像是想听听她怎么回答。

挑了几个柿子，池瑶说：“算是吧。”然后转移话题，“麻烦算算多少钱。”

她问江焰：“有没有什么想买的？”

像被扑灭了火苗，江焰的兴致不再像一开始那般高，他随意扫了眼摊位上的水果，说：“山竹。”

摊主当他找碴，竖起眉毛：“已经不是山竹的季节了啊，小孩儿，这时候的都不好吃啦！”

江焰神色淡淡：“哦，那就不买了。”

摊主：……

池瑶忍笑，带他走远后说道："人家是直肠子，没恶意的。"

再说，那人问的问题，也不算出格，最多是八卦了些。

江焰说："我也没恶意。"

池瑶抿唇，没再接话。

两人走到一家早餐店，做面食的。才六点半，小店坐满了人。池瑶注意到有桌人对面空着，便让江焰等等，她上前问道："介不介意拼桌？"

是两个女生，大学生模样，其中一个闻言摇了摇头："不介意。"

池瑶招手让江焰过来。

江焰刚走近，池瑶的余光就捕捉到了对面两个女生互撞胳膊的小动作。

再正常不过了。

清晨寒气重，江焰在卫衣外还加了件棒球服。他的肩很宽，衣架子一样，穿什么都好看，不光是这两个女生，店里的人多多少少都向他看去。她轻挑眉头，抽出纸巾把桌面擦了擦。

"这里的油条很好吃，要不要试试？"她说。

江焰点头："听你的。"

最后池瑶要了豆浆油条和梅菜锅盔。锅盔她买了两个，怕江焰吃不饱，还说："不够我再去买。"

江焰垂眸，锅盔很大。

他说："你吃得完？"

池瑶摇头："顶多吃个三分之二吧。"

这个很垫肚子的，有时候她只能吃一半，剩的一半则带去医院解决。

"剩了再给我。"

池瑶看他一眼，低头抿了口豆浆，一时间不知道该说什么。

还是对面的桌客打破了僵局。她们已经吃得差不多了。像上课举手回答问题一样，其中一个女生抬起右手，问道："姐姐，你们是情侣吗？"

又来？池瑶看江焰，他像是没听到，正低着头吃东西，腮帮子鼓起，咬合的力道让他的侧脸显得很硬朗。

池瑶摇头：“不是。”

女生松了口气，撞了下旁边长头发的女生，又冲江焰的方向使了个眼色。长头发的女生脸微红，看的是池瑶，话却是在对江焰说。

“那我方便要下学长的联系方式吗？”

江焰终于抬头，女生登时目光游离，还是身边那个胆大地替她解释：“我们俩都是今年大一的新生，在学校见过学长打篮球的。”

池瑶事不关己高高挂起，她许久没那么直白地感受青春的气息，只觉得勇敢搭讪的女孩真是美好。她支着腮，说：“那你们要问他哦，我不能替他决定。”

第 02 章
CHAPTER TWO

张一铭给池瑶打电话过来时，池瑶还没睡醒。

屋里窗帘闭合着，手机震动声一阵接着一阵，池瑶半睁着眼从床头摸到手机，见是张一铭，还反应了会儿才接听。

自那天她给他发消息他未回，他们已经整整一周没联系了。

“喂？”

“池瑶，你在家吗？”

“啊？”池瑶撑着胳膊坐起来，“在，怎么了？”

“我刚路过这儿，想问，你要不要一起吃个早餐？”

池瑶拨了拨长发，压下起床气：“等我十五分钟。”

不知是不是巧合，昨晚池女士才给池瑶来过电话问她相亲进程。因为几天没联系了，池瑶随口道：“估计凉了。”

结果今天张一铭就来了电话。

来得可真够早的。

洗漱梳发，池瑶没化妆，素净着一张脸出现在张一铭面前时，还叫他愣了愣。

“以为是哪个学生，差点没敢认。”

池瑶梳了高马尾，白衬衫牛仔裤，露出纤细的脚踝，显得双腿又直又长。因为天冷，她还披了件风衣，和上次约会的成熟装扮相比，要显得年轻不少。

她看了看张一铭一副有备而来的模样：“你这是一会儿还要去上课？”

“嗯。”

池瑶错愕：“那来得及吗？”

“九点开始，”张一铭抬手看表，“现在还没到八点。”

池瑶无言以对。

张一铭这才犹豫地说：“我们有半个月没见了。”

何况此前一周，他们甚至连对话都没有。

但两人都没提起这莫名其妙的断联。

池瑶沉吟片刻，露出笑容：“去你学校食堂吃吧，省得耽误你上课。”

A 大在本城校区遍布，其中钟湖校区最大，池瑶住在附近，却只去校内影城看过几次电影，其余时候没怎么进去，主要是觉得自己扎进学生堆里不太搭调。

张一铭带她去了学校的三食堂，食堂有上下两层，里面各种吃食琳琅满目，周六也有不少学生在慢悠悠地吃着早饭。

假期中池瑶很少起这么早，她找了个窗边的位置坐下，没多久张一铭端了两人的早餐过来，粥的另一边是摞得老高的笼屉，看着摇摇欲坠，她连忙搭了把手，忙不迭地说道：“这么多，哪里吃得完？”

“都尝尝吧，”张一铭抽出纸巾擦了擦后颈的汗，“应该合你口味的。”

不得不说，这三食堂做的东西确实好吃，池瑶的味蕾不禁苏醒，她斯文地吃了不少。

张一铭看了她一会儿，主动说道：“其实这些天我没联系你，也是在考虑我们这段关系还要不要继续。”

池瑶悠然地喝粥：“所以考虑出结果了吗？”

“我看得出你兴致不高，本来有点气馁，想放弃，但听到介绍人说再换一个人见面时，却又不甘心了。”

他似乎有些不好意思：“池瑶，我挺喜欢你的，所以我想再争取一下。”

池瑶放下筷子：“一开始我们相亲时我就说过，是因为家里一直在催，我才……”

“我知道，你不用急着拒绝我。我的想法是，我们可以先从朋友做起，你觉得呢？”

池瑶抿实双唇，终于松口：“可以啊。”

把话说开后，张一铭明显松了口气，他又拿起纸巾擦汗：“我刚才还挺怕你会拒绝我。”

池瑶哭笑不得，她哪儿有那么不近人情。

“老师来吃早餐啊？哟，老师朋友也在。”

话音刚落，忽然一道男音插入。池瑶的记忆力不错，认出是上回在篮球场那个看热闹不嫌事大的男生。

她下意识地向男生身后看，不算意外地看到了熟悉的面孔。

江焰应该是刚从公寓那边出发，顺道过来买早餐，等着和同伴一起去上课的。

池瑶刚想打声招呼，可见他此时眸色浅淡，就算和她对上眼，也没有露出任何情绪，仿佛和她不认识一般，她便歇了心思。

没准人家小男生不想在老师跟前暴露和自己认识的事也不一定。

谁知道呢？现在的小孩心思都不好猜。

就拿昨天来说，他最终还是拒绝了问他要联系方式的女生。

回小区的路上她问他为什么要拒绝。

他却硬邦邦地回了一句意有所指的话：“因为我不想揣着明白装糊

涂。”

你说他们什么都不懂吗？其实他们什么都知道。

池瑶低头用小勺搅和着白粥，听着张一铭和男生交谈，知道男生叫杨晓，一会儿他们上的是选修课，还有十五分钟开始。她直了直背，感到空前烦躁，好似刚出走的起床气又回了笼。

她看向窗外，透过洁净的玻璃，隐约捕捉到站着的两个男生的轮廓。

江焰比较高。

而且今天又换新鞋了。

“……那我们先走啦？”

听到杨晓这么说，池瑶的耳根一动，刚要有所动作，旁边的位置却有人坐下了。

长方桌子，两边各有两张长椅。长椅一体，男生坐下后，池瑶这边也跟着晃了一下。

她看向坐下的江焰。

江焰忽视杨晓的挤眉弄眼，似笑非笑道：“老师就在这儿，我们也不用怕迟到，干脆一会儿一道去教室吧。”

因有事要去教务处一趟，杨晓难得起了个大早，解决完事情出来，距离选修课开始，还有半个小时不到。

他转道去食堂，瞧见前边熟悉的身影，三两下跳过去就揽过了男生的肩。

“今天怎么来得那么早？”

江焰的眉眼还藏着躁意，他抖抖肩膀，将杨晓的手臂给抖下去：“无聊。”

他本身睡眠就浅，昨晚因为惦记着白天去早市时池瑶的态度，辗转反侧也没睡好，早早便起了。听到池瑶出门的动静时他还在跑步机上，等他下楼，池瑶早不见了踪影。

杨晓当他起床气没消，也没在意，絮絮叨叨地说起运动会的事。

两人走进食堂，买完早餐正要寻座，就见江焰偏头看门口斜对角的靠窗位置，眸色沉沉。

“看什么呢？”

杨晓跟着看过去：“那不是老张吗？他带女朋友过来吃食堂？可真够新奇的。”

“不是女朋友。”江焰再次澄清。

只是声音生硬之间，又掺着些说不清楚的情绪，像是被人骗了一样。

杨晓渐渐觉出不对，因为上次江焰也是这样否认的。

“你们认识？”

江焰答非所问：“过去看看。”

然而江焰到底来迟了一步，池瑶已经吃饱了。

他们刚坐下，她便拢着外套起身：“那你们慢慢吃，我先走了。”

“等等——”张一铭跟着起了身。

池瑶的手揣着兜，先看了眼同样在看她的江焰，她的头发又软又蓬，在柔和的光里描出精细的线。她笑了下，又收笑看向张一铭，说：“你上完课再联系我，我要回去补觉了。”

说完这话，池瑶知道即便她后脑勺没长眼睛，也能捕捉到某人的视线。她只觉自己那卷土重来的起床气再次灰溜溜地离开，整个人神清气爽，所以她没回公寓补觉，而是拦车回了池家。

池家在南江域，那边早期是个教师村，前几年才被开发成新商圈。池瑶搬出去住只是贪一时新鲜，平日她的回家次数还算频繁，尤其是池承去外地上学以后，池女士的关注重点就放在了她的身上，隔三岔五就

要叫她回家吃饭。

也就这段时间因为相亲的事，池瑶才没怎么回。

“你怎么这个时候回来了？”池女士从客厅冒出头来，“医院那边刚忙完？”

池瑶摇头，弯腰把鞋换了：“和别人吃了个早饭，顺道就回来了。哦对，我今天要把车开走，你记得和爸说声。”

“知道了。”池女士没被绕晕，“和谁？”

“什么谁？”

“吃早饭啊。”

“……张一铭。”

还有他那莫名其妙的学生，池瑶扯了下嘴角，心道。

池女士来了劲：“有戏？”

池瑶故意说道：“人家要和我做朋友。”

池女士便冷了脸，继续看电视，嘴上继续说：“你弟年底回来，到时候你开车去机场接他。”

“回来过元旦？”

“嗯，说是要带女朋友回来玩。”

“他认真的？”

池承从来没带女生回家里过。

“谁知道。”池女士看她一眼。

池瑶见这苗头不对，赶紧回了房间。明天还要上班，这天池瑶只在家里待了半日，吃过晚饭便开了自己的车返回钟湖。回去的路上街边亮了灯，等红灯的空隙，池瑶降下车窗，清风灌入，她的视线穿过斑驳陆离的树影望至沉静的钟湖。

她有几天没夜跑了。

上回和江焰吃火锅，两人约好一起夜跑，却碰上她赶论文，太忙，

计划至今尚未实施。

想起白天江焰那不冷不热的态度，池瑶“啧”了声，升上车窗，眼不见为净。

白天的选修课上，江焰心不在焉。

脑子里想着的，全是张一铭说的那句：“我刚才还挺怕你会拒绝我。”

听那语气，看来是没拒绝。

为什么没拒绝？没拒绝的又是什么？而且池瑶不是说她周六不想早起吗？怎么又和张一铭来学校吃早餐了？

手里的笔再次转掉，“啪”的一声砸在桌面上。一旁的杨晓听了半天，心也烦，干脆不玩手机了，低声问他：“谁惹你了？”

江焰不回答。

杨晓却有所察觉，跟着看向了讲台上的张一铭。

“你不是吧？”

江焰看他：“不是什么？”

“你真认识那个姐姐？”

江焰淡淡地收回视线：“嗯。”

“怎么认识的？”杨晓一听有戏，回想了下池瑶的脸，“那姐姐长得是挺漂亮，就是看着有点凶，你不觉得她看人的眼神很犀利吗？”

“不觉得。”

“……她多大了？看着也不比我们大多少，但能和老张认识，感觉又不年轻了。”

“左一个没多大，右一个不年轻，你是准备拿少活的那几年当饭吃？”

显而易见的护短，杨晓一顿，试探地问：“你喜欢她？”

江焰斜睨他一眼：“不行？”

“……你这是……这是要撬老张的墙脚啊！”说到后面，他完全用

的气音，但肢体动作大得引发了前面几排不小的关注。

江焰一脸的不耐烦，他一字一顿地提醒：“我最后说一次，他们没有在交往。”

杨晓却还处在震惊中。他和江焰认识有几年了，知道他是什么个性，平时看他清心寡欲，也没见和哪个女的走得近，还当他是眼光挑剔，甚至担心过自己的人身安全……

到头来，原来是喜欢比他大的。

回家一趟，池瑶带走了两罐蜂蜜，用浮夸的碎花布袋包着，是池女士的杰作。

所以池瑶刚出电梯，江焰第一眼看到的不是她的脸，而是她手里拎着的东西。

“把东西放在这里就好了，我再自己安装。”

江焰和送货上门的快递员说完，顺便给他摁了下乘的电梯。

快递员走了，池瑶还没进门，她抱着臂，就这么看着江焰脚边的大型散装家具。

“这是柜子。”江焰说。

池瑶直觉他是用来装鞋子的。但她听了也没应声，转身开始输密码。

江焰在她身后出声：“池瑶。”

白天他太过情绪化，池瑶一走他就后悔了。贸然的占有欲如果战胜了理智，只会将池瑶越推越远。

果然池瑶头也不回，像是没有听到一样。她是真的生气了。江焰懊恼，又叫了她一声。

池瑶终于开口，冷冰冰的。

“叫姐姐。”

“……姐姐。”

池瑶弯唇，大门适时打开，她扶着门把，回头看江焰，问他："现在认识我了？"

池瑶知道自己不该和一个弟弟计较。

可她这人讲究有来有往，前边江焰可以忽视她，后边她就可以不睬他。特别是他比她小，还是个学生，这让她在潜意识里将他和池承挂了钩。

在家里，池瑶从来不会和池承客气。但江焰和池承一样，却又不一样。

池瑶从吃完火锅那天之后，就有点不知道该怎么和他说话了。

原因无他，江焰看她的眼神，太过直白。有些隐晦的情绪，从两人相处的细枝末梢就能表达出来。

她又不是什么也不懂的傻子。

其实池瑶不是没有和比自己小的人聊过。大学时有个学弟对她很是上心，早中晚来她面前报道，笑起来跟朵太阳花似的。起初池瑶觉得新鲜，和他聊了聊。刚开始一切都好，等过了两天，她因为赶作业忙了点，学弟就不对劲了。上来一句"你是不是不爱我了"，把池瑶吓得连忙把学弟拉进了黑名单。

如果她干脆点，直接这么对江焰，也不是不行。

但她不是很想这么做。

"现在认识我了？"

江焰却有些委屈："是你前天说的，说你周六起不来。"

可她今天却和张一铭一起出现在了学校食堂。

池瑶顿住。

他的记性真的很好，好到她说过的每一句话，都记得清清楚楚。

但她没有解释，只是问："有事？"

只见江焰略微局促地抓了抓后脑勺的头发："想问你，什么时候夜跑？"

“你这几天有跑吗？”

“没有。”

“不是说报了长跑，要练习？”

“我在等你。”

池瑶沉着一口气，抬手看表：“那一个小时后见。”

江焰很认真地点头：“好。”

池瑶关门的时候留意了一下他那边的动静，他没有将门关上，而是席地而坐，拆起包裹来。他的背部肌肉贴着棉质T恤，不是很壮实的体型，但也看得出肩膀宽厚有力。

不知道男孩的动手能力是不是天生就强，看他那样，应该不是第一次做这种事了。

池瑶想起自己，从小手工课就不及格。有次阳台上的灯泡坏了，她愣是忍了整整半个月，直到池女士过来看她，才特地让放假的池承过来把灯泡修好。

这一点，她应该是随了妈。

池瑶找了根白玉筷子将头发扎起，给池承发了条消息，问他女朋友的事。

池承干脆一通电话过来：“干吗呢？”

“喝水。听妈说你要带姑娘回来，闲着无聊就问问你。”

池承那边乱糟糟的，吵得很。

他这些天搞了个乐队，朋友圈里最新分享的都是些摇滚音乐。

当时池女士问她知不知道他谈朋友的事，她其实是知道的。因为那女孩正是乐队里的主唱，池承刚和人家在一起就给她发来消息炫耀，问她漂不漂亮。

之所以不说，也只是因为池承没说，她便懒得管了。

从地下厂子里走出来，池承蹲在路边抽烟，说："她想去洞玉山玩，说那里漂亮。"

洞玉山算是本地很有名的一处景点，那边风景好，民宿客栈集中，各式各样的，去的游客很多。

而作为当地人，池瑶和池承都没去过。

"随你吧，别瞎来就行。"

"不是，到时候你和我们一块儿去吧。"

"我一电灯泡凑什么热闹啊？"

"你再找个人不就好了。"池承给她细数举例，"男朋友，暧昧对象，都行。"

"就不能女的？"

"那一男三女，不就我一个人干苦力活了吗？"

池瑶：……

池瑶懒得和他废话，直接挂了电话。

磨磨蹭蹭，时间差不多到了。池瑶换了衣服，打开门一看，江焰还坐在门口组装柜子。

与一个小时前的区别是现在成品初见雏形，已经快要完工，而他身上的衣服也重新换过，这会儿不过是在拧一些螺丝钉。

"这么快？"

江焰站起来："有说明书，很简单的。"

电梯刚好停留在他们上层，池瑶摁下，没多久门就开了。

两人进去。

池瑶问："那柜子装什么的？"

"鞋子。"

"你好像有很多鞋子？"

“还好。”

说着，江焰的左腿无意识地动了动。

池瑶向下看，这次鞋没换，还是白天那双。

因为不像先前那样一眼就过，她多看了几秒，发现江焰的脚踝和小腿骨头的衔接部位长得很漂亮，不突兀，又有线条感。

她有个怪癖，偏爱琢磨这块。

但这只是加分项，她也不是见人就看。

有人作陪，池瑶这次出来的时间比往常要晚半个小时。

天越暗越冷，钟湖路段人少了很多，池瑶有些心不在焉，跑步时总是左右张望。

江焰看了一会儿，说：“那人不在。”

池瑶跑步时不爱说话，怕打乱节奏，她摇了摇头，这才收心。

初次和江焰跑步的体验还算不错，跑完一圈江焰也就鬓角汗湿，皮肤覆了层薄薄的潮气，他没怎么喘，体力很好。

池瑶用手扇风：“你确定你需要练？”她又不是没参加过运动会，像江焰这水平，应该很轻松就能拿奖才对。除非，现在的小孩营养都过盛，个个能跑，那就说不准了。

“很久没跑了。”

池瑶平复了呼吸，说：“说实话。”

江焰看她，眼神带着他自己都没察觉的无辜。

他没说话。

池瑶叹了口气：“江焰，你是不是喜欢我啊。”

回到家，池瑶靠门发了一会儿呆，鞋也没脱，等走进浴室才反应过来。

她开始回忆半个小时前的帧帧细节。

从江焰脸上怔忪的表情，再是听到她说“别再在我身上浪费时间了”

之后明显的失落——

如果说拒绝江焰时池瑶的言语态度十分笃定，那么此时滔天的罪恶感简直快要将她侵蚀。

池瑶不是那么容易有负罪感的人。

不害臊地说，从小到大，追她的人不少，而她拒绝过的那些，她基本眨眼就忘，很少会事后懊恼自己是不是言语不当，语气太重。想想大学时那个缺爱的学弟，她二话不说就将他拉黑，事后躲人躲得仿佛悟了遁地术，那时也没见她内疚。

但江焰的表情太过无辜，反将她衬得罪不可恕。

好看的皮囊有多重要，池瑶如今深有体会。

第二天上班，池瑶磨磨蹭蹭，出门的时候留意了一下对门的动静。

直到进电梯，江焰都没有出现。

这是第一次，她在周一的早上，没有遇到江焰。

看来小男生的自尊心要比她想得更脆弱。池瑶对此谈不上是无奈还是解脱。这天在医院，她心无旁骛，该怎么样还怎么样，到点了就下班，比谁都积极，回家路上还有闲心去市场给自己买了半截排骨。她熟练地将排骨提前斩块，焯水沥净，炒出糖色，给排骨上好色后再加水焖煮。池瑶看着时间，绰绰有余，她回房拿了衣服，转去浴室洗澡。

但人倒霉起来喝水都会塞牙缝。

停水了。

而池瑶的头发才洗了一半。

水停得突然，开开关关，也只能听到水龙头如老妪咳嗽般撕裂沙哑的声音。

池瑶看向镜子里顶着一头泡沫的自己，不由得想起这一整天，出门错过地铁，午休时扭到脖子，下班后扫自行车二维码扫不上……在她以

为昨天的事对自己毫无影响的时候，原来一切都糟糕透了。

她昨晚是不是太直接了？

但现在不是想这个的时候。

池瑶不确定是自己错过了物业通知还是水费告罄，她将咖啡机旁的一大桶纯净水搬到浴室，勉强冲掉头上的泡沫。出于心理原因，她觉得并没有洗干净。

用浴巾包起湿发，她找出水卡，湿漉漉地趿着拖鞋去外面的管道间刷卡。

结果是没水费了，而且是一分不剩。

没有提前预警，这玩意儿也不是第一次这样了。现在居住的小区主要占的是地理优势的便宜，实则年岁已高，很多管理都做不到真正的人性化。如果不出意外，这一晚上池瑶都将面对没水的状况。

来回跑了两趟确认，池瑶只觉一身是灰，别说头发没洗干净，刚冲过的澡都算白搭。

深吸一口气，池瑶决定换身衣服去开房洗澡。

然而倒霉的状况从未停止，她一拉开楼梯间的门，电梯的门便戏剧般地打开，里头的人抬眸，一瞬定在了她的身上。

两人面面相觑。

江焰看着池瑶，她身上就穿了件宽大的旧T恤，胸前领口处的布料都湿了，隐隐透出里头的肤色，短裤短得只在衣缘下摆露出条边，她的两条腿很白，脚丫塞在人字拖里，趾头蜷缩在一起，不禁让他多看了两眼。

她很尴尬，但他不。

“没水了？”他注意到她手里的水卡。楼下没有通知，应该不是全栋停水。

池瑶有想过，她和江焰住在同一层楼，肯定少不了碰面，像她这样

一冲动就拒绝的行为，无异于给二人之后的碰面多添了些尴尬的气氛。

可她没想过报应会来得这么快。

头上的湿发又沉又重，还有往旁边倾斜的意思，她抬起手扶了扶，干笑着说：“是啊，准备去外面开房凑合一下。”

江焰早已走出电梯。

一时间，两人之间的距离很近。

江焰闻到池瑶身上馥郁的香。

他沉默了几秒，从她手里夺过水卡。

“用不着开房，来我这边，更方便。”

池瑶：……

池瑶还没来过江焰的住处。

一层两户，格局相同，但江焰这边要空很多，客厅里称得上巨大的鞋柜上摆了不少球鞋，地上还零散放了些没整理的鞋盒。

池瑶也很难解释自己为什么要走进来。

可能就这样狼狈地出去开房真的不太合适，也可能是江焰当时的眼神——他之前看她时，除了间歇性闹情绪，摆过面无表情的姿态，其他时候都很温顺柔软，甚至经常耳根子发红，就像路边的小狗一样，这导致她对他多多少少都有种在看小孩的错觉。

因此，他夺去水卡那瞬间所表现出来的强硬，以及言语上不易察觉的轻佻和戏谑，叫她一下怔忪，有片刻的失神。

他说得没错，她的确还不够了解他。

昨晚，在她拒绝他后，他说，她还不够了解他，所以她不能直接将他否定。

她是怎么回的来着？

哦，她只反问了一句：“那你就足够了解我吗？”

他抿唇，哑口无言，过了一会儿才说：“我送你回去。”

就此没了下文。

可是现在，故事好像又开启了新的篇章。池瑶将浴室反锁，有些懊丧。她扫了眼盥洗台，上面皆是男性用品，牙杯里也只有一只牙刷。

等看到镜子里的自己，她恍然回过神来。

自己观察这些细节是在做什么？验证他话里的真实性吗？

说真的，她实在不清楚，他究竟是什么时候看上她的。

难不成是靠每周一早上她那副为了不晒到太阳全副武装连脸都看不见的朴实形象？

池瑶看到自己的脸黑了黑。

听着从浴室里传出的水声，江焰坐在沙发上，难得坐立难安。

其实他还没想好要怎么面对池瑶。这一天过去，他更多的是在想，为什么被拒绝的是自己而不是张一铭？关于张一铭到底是没被拒绝哪件事这个问题，他就是想破了头，都没有立场去问。

更别说他还没问出口，就已经被发了弟弟卡。

但江焰并没有打算放弃。

不过是被拒绝而已，迎难而上便是。

关键在于，他不想让池瑶厌烦自己，更不想给她带去不适。

思绪纷扰中，浴室门打开，池瑶一身轻松地走了出来。

江焰的身子一僵，连忙起身，将茶几上早准备好的吹风机递了过去：“给你。”

池瑶一顿，看他一眼：“我那边有。”

男生的眼神便暗了暗。

拜托，不要这样看她。池瑶闭了闭眼：“我先回去了。”

她是用一个大包袋装的洗浴用品，包被塞得鼓鼓囊囊，很重，抱着比拎着轻松，而头发还湿漉漉地包在毛巾里，走起路来只能缓慢小心。

在她错身而过的时候，江焰伸手提过包。

“我帮你拿。”

池瑶的嘴唇碰了碰，到底什么也没说。住对门就这点好，再尴尬也不过两步路。

池瑶开了门，走进去才转身，她伸出手，示意江焰把包还给她。江焰没动，反而还把包往后藏了藏。

“聊聊。”

池瑶不想聊。

但她偏偏刚从他家里出来，她放下扶着门的手，人却还挡在门口：“那就在这里说吧。”

江焰看了眼她的头发，决定速战速决。

“昨天你问我，我是不是喜欢你。”

当时他听了，一时震惊，忘了回答。

她叹了口气，直白地道：“无论是不是，我只是想告诉你，别再在我身上浪费时间了。”

他问为什么。

她说：“我不喜欢比我小的。”

短短几句话，他轻易被她带动了情绪，竟忘了回答她最开始的那个问题。

她问他，他是不是喜欢她。

“是，我承认，我是喜欢你。”

江焰从不否认这件事，他不说，是怕唐突。毕竟他们真正有交集，也才这短短的两三个月而已，可这不代表他甘愿就这样不明不白地被拒绝。

他继续说："池瑶，我喜欢你是我的事，你不能一枪打过来就不让我喜欢了。如果你会因为我喜欢你、追求你而感到困扰，那我可以换个方式。但现在，我有一件更重要的事想要了解。"

池瑶仰着头看他，竟有些累了。

"什么问题。"她咳了声问。

"你讨厌我吗？"

讨厌吗？自然是不讨厌的。

但她不小了。

她没精力再"玩"了。

池女士一天到晚在催，有时她被催烦了，以至于会自暴自弃地想，要不干脆就这样算了。

找个差不多的人，再过差不多的日子，生活本来就是平淡无奇需要处处妥协的。

而江焰，他就像火一样亮了池岸边的树，让黑夜如白昼，张狂肆意，显然是个不确定因素。不管是她想要的"适合"，还是她可能会妥协的"差不多"，江焰都不是最好的选择。

她比较务实。如果江焰出现得再早个三年，也许，她会考虑和他在一起。

但不可能，他到现在都还只是个大三的学生而已。

池瑶看着他的眼睛，小男生的示好总是那么明显。赤诚的喜欢可以从眼睛里完全火热地释放出来。

然而他们都还没开始，她就已经想到结束。这其实是很愧对他的喜欢。

那还不如不开始。

池瑶垂眸，湿发坠在毛巾里越来越重，她再次伸出手："你先把东西还给我吧。"

江焰的瞳色深沉，高大的身板几乎将纤细的她笼罩。

他停滞须臾，了然地点头：“那就是不讨厌。”

池瑶猛地抬头，微微睁大了眼。

江焰见她看自己了，便露出笑容，他弯腰，作势把包放在地上。

迟疑一秒，却又改了主意。

他牵起池瑶的手，把包带放在她的手里。

抽开时，他似有若无地轻捻了一下她冰凉的指腹。

“我走了，姐姐。”

姚敏敏不知道从哪里搞来了两张话剧的票，池瑶看了排班表，第二天休息，于是答应陪她一起去陶冶情操。

剧院离医院很远，一南一北，池瑶没回家，下班后换了衣服就和姚敏敏乘地铁过去。

地虽偏，但该有的商场影院都有，池瑶高中时就是在这边上的学，她是住宿生，周五一般不会很快回家，总是像放飞的鸟儿一样和同学结伴去商场美食城吃东西。几年了，这儿也没发生什么变化。

来得及时，正好赶上进场。

位置有些偏，但池瑶不在乎，她就是过来凑热闹的。

“来的人居然还挺多。”姚敏敏说。

池瑶问她：“买票的时候都没了解过吗？”

“别人送的嘛……”

姚敏敏没说是谁，估计是哪个追求者。池瑶揶揄地看她，也没追问。

该她知道时，姚敏敏会说的。

话剧差不多两个小时，剧场里不允许拍摄，池瑶唯一能看到的就是台上的光。她以为自己上了一天班，中途很有可能会睡着。出乎意料地，她看得认真，结束时意犹未尽，刚想搜一下演员名单，姚敏敏拽了拽她。

“跟我去见个人。”池瑶这才知道姚敏敏的暧昧对象是台上的某个

演员。

她们去找人时，那人被粉丝簇拥着，正在合影签名。池瑶远远看着，人长得自然是好看的，瘦瘦高高，笑起来很有亲和力。

“你的竞争对手有点多。”池瑶说。

姚敏敏耸耸肩:“无所谓咯,反正我现在不介意,以后的事以后再说。”

这就是池瑶和她最大的不同。池瑶的上段恋情已是几年前在大学里的事，毕业后便没再谈过。工作这几年也不是没遇到过不错的，但总差那么一步，还没到呢，她就腻味儿了。

一切的暧昧往往无疾而终。

眼见那边结束，池瑶用肩膀撞了下姚敏敏的肩膀：“过去吧。”

“等等我，我让他送咱俩回去。”

池瑶笑笑。天有些冷，还有一个多月今年就要过去，而池瑶只穿了件大衣，里头的羊毛衫不太抗冻，她缩着脖子，准备去室内等。

推开玻璃门就是电梯间。池瑶刚走进，电梯恰恰抵达一层，不想挡路，她往门后一站，却看到出电梯的一拨人里，有张熟悉的面孔。

他们有些日子没见了。

自那天过后，他就像消失了一样。

对门始终静悄悄的，池瑶一开始不知道他在玩什么路数，出门时还曾留心观察，之后猜到他应该是不在家，便没再理会过。

不怕冷似的，他穿得单薄，比刚才看到的那个帅气的男演员更高，衬衫没系上面两粒扣，喉结露出，显小的脸在此刻却莫名清俊成熟。

池瑶愣了两秒，转眼看到他身边的优雅女伴。她的妆容精致，面色极白，气质优越。

他们两人手挽着手。在男生完全看过来之前，池瑶低下了头。

记得之前在 A 大食堂，他也是这样，好像不认识她一样。

但这次，江焰并没有学她上次的配合。

一出电梯，他就看到了池瑶，从季芮臂弯里抽出手，他让她先出去。

季芮没动：“干吗？”

她很敏锐。

几乎是第一时间，她将目光锁定在不远处的池瑶身上。

过长的黑色大衣将人裹住，却仍然看着修长窈窕，女人微低着脸，下巴被衣领遮住，只能看到秀挺的鼻梁和眉眼投下的阴影。

季芮挑起眉梢，一副看好戏的态度：“看起来人家好像不太想理你。”

江焰没好气地和她拉开距离：“可以的话，给司机打电话，让他来接你。把车留给我，我今天要回学校那边。”

季芮：……

前边的人一拥出门，此时一层就剩下他们三人。

季芮还是有眼力见的，她指着江焰，咬牙低声道：“欠我一个人情。”

江焰敷衍地点点头，绕过她，走向池瑶。很快，季芮带着一股香风出去，一方空间，就只有他们两个人了。

池瑶等了等，想等人出去，最终却只等到一双黑白球鞋停在自己对面。

她认命地抬起头。

只见江焰冲她笑。

什么前提也没有，他说：“我开了车，我们一起回去。”

给姚敏敏发了条消息，池瑶上了江焰的车，系安全带时，她问江焰：“你什么时候考的驾照？”

“有两年了，”江焰顿了顿，“放心。”

池瑶沉默了片刻，将安全带扣上。

车窗之外，她看到季芮上了一辆刚停靠在路边的黑色轿车。

“你朋友走了。”她出声。

车子刚点火，江焰从后视镜看了眼：“她不是我朋友。”

池瑶转头看他。

“那是我小姨。”

池瑶：……

季芮是江焰妈妈的妹妹，两姐妹年龄差距大，江母生江焰时她才十几岁。几年前季芮嫁给港城一富商，也是青年才俊，只是最近两人似乎闹了矛盾，她便回了这边，一来就拉江焰去做苦力。这几天，江焰都在陪她。

“她开美容会所的，对保养最上心了，我要是告诉她你变相说她年轻，她得乐死。”

不过池瑶并不是第一个这么说的人。还挺多人误会的，他是懒得解释，而季芮则是觉得带他并不丢脸，反而有面子。

池瑶没想到江焰会和她说这么多，也不知该回什么，只“哦”了一声。

上车前，他告诉她，季芮不和他们一道，且很快就会有人来接。

她不想打扰姚敏敏和男演员的二人世界，再说她和姚敏敏的住所也确实不同路，这才点头上了他的车。

毕竟她再拒绝，日后只会更尴尬。

“改天我介绍你们认识？”

江焰熟练地打方向盘，显然不是新手。池瑶想到自己，大学考的驾照，最近两年才敢上路，竟有些惭愧。

她摇头说不用：“以后应该也碰不上面了。”

江焰沉吟：“未来的事哪里说得准。”

池瑶知道他意有所指，刻意不往下接。

她说：“本来也不是一个圈子的人，你不是说你小姨只是暂时回来么，之后她还是会回港城的。”

江焰一顿：“什么话都让你说了。”

池瑶有些探究地看他：“我发现你现在和我说话有点不客气。”

车子刚好遇到红灯。

江焰停下车来，看着她说：“因为和你客气会追不到你。”

先前他不知道该怎么接近池瑶，生怕做出什么让她不满的事，总是小心翼翼。就连看到她和张一铭在一起，心里那般不爽，也只是愤懑地选择沉默，独自消化——虽然，他好像做错了。那天晚上她差点就不理他了。

而在被拒绝过后，这份踌躇就如同被锐石击碎，她已知道他的心意，那他又何必为难？还不如直接袒露他的野心，告诉她，他就是要追到她。

池瑶反被他噎住了。

明明前段时间她还在因为拒绝了邻居而感到困扰，怎么现在这事如此轻易就被他消化掉了？江焰看上去根本就不当回事，反而更主动了。

好半天，她才闷声说：“……没礼貌。”

江焰却笑了。

大概池瑶做什么他都会觉得可爱。

剧院离他们住的小区太远了，车子开了好久，车上的坐垫温暖舒适，池瑶不禁有些困了。江焰注意到她的倦色，趁又一个红灯，给她拿了车后座的毯子。

“睡会儿。”

池瑶累了一天，也没推拒：“到了叫醒我。”

“嗯。”

但真正到了，江焰却只是停下车，静静地看她。她的睡相很好，头歪去一边，表情平和，从下颌到脖颈处的线条漂亮得不可思议。

他还从没想过自己可以这么快就看到她睡着的模样。

可惜他的目光太过露骨，还没看多久，池瑶的眉头一皱，便悠然转醒。

透过挡风玻璃，她看到熟悉的停车场。

“怎么没叫我？”

“看你睡得沉。”

池瑶懒得和他计较，下意识地摸了下下巴。

他似笑非笑：“没流口水。”

池瑶瞪他。

他又说：“但是说梦话了。”

池瑶解开安全带：“我从来不说梦话。”

“你怎么知道？”

问完，江焰立刻反应过来这个问题背后的答案很有可能会让他不高兴。他停止逗笑，不等她出声就先开了车门：“走吧，上楼。”

池瑶顿觉莫名其妙，这人干吗情绪这么不稳定。

她跳下车，和他一起去等电梯。

电梯上行，江焰眼看数字不停地往上跳，旁边的池瑶还昏昏欲睡。

他冷不丁开口：“上次，在食堂，你答应了张老师什么事？”

池瑶擦了下因为哈欠连天流下的生理性泪水：“什么答应什么？”

江焰把原话复述了一遍。

记得一字不落。

池瑶困得要死，也没心思和他绕弯子：“他说先从朋友做起。”

江焰心里紧绷的弦一松——

可他还没开始笑，只听池瑶又说：“别高兴得太早，追我要排队，你在他后面。”

江焰：……

蒴城入了冬便爱下雨，天气阴沉沉的，池瑶醒得晚，鼻子给堵了。

她给自己量了体温，有些低烧，估计是昨晚吹风受了凉。

药箱放在客厅茶几柜里，池瑶翻找出来，药板坑坑洼洼，就剩两粒。刚要吃，她顿住，看了看包装盒，早过期了。

喝了杯蜂蜜水，池瑶戴上口罩，准备出门买药，顺便再去小区对面买碗粥，当是午饭了。

人一生病身子骨就虚，动作磨蹭，反应也迟钝，对门打开时，池瑶掀起眼皮，看了江焰好半晌才出声："……早。"

江焰看表："不早了。"

他刚才一听到动静就开了门。此前他在客厅打游戏，头发蓬蓬，毛衣领口松垮，鞋都没穿，地板袜是奶牛纹的，单看有些许幼稚，但穿在他脚上特别和谐。

"你怎么了？"

他直接走出来，上手摸向她的额头，又摸了摸自己的。

"有点烧。"他说。

池瑶第一时间没躲开，等反应过来才挥开他的手："没什么。"

"吃药了吗？"

电梯来得好慢。

池瑶缓缓摇头："现在去买。"

"我去吧。"

说完，江焰便扣着她的肩往她家那边走了两步。面对紧闭的门，他停下，又转了个方向往他住的这边去。

"你在我这儿等我，一会儿回来我给你煮点东西吃。"

池瑶怀疑地看他："你不是不会做饭吗？"

"不会就学，这有什么难的。"

把池瑶安顿好，江焰取了架子上的大衣套上，换鞋出门，想了想不放心，关门前又特地嘱咐了声："一定要在这儿等我。"

他怕一会儿她回了家，人如果睡过去了，会没法给他开门。

药店不远，江焰买了药，付钱时收银员说最近店里在配合社区，搞关于宣传健康卫生的活动，问他有没有意向加钱换购东西。江焰出门匆忙，没带手机，用的是大衣里本来就放着的钱包，他正找着钱，也没看换的是什么，就随意点了点头。

回了小区，开门的时候江焰心里突然有种迟来的忐忑。

他怕池瑶走了。等进了门，看到抱着抱枕靠在沙发上假寐的身影，他那颗堵在嗓子眼的心才慢慢归位。池瑶的口罩还没摘，听到开门声她就睁开了眼睛。

“这么快？”

“跑回来的。”

听他的低喘声就知道了。江焰放下白色的药袋子，给池瑶倒了大半杯温水：“喝完这个再吃药。”

池瑶拉下口罩喝了，喉道窄，喝得慢，每咽一口都能听到轻微的咕噜声。

喝完，她挠挠微红的耳朵：“拿药给我看看。”

江焰把整个袋子给她，起身去倒第二杯水。

回来时，却发现池瑶看他的眼神不太对劲。

“是哪里不舒服？”他问。

池瑶安静片刻，吐出一口热气，摇摇头：“把水给我吧。”

但江焰并没有被蒙混过去。趁池瑶吃药的工夫，他翻了翻放药的袋子。

然后，找出一盒安全套。

时间仿佛静止了那么几秒钟。

江焰的额角直抽，他咬着腮帮子，拿出那个盒子，胡乱塞进了某个专放游戏机的柜子里，闹出的动静不小。

他转头，正巧对上池瑶戏谑的笑。

池瑶捧着杯子，用近乎打量评分的眼神上下扫了他一眼。

……

江焰呆了一瞬，很是尴尬。

他刚才没注意到这个。

池瑶看着他呆滞的表情，笑得眼泪都快出来了。

她肩膀抖着，宽慰道：“好吧，我能理解。”

看她笑的样子，江焰更尴尬了。

家里虽很少开火，但该有的柴米油盐都有。这还是在那次吃火锅之后江焰特地买回来放着的。江焰不至于什么都不会做，再不济菜谱还是看得懂的。他准备煮粥，只是在洗米时把控不住量，有些犹豫。

池瑶听他在厨房捣鼓半天也没开火，便拖着身子走过去。和她那边的开放式厨房不同，江焰这儿主要是给饭厅留了位置，厨房用地却是不太宽敞，她一进去，有高大的江焰衬托，竟觉拥挤，转个身都不方便，擦胳膊碰腿的。

“你会不会？”

“我在想两杯米够不够。”

池瑶乜他：“你打算把明天的量也给煮了？”

她一手横过腹部捏外套，一手伸过去握住他的手腕，抖着量杯，一下两下地往外倒米。

等觉得够了，她停下，手也跟着收回。

“行了，这些应该够了。”

她边说边抬头，将江焰一眼望到底。

他正目不转睛地看她，不知看了多久。离得近点，才发现他的瞳孔颜色呈浅浅的琥珀色，睫毛很长，不翘，直刺刺地耷下来，看着无害又无辜。

“看够了吗？”过了一会儿，她问。

江焰刚想低下的头停住，他眨眨眼，轻咳了声：“我手生，要不你在旁边看着，指点一下？”

“不会就学，这有什么难的。”

江焰：……

池瑶不解风情地提醒：“这是你自己说的。”

她拍拍他的手臂，全然适应了自己在他家这回事，很不客气地去了饭厅坐下。

只是骨头又酸又软，没坐一会儿她又开始晕乎，连江焰出来了都不知道。

粥正在煮。

江焰从放药的袋子里拿出退烧贴。

刚才池瑶握住他的手时，传来的热气源源不断，得退热才行。

撕开包装袋，他在池瑶旁边坐下。

“池瑶。”

池瑶这时才闻声抬头，额头还因为贴着冰凉的桌沿硌出一道淡淡的红印。

“干吗？”

“把头发撩起来。”

池瑶看清了他手里的东西，没说什么，她重新扎了一遍头发，露出光洁的额头。

江焰将保护膜小心揭下，往她脑门上一贴。多了片东西搁在额头，此时的池瑶比平时看上去多了几分稚气，苍白的脸，漆黑的眼，像个小孩。

江焰不由放轻了声音：“舒服点没有？”

少年的声线清冽，不低不扬，还带着关心。

池瑶屏住呼吸。

两人离得太近了。

也许人在脆弱时总是可以挖掘出一些寻常看不见的东西，比如江焰这会儿倏地拔高的安全感。

池瑶沉默许久，也意味不明地看了他许久。

她突然问道：“你去过洞玉山吗？”

“洞玉山？”

江焰小时候去过，多少年过去，早没印象了。

“去过。怎么了？”

“我有个弟弟。”池瑶说。

“嗯。”

“和你差不多大，元旦要带女朋友回来，去洞玉山玩两天。”

话音刚落，江焰便不假思索地说道：“我有空。”

池瑶失笑，故意说：“我没空。”

江焰没被她骗。

“我的有空建立在你有空的基础上。”

池瑶不喜欢被威胁，她扬眉：“我可以再找别人。”

“那不行，我已经插队了。”

江焰不疾不徐：“池瑶，你只能找我。”

江焰的白粥煮得还算成功。

不过白粥而已，煮砸也不容易。

池瑶吃完回家睡了一觉，醒来是傍晚，出了一身汗。

洗了个热水澡，她舒舒服服地躺在客厅沙发上看手机。

池女士给她发来消息，说是有亲戚要给孙子办满月酒，让她陪着一起去。

她回：我去干吗啊？

池女士：沾沾喜气。

池瑶：行，明年找个时间我给你抱个孙子回去。

池女士：你最好是。

在这点上，她是说不过池女士的，但是抬杠她会。

池瑶丢了手机，看窗外一边弯月，一边落日，天色半明半暗，像白蓝羽絮充绒。

她觉得肚子又饿了。

江焰的电话就是这时候进来的。

“吃晚饭了吗？”

这人是她肚子里的蛔虫吗？

“还没。”

“过来吧，有吃的。”

这才一下午，他又折腾了什么？

池瑶刚洗完澡，身上就束了件浴袍，她找出内衣穿上，又套上长到小腿的毛衣裙，摁了对门门铃。结果摁完才发现江焰早给门开了条缝，是她没注意。

推门而入，江焰刚好从房间出来。他也才洗完澡，饭桌上是换衣服前摆好的一盅补汤，合盖煨着，却盖不住香味。

“你自己做的？”

江焰的表情一僵，抓了抓头发：“不是，让人连汤带锅送过来的。”

他倒是想做，但太难，起码现阶段做不了。

“还挺诚实。”池瑶笑了声，坐下，打开盖子，汤里的药材香味扑鼻，她闻到了一丝苦意。

“闻着有点苦。”

江焰说：“喝了这个，病好得快。”

“本来也没什么事，别给我补得流鼻血就行。”

“不会的，我问过了，你喝这个正好。”

他很认真："我订了半个月的量。你吹个风就生病，身体太虚了。"

池瑶想到的却是刚才自己和池女士的对话，她本能地没有告诉池女士自己生病的事。

就这两年而已，她搬出来后，便学会了报喜不报忧。像以前还住家里时，她头疼要喊池女士，身子不舒服要喊池女士，因为只要她不舒服，池女士就会对她百依百顺。

但现在不一样了。

远水解不了近渴，只会徒增忧愁。

江焰这般送温暖，池瑶愣了会儿神。蓦然她才反应过来，自己真是太久没恋爱了，就这样而已，竟都觉得感动。

第 03 章
CHAPTER THREE

像满月酒这样的宴席，池瑶今年已经是第二次吃了。

第一次是医院的同事，生了个小公主，在家里办的，那天她喝了不少，几人一起蹭了同事老公的车回家。池女士知道后，恨铁不成钢，说她怎么连个接她回家的人都没有。

池瑶很难不怀疑这回亲戚的满月酒池女士没有其他的心思。

出发前池女士特地给她来了电话，让她打扮得好看点。

“又不是我的小孩，吃完就走了，干吗还要打扮？”

“给我撑场子。”池女士大言不惭，“我闺女不找对象是因为眼光高，可不是因为没人要。”

“死要面子活受罪。”

不过池瑶还是配合地化了个全妆。

等电梯时池瑶看着对面紧闭的大门，有些恍惚。

因为要出门，今天的补汤是喝不了了，早在昨天她就提前跟江焰知会了声。

江焰当时没有什么反应，只说天冷，让她记得多穿一点。

她没来由地叹了口气。

路上堵车，池瑶到酒店的时候已经迟了，大老远就看到池女士沉着张脸："怎么这么慢？"

"堵车。"

"赶紧的。"

池女士抓着池瑶的手进场入座，池瑶才看清这满月酒的排场之大。

早听说许久没联系的堂姐嫁了个家里开钢厂的，两人在一次车展上认识，闪恋闪婚，转眼一年过去，孩子都满月了。

池瑶记得去年这个时候，池女士的心情非常不好——池女士和三婶的磁场不合，两人明面关系不错，实则经常在暗中较劲，尤其是池瑶就比她堂姐小了几个月，她们二人同年生，上学工作，自是少不得被拿来比较。

池瑶还算给池女士长脸，成绩一直不错，工资不说多高，好歹是个医生，怎么着也比家里蹲的堂姐强。

直到堂姐结了婚，堂姐夫还是个富二代，池女士整个人都不好了，看池瑶处处不顺眼，私心里又很怕她真的孤独终老，所以只要遇到合适的，就想让她接触接触。

如今三婶连外孙都抱上了，还是双胞胎，而池瑶别说结婚，连对象的影子都不见一个……所谓满月酒，说是鸿门宴也不为过。

这不，池瑶才坐下不久，她那三婶就摸了过来，左手玉镯，颈上金项链，笑得红光满面。

"瑶瑶，好久没见你，你又漂亮了。"

池瑶心里一咯噔，果不其然就听到三婶又道："谈男朋友没有？什么时候也带来给三婶见见。"

"谈什么啊，"池女士在一边冷飕飕地接过话茬，"现在的年轻人和我们当年不一样了，眼光高得不得了的，整天想着工作，医生嘛，可

忙可忙了。你说她一个女孩子那么累，我都心疼死啦，哪儿好意思催的，你说是吧？”

三婶的神色变了三变，又笑：“这样不行的啊，人还是要谈朋友的，再说瑶瑶待的也不是那种老做手术的外科，应该不太忙的吧？真认识不到人，三婶可以给你介绍的。”

“怎么可能认识不到人呐，瑶瑶不说别的，追她的人可不少。早几年我多怕她早恋，还好她争气，什么年纪做什么事，我已经很欣慰了。”

池女士的嘴皮子厉害，说话从来直击痛点。就是池瑶，都知道堂姐高中的时候和一外校的男生闹得沸沸扬扬。池女士和三婶针锋相对，两个来回，火星子四溅。

眼看着三婶又要回击，池瑶忙说：“最近医院在评职称，确实挺忙的，也没时间搞其他的事，我要是有好消息肯定会第一时间告诉家里的，三婶就不用担心了。”

池女士向她看了一眼。

三婶却还不甘心：“真不用三婶介绍？晴晴夫家还有几个单身的，就是可能年纪大点，也不知道……”

不等池女士发作，池瑶暗暗摁住她的手：“我这人不喜欢将就，所以还是不麻烦三婶了。”

池女士先三婶一步听出她话里的含义，登时畅快一笑：“那是的，瑶瑶这样的要什么没有。早晚的事，就不劳你费心了。”

三婶终于反应过来池瑶的话中话，她脸一黑，干笑两声：“还有好多客人要招待，都是大人物，没法怠慢的，我就先不陪你们了。”

池女士皮笑肉不笑，摆摆手：“去吧去吧。”

等人走远，池女士脸上的笑容尽失，说道：“我就不该过来受这份气。”

池瑶才不信她的气话。谁都知道可以不用来，但仗还没开始打就退兵，那可不是池女士的风格。

过了一会儿，池女士问：“你跟那个张一铭最近有没有出去约会？”

“没有。”

“为什么？”

“我刚刚不是在找话堵三婶，是真的忙。”

池女士却长长地叹了口气：“我还不知道你？如果你真的对一个人上心，所有的借口就都不是借口了。”

要说知女莫若母，池瑶稍一反思，也没什么胃口，却想起了某人。

那个和她完全不同的人，情绪毫不掩饰，开心是开心，委屈是委屈，像小孩一样喜欢惊喜，小心思多如牛毛，是直肠子，又处处心细。

她独来独往惯了，自以为没受他影响，事实却是他在她的生活中处处留痕。

如若不然，她不会在这个时候想到他，也更不会在酒店对面看到他。

“瑶瑶？”

池瑶深吸一口气，回过神来：“怎么了？”

“我问你要不要今天回家。”

“不回了，明天还要上班。”

“那我跟你姑走了，你自己回去？”

池瑶尽量不让自己的视线聚焦在对面，她神游地点头：“行，你到家给我电话。”

送池女士上了车，池瑶没有走到对面去，而是拿出手机打了电话。

她看着男生独自站在路牌旁，手里好像是牛奶，插着吸管，想起来就抿一口。

所以十分钟前他给她发消息，问她吃完饭没有，原因在这儿。

电话才响一声就被接通了。

“吃完了？”

“你看过来。”

汀焰倏地抬头，池瑶就在他正对面，身边有车有树，黑压压的，她身立其中，与其融为一体，又是唯一亮色。她穿着一件厚外套，长发被绑得高高的，更显脖子修长。

“过来吧。”

池瑶把手机挂了，看着他在绿灯亮起时向自己奔跑而来，带着浓烈的盛意，几乎要将她席卷。

他离她太近，连寒意都被驱赶。

她明知故问：“你来干吗？”

“接你。”

池瑶把手放进口袋，仰起头看他：“刚刚要是我没看到你，可能就直接回去了。”

江焰顿住：“我好像没考虑那么多。”

“冒冒失失。”池瑶柔声轻嗤。

他抓了抓头发，说：“大概是，我坚信我能接到你吧。”

“如果错过了呢？”

“那我就去找你。”

池瑶轻怔。

他低头，将她完全放置在眼里，慢慢地说：“总能找到的。”

天气越来越冷，池瑶年轻时还会讲究风度，大冬天也要光着腿。现在不会了，该穿多少穿多少，生病实在太磨人，她折腾不起。

她小时候体质差，是坚持跑步才有好转。就因为上次夜跑出的事，除了和江焰那回，她已经很久没有出去跑步过。

这阵子生病，估计也跟她在运动方面懈怠了有关。

她倒有心把夜跑改成晨跑，无奈才坚持两天就再起不来。

真的太冷了。

哪儿有人大冬天不贪被窝的？

不过江焰让人送来的那些汤好像真的挺有用，连着好几个晚上她那遇冷就手脚冰凉的毛病都没有出现。

这天江焰又送汤来，池瑶喝了两碗，拿出手机，对江焰说："订这些汤需要不少钱吧，我给你转账。"

"不用。"

江焰说，这是季芮介绍的，那人是季芮的老朋友，并没有收钱。

可池瑶不想欠人人情："那等哪天有空，我请你和你小姨吃个饭？"

然而并不需要有空，两天后池瑶便在外边偶遇了季芮。

那天下班，池瑶和姚敏敏约好一起给全身做个护理。

要了双人的包房，将衣服脱了换上浴衣，池瑶趴在床上，和对面的姚敏敏有一句没一句地闲聊。

姚敏敏说起自己和那男演员的事。他们俩磨了两三个月，还停留在暧昧的阶段，始终没有进展。姚敏敏嘴上无所谓，心里还是不舒坦。

池瑶说："不行就换一个。"

"那不行，我还没和他谈恋爱呢。"

池瑶憋笑，又听她煞有其事地说："你别笑，我说真的。"

姚敏敏不是第一次玩姐弟恋了。认真来算，她的几段恋情里，有一半的对象都比她小，而且是一个比一个小。

别看那男的在众多女粉丝中混得游刃有余的样子，实则他才刚毕业不久。

池瑶记得姚敏敏的前任好像比她大两岁，可她不太满意，只说："还是弟弟好。"

弟弟到底有多好？

池瑶想到江焰。

这段时间，因为汤的关系，她和江焰基本每天都要面对面坐上半个小时以上。

有时是在她家，有时是在他家。

一来一回，难免会有点小差池发生。

就在前天，最后一盅补汤送达，池瑶照例去叫江焰。他那边没关门，应该是回来得急，鞋子也没摆好，就随意脱在门口。

“江焰？”

一时没人应。

池瑶估计他在卫生间，也没有继续往里走的打算，想着先回去，给他发条信息让他过来就好。

她才转身，身后就传来声音。

“怎么了？”

她毫无防备，回头就看到男生美好的身体。

也不是小女生了，害羞谈不上，惊艳是真的。

他很白，白得干净清爽，一点也不平板干柴的身材，肌肉蓬勃有力，线条像是精心描过一般深浅分明，人鱼线没入裤腰，也未免太过养眼，让人想入非非。

池瑶得承认，有那么一瞬间，她被他吸引了。

于是当晚就做了个梦。

她梦见热带雨林，有小兽伏在暗处，潮湿的泥土肥沃，有排蚂蚁在硕叶下爬行，彼时雨滴落下，雨势由小变大。

“池瑶，你看看我。”

这声音过分熟悉，池瑶疑惑地看过去，见到的，赫然是江焰的脸。

他站在丛林里，雨夜将他的脸割裂出无害与阴鸷，笑的时候眼里有光，睫毛的阴影透在鼻梁上砍出一道褶。

江焰弯过手指捏起叶尖，绿叶的锯齿划破他的指腹，绒毛拂动，带动花瓣的舒展。

鬼使神差地，她说："你好没礼貌……"

"是吗？"

他向她走近。

"可还有更不礼貌的。"

池瑶喉咙发干地睁开眼，室内的熏香弄得她恍惚，她不自在地扭了扭身子。

给她推背的技师以为是手劲不对，细心地问："是太重了吗？"

她轻哼了声："没有。正好。"

按摩过后，姚敏敏还想再躺会儿，池瑶自个儿去洗澡。

更衣间里，她脱了浴衣，关上柜门时，却见隔壁在看自己的女人有些眼熟。

电光石火间，她想起了女人是谁。

而季芮比她更快，快速看了眼她光裸的姣好身材。她的腰腹平坦，胸是胸，臀是臀，从紧实的线条就能看出有运动的习惯，给本就凹凸有致的身材加分不少。

她外甥的眼光真好。

"你好啊。"季芮摇了摇手里的钥匙。

说真的，池瑶从没想过自己会以这样光溜溜的状态和光溜溜的季芮见面。

但见都见了。

连澡都是一块儿洗的。

季芮年纪稍长，也不过三十有余，她不止相貌年轻，心态亦然，和池瑶还挺有话聊。光是围绕着做了什么皮肤管理，平时又用了什么产品，季芮就能以过来人的身份向池瑶传授很多经验。

末了，她还同池瑶分享了她儿子的照片。

“他这次没跟来，等下次你去港城，我招待你，再把他带出来跟你玩。”

季芮的丈夫，姓汤。

男孩的名字好记，叫汤汤。

而江焰，反而成了她们之间最后的话题。

“我大概知道江焰为什么喜欢你了。”季芮说。

对这点，池瑶到现在还疑惑：“为什么？”

季芮却打起太极：“因为你本身就招人喜欢啊。”

池瑶：……

她又笑着说：“男生首先是视觉动物，先入眼再谈动心，他喜欢你是很正常的事。可我怎么听说，”她话锋一转，“江焰貌似还没追到你？”

江焰这次因为药膳请她帮忙，可是稀罕事。他素来独立，很少会跟家里要求什么，更别提为的还是别人了。是以当她听到的时候，还笑话了他好久。

毕竟铁树开花，难得一见。

池瑶不知如何接这话，只好笑了笑。

季芮说：“关于这点，我本人很支持你，他很多东西都来得太容易了，就该让他吃点苦头。但是呢，作为小姨，我还是得帮江焰说两句话。你应该看得出，江焰这人的心思不难猜，就是嘴巴严实，经常说得少做得多，姑且还算靠谱。你是不认识以前的他，比现在还闷，基本是不爱和人说话的。高三那年我还怕他出现什么问题，带他去看过心理医生，结果什么事也没有，后来也不知怎么，自己就和自己和解了，人也开朗了不少……”

似乎是发现自己说太多了，季芮咳了咳，把话题重新转回来：“这些等以后你就知道了，他们家的人都这样，认准一个就要闷头追到底，说好听点是专一，说难听了是执拗。但我看他是拿捏不住你的，你把他吃得太死了，根本翻不了身，这干脆就没脾气的嘛。”

说完，季芮又幸灾乐祸地笑。

池瑶心里也跟着发笑。

这才哪儿到哪儿啊？

该说季芮到底还是偏心，八字还没一撇就连同江焰一般想当然，对她势在必得，好像她点头只是早晚的事。

不过事后池瑶反省了一下，这段时间她对江焰的态度的确是多有宽容。原因致命，因为他长得好看。如若不然，她也就不会做那个有他在的梦了。

冥冥之中，她心里的天平已经在倾斜。

这不太妙。池瑶想。

分开前，季芮跟池瑶交换了联系方式，约她下次一起做指甲。

池瑶没拒绝。

只是在存号码时，她傻傻地纠结了一会儿，是该备注小姨，还是季芮？这似是而非的长辈，得来全赖江焰。最后，她填了江焰小姨。

当天晚上江焰就找了过来。

他说：“我小姨说她见到你了。”

池瑶看了他一会儿，摆平心态，转身回到客厅坐下：“是啊。”

江焰从鞋柜里拿出鞋，这是从他家里拿过来的，小区附近的超市就有卖，正好和她鞋柜里的家居拖鞋是同款。

“她没说什么吧？”

“能说什么，你有什么不为人知的秘密吗？”

“应该……”江焰蹙眉，想了想，“没有。”

“应该？”

“小时候的糗事也要算吗？”

池瑶来了兴致："什么糗事？说来听听。"

"不记得了。"

池瑶撇撇嘴："赖皮。"

江焰笑，从茶几上拿了个橘子。

橘子皮破开，酸甜的水汽在空气中蔓延，池瑶接过他递过来的大半橘子，听到他问："下周你有没有空？"

"嗯？"

A 大运动会今年办得迟，定在十二月初，江焰想邀请池瑶去看。

他说："我报了长跑和接力。"

"不错，加油。"

"就这样？"

"不然呢？"

"你会过来看吗？"

自从池瑶上次梦见了他，就没再正视过江焰。

如果不是季芮，如果不是运动会，如果不是江焰上门——

巧合接二连三地发生，再加上江焰的主动，她躲不掉。

但可以找借口推脱。

"我可能没空，医院最近挺忙的。"

江焰听了，也没强求，唯有脸上的失意很明显。他摸着后颈，有些遗憾："本来我还想跟你谈点条件的。"

"什么条件？"

"我赢了比赛，你跟我吃顿饭。"

他们吃过的饭还少吗？像是听到她的腹诽，他补充说："在外面，只有我们两个。"

"……你就这么确定你能赢？"

"当然。"他十分笃定。

年轻气盛，连自满傲然都是不让人反感的。

池瑶心口一软："可我不一定有空。"

她这么说，不完全是推脱。

"只是不来看比赛而已，有空吃饭就行。"

"倒也不是不可以……"

"那就这么说定了。"

可池瑶却慢慢回过味来："江焰，你故意的吧？"

说什么让她看比赛谈条件，到头来她就算没空去看，不也还是跟他打了赌？

江焰微扬起下巴，很坦荡地笑："是啊，我就是故意的。"

见她瞪起眼，他贴心地帮她把橘子皮扔进垃圾桶。

他又一次向她强调。

"你放心，我一定会赢。"

运动会那天，天公作美，晴空万里。

池瑶无事，却醒得意外的早。

她躺床上对天花板发了一会儿呆，拉起被子想睡个回笼觉，没成功。

这个时候，江焰应该已经走了。

A大有专门的体育场，不在钟湖校区，在靠近城郊的丽尔湖高尔夫场，离这里很远，多半是要提早集合出发的。

池瑶去过那边上过两次高尔夫的课，是池父客户送的券，辗转落到她手里，可惜她只对网球有点兴趣，对高尔夫倒没什么兴趣，去了两次就懒得再去。

浴室的灯光调得温和，池瑶仔细洗了脸，对着镜子，她看了一会儿，忽而凑近，发现自己脸颊处的雀斑好像又多了两三颗。

池瑶的皮肤像池女士，细腻白皙，没什么毛孔，但雀斑的问题却是从学生时代就存在的。她曾一度觉得这雀斑可爱，而现在，她只觉得，有点烦。

其实她这会儿不该在家待着的。

今天能休息，并非凑巧。就在几天前，她特地和姚敏敏做了换班安排。姚敏敏问她要干什么，她又说不出个所以然，因为她也不是很清楚自己为什么要调休。

直到张一铭十点后给她打来电话，问她下午有没有空，她才惊觉自己内心的小心思。

彼时池瑶刚吃完早餐，她开了免提，装作不知情的样子："什么事？"

张一铭果不其然说了运动会的事。

"没事的话，可以过来看个热闹。"

池瑶犹豫了一下。

她说："嗯，你把位置发我吧。"

池瑶拒绝了张一铭接送的提议，她是自己开车过去的。

张一铭在体育场门口等到她的车。

池瑶按下车窗，见他一身运动装，胸口还有 A 大校徽，比起平时板正的打扮，要顺眼不少。

"车子是不是不好停啊？"

"没事，我打过招呼了。"

池瑶点点头，等他上来，顺着他的指示停好车，下车时见他一愣，她不解："怎么了？"

今天池瑶穿得休闲，年底了，天再好也是冷的，她在大衣里头穿了件灰蓝色的卫衣，正好和张一铭的衣服一个色。

但张一铭没好意思说，笑了笑："没什么。"

池瑶有些心不在焉："这运动会是要弄两天吗？"

“是啊。”

“今天下午要比什么项目？”

张一铭提前仔细问过，答得也快。池瑶听到“男子一千米长跑”时耳朵一动，不作声，听到最后也没听到接力，她才问：“没有接力吗？”

“接力是明天的，分两场，下午决赛。”

池瑶了然，那江焰今天应该就只有长跑这一项了。

张一铭没带池瑶去看台上坐，现在还是晒的时候，他领着她去了临时搭建的遮阳棚下，离赛场更近，还能庇荫。

池瑶把外套脱了，挑了个椅子坐下，周围忙得很，也没几个注意到她一个外人，只有和张一铭打招呼的两个老师多看了她两眼。她点头微笑，算是打过招呼，便把注意力放在了不远处的跳高上。

她很久没有参加过这样的大型运动会了。

叉腰听规则的男生，两个手挽着手笑的女生，奔走送水的后勤，捂着对方耳朵减弱枪声影响的小情侣……医院先前虽也举办过运动会，还设了奖金，参与的人很多，但绝对没有现在这样青春洋溢的氛围。大家都不年轻了，一整天折腾下来只有累，结束时积分最高的是院长儿子，一点新意也没有。

池瑶看得入迷，张一铭回来时看到的便是她专注的侧脸。

她好像什么也没擦，脸上干干净净，眉毛天生浓密，明眸皓齿，笑起来下巴尖尖的。

张一铭想到这些天自己刻意的主动，不仅让事情没有进展，还让她彻底失了聊天的兴致。今天她会过来，他也很意外。

“池瑶。”

池瑶侧头：“嗯？”

“喝水。”

“谢谢。”

池瑶接过水后，张一铭寻了个话题：“一会儿就是男子一千米了。”

“这么快？”

池瑶坐的这个位置离起跑线不远，她看过去，只见一帮高矮不齐的男生挤在一处做登记。不知是她只认识某人还是某人实在耀眼，池瑶一眼找到了江焰。

他是八号，正扶着脖子活动筋骨，旁边还有几个女生在叽叽喳喳地说着什么。

又有人在叫张一铭，张一铭只能和池瑶说：“你先在这儿看，我去去就回。”

池瑶说好。

张一铭走后，她拿出手机，思忖着要不要给他发条信息。

但他现在应该是看不到的。

池瑶纠结时，男生们已然散开，各自走到对应的跑道上做准备。

枪声响起！

池瑶霍地站起来，视线聚焦在红色的八号身上。

前期江焰并不是最快，但也没落后几名。池瑶和他跑过，知道他的节奏，一圈下来，他始终保持着一开始的水平，已经可以和不少人拉开距离。

一共两圈。江焰目前第二，第一那位离他不远，但要超过，还要看两人最后半圈的冲刺，才能分出最后的冠军。

池瑶的手心出了汗，险些握不住矿泉水瓶。她很久没这么紧张过了。

时间一分一秒地过去，终于，江焰开始加速冲刺！

有人在齐声喊加油。池瑶紧盯着那道红白色的身影，眼看着最前面的两人越来越近，越来越近……

一瞬沸腾！

江焰赢了——

池瑶虚脱般坐回座位。她有些渴，一口气喝了一大口水。喝完顿住，看向终点处，还真就看到有两个女生跑过去给他送了水。他随手接过道谢，却回头拍了拍另一个男生，男生交给他一个东西。

池瑶眨眨眼，下意识地去摸手机。

几乎是同时，手机震动。

江焰来电。

池瑶的心跳莫名加快，她深吸一口气，划了接通。

“喂。”

一阵喘息，江焰那边和她一样吵闹。

池瑶捏紧了手机：“比完了？”

“……比完了。”

“第几？”

池瑶看着他抬头蹙眉张望，又迈腿往人少些的地方走了两步。电话里的他卖起关子，云淡风轻的语气：“池瑶，你希望我赢吗？”

池瑶明知道他跑了第一。

她微微眯起眼。江焰就在那个位置，侧身背对她，低着头，球鞋抵着趁脚的桩子，有一下没一下地踢。声音听着不经意，动作却是焦灼得厉害。

池瑶突然笑了。

“嗯。”她应了声。

江焰像是没反应过来：“嗯？”

这时，有个人快速穿过跑道，大喊了声：“过来帮忙把这个挪开！”

池瑶听到了。

江焰也听到了。

池瑶无声。

江焰猛地回头，可人太多，他没有第一时间找到池瑶。

“你来了？”他焦急地问。

池瑶刚要应话，身后张一铭适时回来。

“终于结束了。”张一铭边说边掸走身上的灰。

江焰：……

池瑶扭头向张一铭看了一眼，没说话，她再次看向江焰。

而这一次，江焰也在看她。

他看到她了。

也看到他们了。

江焰挂了电话，但他没有过来，而是面色阴沉地跟着过来催他的人去录成绩。池瑶站在原地，倏然意识到，自己其实不应该出现在这里。

至少，不是因为张一铭的邀请才过来。

她这是在做什么？

池瑶收了手机，回头看向张一铭。

张一铭并没有看到江焰，只知道池瑶这会儿脸色不太好看，他问：“怎么了？”

“我该回去了。”

“现在？”张一铭不知她为什么突然情绪就不对了，他蹙眉，试图挽留，“这边晚上有条街很热闹……”

池瑶摇摇头：“你去吧，我就不去了。”

她抓起外套，余光瞟过张一铭的运动服。灰蓝色，她脑海中闪过一丝什么，脸上的表情变得愈发僵硬。

昼夜温差大，太阳西沉后，冷风冻人，停车点和体育场之间有段距离，池瑶把手揣进大衣口袋，被冷得一激灵，她需要吹暖风，却是高估了自己的方向感，找了快二十分钟才找到自己的车子。

开车前，她看了手机。

江焰并没有再联系她，可她又在期待什么呢？就算被他看到她和张一铭在一起，又能说明什么？她为什么要心虚？

当初让他放弃的是她，这时跑过来看他比赛的也是她。池瑶自认坦荡，像这样诡谲多变、患得患失的情况，她都不知道多久没出现过了。也许从她没有拒绝江焰替她买药那次，事情就已经错了。

打转方向盘，池瑶压着心思往外开。

快到大门口时，她踩了刹车。

江焰似乎早知道她会从这经过，人就这么站在那里，身上的跑步服换成了白色卫衣，没有穿外套，就连下半身都是宽松的及膝运动裤，小腿笔直地裸露着，也不知道冷。

池瑶压了有一会儿的心思在这时喷涌而出，她摁下车窗，冷冰冰地开口："上车。"

江焰的视线穿过她，看向副驾驶。

没有人。

池瑶猜出他的反应："再不上车我走了。"

江焰这才绕过车头坐了副驾。

他带进了一阵冷风。

池瑶提醒他："你坐到我外套了。"

江焰刚才没看清，坐下后就察觉到了，他默不作声地抽出柔软的羊毛大衣，刚要放去后座，池瑶又说："帮我抱着。"

"……好。"

车越往前开，天色就越黑，路边的香樟掠过，两人沉闷着，一直没说话。

池瑶不太习惯江焰的沉默，她想了想，说："你刚刚就一直在那里等我。"

"嗯。"

"如果我没看到你，直接开车过去了呢？"

江焰还没想过这种可能。

他摇头："你看到我了。"

池瑶握紧方向盘："你可以事先给我打电话。"

"我不想听到你拒绝我。"

"我拒绝你什么？"

"张一铭。"他点到为止。

如果给她打电话会听到她要和张一铭一起走的可能性，那他还不如就堵在门口。

他穿那么少，她会让他上车的。

池瑶近乎荒诞地笑出了声。

她问他："江焰，你知不知道你现在浑身是刺？"

"因为我不高兴，这不是很正常吗？"

这人有时真是直白得让人哑口无言。

"你有什么好不高兴的。"

他却还是刚才那个回答："张一铭。"

池瑶觉得他别扭死了，她怕自己再这么开下去会出事，索性把车停在了路边。

这是一条没什么车辆经过的大路，车外的黑如墨一样压着，池瑶身上的香味一点一点地钻进江焰的呼吸，他胸口起伏，心里没来由地起了别的乱七八糟的想法。

池瑶可不知道他在想什么，她认为自己很有必要纠正一下他的态度。

"江焰，我们现在还什么关系也不是。真要计较，张一铭是我家里给我安排的相亲对象，我受邀过来，有错吗？"

江焰并不受打击，他的声音低沉而轻快，自动忽略了后面的话，只说："我们，迟早的事。"

"你这样让我很为难。"

江焰：……

比起她那句“什么关系也不是”，这句话的杀伤力对江焰来说明显要更大。

江焰安静半晌。

他说：“对不起。”

池瑶愣怔，以为自己听错了。

但江焰确实这么说了。

池瑶属于别人硬她也硬，别人软她更软的那类人。江焰低了头，她也就没了呛声的借口。

她冷静下来，与他无声对峙片刻。

最终，她向他坦白。

“是我自己想去看，跟其他人无关。”

不是拒绝了你，却答应了别人。

池瑶的外衣还带着她身上的香水味，江焰抱得紧，听她这么说，手一松，也忘了回应。

池瑶不太自在地重新启动车上路，她生硬地转了个话题：“明天你还有接力跑，那今天的第一，算不算数？”

“当然，你不能反悔。”

池瑶轻笑：“我没有反悔。”

因为她希望他赢。

池瑶回到家，张一铭的短信如期而至。

她偏头疼又犯了，躺床上想了许久，还是决定和张一铭说清楚。

此前张一铭说，想和她从朋友做起。可他们都心知肚明，朋友并没有那么好当。

她无意玩欲擒故纵的把戏，却不小心让自己落入两难的境地。大概

她本就是个自私的人，遇到些什么需要做选择的情况，便习惯为自己找借口开脱。张一铭的邀请是她想打瞌睡时送来的枕头，这样她才能以看看热闹的由头前往体育场。

其实，承认又有什么难的呢？她不过就是想去看看江焰能不能赢而已。

与张一铭的聊天记录一向很简短，池瑶向上翻了两页，很快就翻到了顶。

单方面的示好从来都是无效信息。

池瑶将消息发送出去。等了等，没有等到张一铭的回复。

回复是在快零点时才收到的。

张一铭：其实我感受得到的，当时你答应过来看校运会，我还很惊讶，都没想到你会来。

池瑶：对不起。

张一铭：那就这样吧，长辈那边我来说。

池瑶：抱歉。

结果弹出提示，对方已不是她的好友。

池瑶呆了呆，随后关掉手机，闷头睡觉。

一夜无梦。

第二天的运动会，池瑶没有去。江焰给她打电话时，她在忙，没接到，等看手机已是下班后。

他又一次赢了。而她迟迟不回，他虽没有再打第二次电话，却把餐厅位置都订好了，估计还在怕她反悔。

订的是青竹园，那里做的鱼是出了名的好吃，但位置不好等，逢节假日还需要提前预约。

池瑶看了时间，下次休息，正好是周六。

她没给江焰回复消息，只在回去后，把他从家里叫了出来。

“你一个学生，随便找个地方就好了，去什么青竹园。”

从江焰频繁换鞋的行为来看，他对金钱的概念似乎有些模糊，花得大手大脚，也不知节制。要知道在青竹园吃一顿，半个月的生活费都吃没了，还吃什么啊。

“你昨天说的，你喜欢吃鱼。”

“吃鱼的地方那么多。”

“这一次就去吧，”江焰想让他们第一次出去吃饭的经历能够完美一点，“下次再去别的地方。”

“你还想有下次？”

江焰的耳根一红，嘴角往上咧了一下：“到时候我开车。”

池瑶只得默许。

回自个儿屋前，她用手触碰门把，踌躇须臾后，她回过头，向还在等着她进门的江焰说：“第一快乐，恭喜你。”

计划赶不上变化。

周六那日，天下起瓢泼大雨。

青竹园不在市中心，从钟湖过去那边的必经之路才因为积水严重上了新闻。

池瑶望了望窗外的雨，如烟如雾，快要看不清景况。这还没到晚上，天色就已经阴得压抑，她不免头疼，看来计划要泡汤了。

这时江焰找上门来，他应是精心打扮过的，一身衬衫黑裤，显得成熟清俊。

只是看着神情有些沮丧。

他说：“我打电话问了，听说那边已经在排水通路，我们要不先过去看看？”

池瑶不忍心打击他。

“行，那就走吧。”

外头比池瑶想得要冷，好在她很快就上了车。正是下午时段，加上下雨，路上拥堵得厉害，眼见和餐厅约好的时间快要到了，江焰又一个点刹，手指敲着方向盘，肉眼可见的急躁。

池瑶开了音乐，徐缓的乐声蔓延车厢内。

江焰睨向她：“……这和我想的不太一样。”

“下个路口调头，我带你去吃好吃的。”

没必要再往肯定还没通的积水路段走了，到时候折返都来不及。

江焰看着前方的红绿灯，还有些犹豫。

池瑶啧了声，推了一下他的手臂：“你这孩子怎么这么轴呢？”

江焰：……

池瑶心里一咯噔，果不其然就听到他一本正经地说道：“别这样叫我。”

“那又怎么了。”

“你这样，我只会想——”

话说一半，他又停住。

池瑶被他勾起兴趣，问他：“继续说，你会想什么？”

他没立刻接话，侧过脸来看她。车外的光线投进车里只剩一层发暗的灰蒙，衬得江焰的眼睛亮极了。

池瑶的呼吸加快了。

她发现，江焰身上仿佛有一抹同龄人没有的矛盾气息，介于成熟与青涩之间，他赤诚，他清冷，矛盾让他充满了神秘感，但他并没有意识到这点，全让其自由发挥，有时存在感极强，有时存在感极弱，却让人愈加想要向他靠近。

像此时，这份矛盾便强烈得快要将池瑶吞噬。

有那么一秒，她竟出现了他倾身过来将她压制的幻觉。

但幻觉终究是幻觉。

什么也没有发生。

江焰只是克制地说：“会想证明我自己。”

……

池瑶心道糟糕。

她听到自己的心跳声了。

到底没去青竹园，池瑶指着路，车子拐了两个弯，停在一家平平无奇的小店门口。

但走进去，江焰才知道，这不只是小店。这家店虽然门面小、招牌老旧，实则店内装潢很新，分三进，中间穿过长廊，还有露天的位置；不过下了雨，挡雨的棚漏了没法用，桌椅都收了起来，以至于有天花板的座位人满为患。

幸好店里还剩了个角落的位置，池瑶和江焰坐下，点完单，见他还在打量，她说：“很好吃的。”

“看得出来，这种天气还那么多人。”

“雨天来吃饭的人才多呢，都不想在外面淋雨嘛。”

池瑶边说边把消毒过的碗筷用茶水又过了一遍，过完递筷子给江焰，却见江焰盯着她，似笑非笑的。

“看什么？”

他摇头：“我以为你今天不会和我出来。”

“答应你了的，今天不出，天晴也会出。”

角落之所以空着，是因为靠近通风口。虽然门窗都关严实了，池瑶还是能感觉到雨天的冷意，这是暖气抵挡不了的。冷风吹得她小腿冰凉，寒意丝丝入骨。

她今天穿了裙子，而且没有穿裤袜，就裸着腿，也不知道图什么，

这会儿后悔死了。

江焰发现了她的不对劲，他抬头看了看："你过来我这边坐。"

"都一样……"

"我这边不冷。"

池瑶摩擦着小腿起了鸡皮疙瘩，无声地和他换了座位，也许是心理作用，还真没刚才那么冷了。

过了茶水的碗筷都没用过，也不用调换。店里的招牌滚鱼很快上桌，大白瓷盘里装的鱼肉被片得很薄，微辛，入口又弹又嫩。后上的鱼片粥也是店里的热菜，池瑶给江焰盛了一小碗，问他怎么样。

"好吃。"

"那当然，也不看看是谁推荐的。"

不知是桌上的热气还是其他，池瑶的脸上泛起绯红，开动前，她把头发全都扎了起来，脸就巴掌大——

江焰低头看了看自己的手。

他的手比一般人要大，几次不经意间握过池瑶的手腕，她的手腕细得好像一折就断。如果他的手是丈量单位，池瑶身上的很多地方他都能一手掌握。像是想到什么，他突然一呛，咳出了声。

池瑶连忙递水："怎么了？"

他摆手，颇为心虚："……辣。"

"辣吗？"

池瑶特地点的微辣，她又尝了口鱼，说实话对本身就很能吃辣的她来说，她吃不出什么辣味。

而江焰看着她丰润亮泽的嘴唇，脸变得更热。

他托着额头，深感自己实在龌龊。

真要命，不能让池瑶知道。

想了想，他又自己告诉自己——

暂时不能。

雨停了，吃完饭的二人从饭馆出来。

车位紧张，车子停的地方又远又黑，上车时池瑶没注意，一脚踩进水坑，脚踝以下通通湿透。

她惊呼一声。

江焰听到动静过来，见状二话不说就托起她的腰，让她坐进半人高的车内。他背抵车门，垂首道："水很冷，把鞋脱了吧。"

池瑶迟钝地感受着江焰撤手前留在她腰上的力量和热度，思绪放空，甚至没听到他说的话。

江焰想帮她，却得不到回应，他疑惑出声："池瑶？"

池瑶如梦初醒，缩回腿："没事，我自己来。"

江焰最后看了眼，替她关了车门。

独自在车内短暂的几秒，池瑶冷不丁想起一个无关紧要的细节。

好像，江焰好久没有叫她姐姐了。

车里有备用的鞋子，是季芮先前留下开车的小白鞋，但她没穿过。因为她回来后，就一直在蹭江焰这个免费司机，这下她的鞋刚好派上用场，江焰找出来递给池瑶。

"换上这个。"

池瑶穿的短靴，鞋里没进水，麂皮鞋面湿透，渗出斑驳难看的深渍。

她看不太清，摸黑脱了鞋，脚底板很凉。

没有矫情，她接过鞋子："谢谢。"

江焰看她换上："合适吗？"

"刚好。"

江焰暗暗记下鞋码，这才上路。

回程路况比出门时要好很多。快到小区门口时，池女士来电，池瑶

看了看江焰，见他目不斜视，便接了电话。

谁承想池女士是打来兴师问罪的，她问池瑶和张一铭是怎么回事。

池瑶过去曾暗示明示池女士，自己和张一铭没戏。

但池女士从来没放心上，因为介绍人不是这么说的。介绍人说了，张一铭对池瑶有意，所以池女士总以为是池瑶拿乔，不想和家里说道才睁眼说瞎话。可是这一回，介绍人都开始给张一铭物色对象了，还说是男方那边的意思。池女士一听不得了，刚知道就打了电话过来。

池女士是个好面子的人，她可以否定别人，却不允许别人先撤，因为这会让她产生被人瞧不上的不适感。池瑶在介绍人那里就代表了她，她过不去心里那关。一通电话下来，好说歹说，话题仍是围绕相亲转，末尾她说道：“我明天就让人给你找个更好的。”

池瑶：……

车已经停了一会儿了。

江焰没动静，池瑶下不了车，只能在车里听完池女士全程细嗓的唠叨。

她知道，江焰也全都听到了。对于张一铭重新物色对象这件事，池女士的反应夸张，她却并不觉得丢人。可毕竟是母女，她多多少少也是好面子的，只是没和池女士计较在同一地方上罢了。就说此时，她便觉得丢脸极了。她和江焰说过，追她需要排队，可经过池女士这么一吼，搞得好像她根本没人要，纯粹是在吹嘘自己行情多好似的，叫她面红耳赤，回也没回池女士就把电话撂了。

车内一时静寂。

是江焰先打破沉默。

他问：“还要相亲？”

池瑶张了张嘴，没发出声音。她没法反驳，哪怕她知道自己不会再去。

江焰吁出一口气，手指划过眉梢，一息之间，似是做了什么决定。

他看向池瑶放在大腿的手。

一折就断似的。

他伸手探去，轻巧地握住，池瑶下意识要挣扎，他用力握紧。

“江焰！”

池瑶蹙眉，她缩着肩膀往后仰，逼仄的副驾驶成了她此时唯一的防空洞。

对面的江焰如捕食者向她靠近——

就在两个钟头前，她想过这个画面。

等真的发生了，她的心跳声都快要炸裂在耳边。

“啪嗒”一声，江焰替她解开安全带，他抬起空出的左手，握住她后颈。指腹炙热的温度烫得池瑶头皮发麻。

她的身子开始虚软，喉咙发烫，口干舌燥。

混沌间，她恍惚听到江焰说了一句话。

他说：“池瑶，我好像不能等了。”

江焰说话时，两人的鼻尖快要擦碰到一起。

可他却不再往前。

是犹豫，也是在渴求回应。

池瑶垂眸，开口时的声音她自己都觉得陌生。

她说：“江焰，别这样。”

江焰盯着她，将她尽数囊括在瞳孔里，他粗粗地喘息，握着她肩膀的手舒展又收紧，最终向后退回了座位。车内的空气几乎要擦出火苗，池瑶觉得连呼吸都是热的。

两人一时没开口。

须臾，江焰撑着眉心，沙哑地道：“你先上去吧，我再坐会儿。”

池瑶最后望他一眼，推开门，跳下了车。

她没敢回头。可在电梯里，她看着上跳的数字，眼前晃过的全是江

焰的神情。

隐忍的。

期待的。

失落的。

回想他们认识的经过，从他搬到她对面，再到他们一起吃火锅，一起逛早市……他一直在不停地靠近她。她只是害怕麻烦，并非没有七情六欲，正是抵挡不住，害怕被他攻陷，才会选择在夜跑那天当面拒绝他。

诚然，效果甚微。

而她也远没有自己想的那么坚定。

近乎是纵容的，她轻易地向他暴露自己的突破口，就这么任他攻略……

电梯停稳，池瑶站在自家门前。

她站了许久，到底没等江焰上楼。

多巴胺分泌旺盛容易让人失去理智，这对她不是什么好事，是一时新鲜还是长期有效，她需要再好好想想。

恰逢医院需要派人去外省听会，池瑶向上面申请了名额。

姚敏敏觉得奇怪：“去听会多无聊啊，怎么突然要去了？”

“就是想出去走走。”

姚敏敏深知池瑶一向是多一事不如少一事的，她不信：“家里没出什么事吧？”

“我家能出什么事？”

“那你是要躲什么人？”

她一语中的，池瑶安静片刻，说道：“最近，我认识了一个男生。”

姚敏敏一下抓到重点：“男生？”

“嗯，男生。”

池瑶说："他小我几岁，和他在一块儿，我挺放松的。最开始，我也没往别的方面想，他曾帮过我，对他我顶多就是想要还人情。但是……"

"但是，"姚敏敏接茬儿，"你发现他对你有那个意思，所以你拒绝了他。"

"……差不多。"

姚敏敏一脸早知道的样子："然后呢？你就因为这事躲他？"

"不算，后来又发生了点事。只是我不太确定，该不该继续下去。"

很多事情，都是有迹可循的。

不管是年龄还是外形，她和江焰都称不上般配，要么被误会是姐弟，要么被误会是朋友。她不再年轻了，也不清楚江焰对自己是征服欲作祟还是头脑一热就想追。当一个人的喜欢来得太澎湃，身处漩涡中心的她会被动沉溺，可夜深人静时，她又会忍不住猜忌，这样贪图新鲜的冲动能维持多久呢？她这人生性多疑，爱自己远比爱别人要多得多，江焰的年纪对她而言，代表着冲动的同时，也让他说的话做的事都没法具备足够多的信服力。

姚敏敏问她："你这是奔着结婚去谈恋爱了？"

池瑶一愣，恍然这才是症结所在。

但凡她再年轻个七八岁，估计就不会这样纠结了。

姚敏敏见她不说话，拍了拍她的肩。

"瑶瑶，你喜欢他。"

杨晓他们和女寝室那边组了一次局，就在学校附近新开的一家KTV。

"江焰，这就没劲了啊，从到这来就一直盯着手机看。"

杨晓刚凑近，江焰就收了手机。

"没什么。"他说。

这已经是池瑶出差的第四天了。这几天他们之间的联系虽没有中断，但他感受得到她的冷淡。

那天到底是他逾矩了。

江焰的兴致不高，明眼人都能看得出来，杨晓试图带动他的情绪，给他点了一首歌，还是首男女对唱的情歌。

江焰看向杨晓。

杨晓有些心虚地摸了摸鼻尖，小声说："配合一点吧，别人知道你要来，提前好几天准备了。"

江焰捏了捏鼻梁，说："你应该早点告诉我。"

"告诉了你能来吗？"

"杨晓，我有喜欢的人了，你见过的。"

杨晓的呼吸滞住，竟不知该说些什么好。

彼时歌曲的前奏已经响起，女生也站了起来。她似乎有些紧张，正在等江焰回应。

麦克风很快被人传到江焰手中，他看了看，抬起头："这首歌我不会，还是让会唱的人来吧。"

如果不能给回应，拒绝就得当机立断。话音刚落，江焰看到女生一瞬失落的神情，他没来由地联想到自己。

掌握主动权的人多么幸运。

面对池瑶，他总是那么被动，瞻前顾后，反而与她渐行渐远。走出包厢，江焰下了楼，他站在灯红酒绿中间，划着手机屏幕，来来回回，终是点进了和池瑶的对话框。

他们的对话还停留在昨天。

他问她什么时候回来。

她到很晚才回：不确定。

这时，杨晓找到江焰："生气了？"

江焰拉下他的手："没有。"

"那怎么跑下来了。"

"……她不理我了。"

"什么？"

杨晓从没见过这样的江焰，失魂落魄，像被雨淋湿的小狗。而能让他这样的，只有那个姐姐。

"我以为你们早没联系了。"

江焰侧头看他，欲言又止。

手机突然频频振动，他一看，脸色微变。

"我先接个电话。"

池瑶收到江焰消息时，对面的陈楚然还在向她推荐这家餐厅的特色菜。

会和陈楚然在这座城市见到，说巧也不巧，他是做医疗器械的，此行是以公司负责人的身份出现。

这顿晚饭，也是他邀请的池瑶。

"看什么呢？这么入神。"

经他一说，池瑶又看了手机一眼。江焰给她发来消息，说那天在钟湖跟着她的男人抓到了。那人是个惯犯，有暴露癖，常在钟湖一带出没，专门挑单身女性下手。

池瑶迟钝地起了一后背的冷汗。

该说她心大吗？这段时间她确实很久没有想起那个奇怪的男人了。

有江焰在，她本能地没去细想遇害的可能性，精神一放松，便自动将那天的事翻了篇，假装它不曾存在过。池瑶没想到江焰还在帮她跟进这件事。

就在她看不见的地方。

可他从来不说。

他不会邀功，只默默地做，得到成果后又迫不及待地与她分享，让人感觉既别扭又坦诚。即使是看着没有感情的文字，她也能想象到他有些委屈的神情。

他在借这件事，向她低头。

但是一切的情难自控，从来都是相互的，他又哪里有错？

江焰已经向她走了太多步。

这几天纷乱的思绪在她脑中被迅速地分解、理顺，池瑶破天荒地有了向前走那一步的念头。

陈楚然见池瑶发了怔，他微微抬起下颌，视线扫过她的手机屏幕。

看清后，他沉眸，却说：“之前我重新加你好友，你没通过。”

池瑶蹙眉，抬起头来。

他才问：“为什么不通过。”

池瑶翻过手机盖上，说：“你觉得有必要吗？”

“为什么没必要？”陈楚然挑唇，“如果没必要，我们现在还会在这里吃饭吗？”

“就算加了也不会聊天，那就没有加的必要。”

“谁说不会聊天。”

“因为我不想。”池瑶说。

陈楚然眯起眼。

池瑶将落下来的头发挽在耳后：“陈楚然，我没有和前任做朋友的习惯，平时在街上碰到，我可以和你做个点头之交，但更多的，不可能了。”

知己知彼。有时陈楚然都在想，当一个女人太过了解他，这究竟是好，还是坏？是应该庆幸，还是惶恐？

他不知道答案。

只知道许久不见，池瑶的魅力不减，举手投足间都让他流连。

她越来越漂亮了，也越来越清醒。

他听到自己说："你想多了。"

"就当作是我想多了吧。"

池瑶再度拿起手机，给江焰回了信息。

陈楚然何其敏锐，当即就问："你谈恋爱了？"

池瑶回完消息，抬起了脸。

一天了，她脸上的妆容依然精致，长长的睫毛在清冷的脸上像展翅的蝴蝶。

她点了点头："快了。"

而远在蒴城的江焰站在晚风里，看着她的回复，蓦然笑了。

池瑶：江焰，明天我们见一面吧。

池瑶是下午的高铁，下高铁时夜色正浓，她刚要打电话，手里的行李箱就被人接过。

他的手很热，指尖碰上她时她条件反射似的一缩。

"你早到了十分钟。"江焰说。

男生身上的气味清冷，像揉碎的薄荷。

池瑶回过神来："我就知道你会提前来。"

江焰目不转睛地看她："我怕你等。"

池瑶：……

五天不见，他似乎更主动了。池瑶有些招架不住他的眼神，她移开视线，问："你车停哪儿了？"

江焰带着池瑶去停车坪，路上两人一前一后走着，都只字未言，却像把什么话都说了。

二人上车，他娴熟地将车开上主干道，随口起了个话题："这几天累不累？"

“还好。”

“那边这几天都是阴雨天，本想提醒你出门带伞，但是又怕多此一举。”

池瑶的心思微动，她低头摸着干净的指甲盖，喃喃道：“你应该提醒的。”

“嗯？”

“昨天我就忘记带伞了。”

所以才会和陈楚然一道离开。

江焰默然须臾，有些试探地说：“那下次，下次我一定提醒。”

池瑶轻笑：“哦，随便你。”

江焰跟着莞尔。

他们都知道，肯定有什么东西变得不一样了。

这点不一样将他们罩进了一个拥挤的光圈。光圈里只能存放两个人，他们面对着面，眼里再无旁人。

二十分钟后，车子开进小区。停稳后，两人没有立即下车。

同样的气氛，同样的空间，时空仿佛被割裂重叠，池瑶恍惚以为自己穿越到了一周前的那个晚上。

“池瑶。”

“嗯。”

“我有点后悔。”

池瑶疑惑地看他：“后悔什么？”

只见他解开安全带，向自己欺压而来，比那天更直白，不带一丝犹豫，甚至眼神，都是不容置喙的坚定。他靠得太近，池瑶的呼吸渐渐不稳，她抬起眼皮，看着他的眼睛，不过两秒，又忍不住下移。

他的嘴唇形状真是漂亮。

曾在梦里臆想过的画面一瞬间变成现实，她的声音一时轻得像踩在云里："你还没说，你后悔什么。"

"我后悔……"

他近乎要碰上她的嘴唇，却若即若离："那天没有直接亲你。"

说完，江焰的眼神下落，将女人的轮廓在黑暗中仔仔细细地描绘了一遍。

像是在等池瑶的态度——如果她将他推开，他想他还是会顺从。

可他压过来的身体硬邦邦地使着劲，池瑶用手格挡在二人之间，却多余，他们彼此的呼吸交缠，远比紧紧贴在一起更要暧昧。

池瑶觉得自己应该再说点什么。

然而就在这时，江焰脑海中只有他能看见的耐心进度条一降到底，在池瑶张嘴之际，他迅速地贴上了她的嘴唇。男生的嘴唇又软又烫，却生涩得毫无章法。池瑶退不得，进不得，胡乱用手去推他的腰腹，谁知越过雷池，激得他闷哼一声——

她猛地僵住，不敢再动。

江焰被池瑶突然的触碰惹得腮帮子都绷紧了，原先撑在车窗的手不知不觉放在了她的腰侧，他偏了头，擦过她的脸，最终停在她耳垂处，似有若无地吻着。

他沙哑地开口："你这次没有拒绝我。"

池瑶被他这番举动弄得很痒，她不禁呼吸打战："你让我说话了吗？"

"我等了十秒，你都没开口。"他的声音听上去有些无辜，启唇时一直贴着女人脸廓细腻的皮肤，一开一合，池瑶的半边身子都麻了。

他又亲了一下："我没办法不亲你。"

也不能不亲。

池瑶闭上眼："你先起来。"

"……让我抱会儿。"

他现在很容易牵一发而动全身。

池瑶滞住，很快察觉出他身体的变化，索性就不动了。

她的反应让江焰笑了声，抱她更紧。

但他高估了自己的自控力，也低估了池瑶对他的影响力。

空气中的躁动因子非但没有消停，反而愈发欢脱。

许久，江焰出声询问："可以吗？"

池瑶：……

江焰直勾勾地看她，还在等她说话。

池瑶后牙酸倒，自暴自弃似的。

"别在车里。"

电梯里，两人并肩而立。

池瑶看着数字一直往上涨，觉得慢，又觉得快，江焰始终牵着她的手，捏得可牢，她想呼痛，却倔驴脾气地忍着，一声也不吭。

直到电梯门打开。

江焰一把将池瑶拉出，不等进门，他用手扶着池瑶后背，整个人罩住她，仿佛只剩这个角落能容下他们。

池瑶微仰着头，鼻息留存的全是男生身上干净的皂感香气。

他身上的味道太好闻了，清爽却带着灼烫的燥意，是年轻的气息，是浑浊岁月侵染不了的纯粹，像一颗冰蓝色的薄荷糖。

池瑶的视线迷离，在他脸上游走，最终在薄唇停下，她忍不住抬起下巴。

江焰低头，却故意不顺从她的心意。

他说："确定不后悔？"

池瑶屏住呼吸："如果我说不确定呢？"

扶在女人后腰的手一用力，江焰说：“那也迟了。”

池瑶笑，任他拉着自己去了他的公寓。

只是今天某人心浮气躁，密码接连输错了两次。

好在第三次过后电子锁就响起音乐，门开了。江焰终于将獠牙露出，池瑶闭眼承接他的攻势。

但很快，却又陡然冷静下来。

她轻推开江焰，将衣服稍做整理，她踱步去倒了杯水，一饮而尽。

江焰也意识到了，他紧跟上她，当她转身，他刚好张开手臂，将她圈在吧台。

他说：“你要走了？”

“不然呢？”

“别走。”

池瑶哼了声。

他弯唇，低头握住她的手，捏了捏，但力道很轻，小心翼翼地，像怕她痛。

池瑶的手很软，跟没有骨头似的。池女士说这样的人耳根子都很软，池瑶从前不以为然，现在觉得，是的。

江焰的触碰让她心思涌动，她吸了吸鼻子，说：“江焰，你有没有想过，我们现在这样算什么？”

“你说是什么，我们就是什么。”

“如果我说什么也不是呢？”

江焰手中一紧：“你对我没感觉？”

池瑶低声：“那不算。”

“怎么不算？”

江焰的语气微变，靠得太近，池瑶看不清他的表情，只觉他模糊的气息霎时变得危险，随之她腰一疼，他把她抱起来，放在干净的台面上。

“池瑶，你喜欢我。”

较劲似的，池瑶屏住呼吸看他，她此时大有可以反驳他的刺话，但她不想说。

有些拒绝的话，说一次就够了。

在学生时代，她也曾对具有挑战性的事和人有过跃跃欲试的心。是什么时候开始变得麻木的呢？这几年来，好像做什么都毫无激情，别人说的劝的，在她这总是左耳进右耳出。她一直认为自己可以找到合适的，只是时候未到。然而事实是她早没了想要尝试的心思。都说摸石头过河，她现在是连河都不愿意过，只庆幸地想着不去对岸也挺好。

池瑶已经忘了自己上一次心动是什么滋味了。

她只知道，这一次的心动，是一个她认为荒诞离谱的、比自己小的男生给的。

“要试试吗？”

只见江焰眼前一亮：“你说真的？”

池瑶恍然，她才知道自己把话问出了口。

说出去的话泼出去的水，她意外地放松不少。

“我现在想洗澡。”她说。

江焰及时摁住她的腿，试探地问：“在我这儿洗？”

她似是不耐，挣脱了跳下来，却往厨房后的浴室走去。

“那你去把我的东西拿过来，”她嘀咕道，“我用不惯你的东西。”

洗完澡，池瑶从浴室出来。她裹着淡粉色的浴袍，包得严实，只露出修长的小腿。

江焰却喉结一滚，不敢多看。

在池瑶面前，他经常有这种很矛盾的心理，一边想强势，一边又腼腆。

就比如当下，光是看着她洗完澡后素面朝天的样子，他的心跳就快得不行——这放以前，他想都不敢想。

池瑶擦着头发，没注意到他的躲闪，只看到茶几上多出的超市购物袋。

意识到什么，她说：“你刚刚下去了？”

她以为他只是去她那边帮她拿了东西而已。

“嗯。”

江焰仍然有些不好意思，他用力捻了捻指腹，这才看向她：“我帮你吹头发吧？”

池瑶仔细地看了他两秒，点头：“好啊。”她欣然地盘腿坐在地毯上。

江焰找出吹风机，在她身后的沙发上坐下，给吹风机插上电源后，对着池瑶一头浓密的长发，他却突然无从下手。

他头发短，发根又硬，洗完头随便吹吹就干了。

可池瑶的不一样。

她好香。

……江焰甩甩头，好歹清醒了点。

他捧起已经不再滴水的长发，生涩又仔细地吹，乌发从他指缝穿过，带动一阵阵幽微的香气，散在整个客厅。

这一吹，就是十分钟。而池瑶的头发还没完全干。

将头发拨到肩后，露出双耳，池瑶问江焰：“累不累？”

“不累。”

“撒谎。”

“真的，”江焰的声音转小，“我喜欢给你吹头发。”

池瑶因为坐在地上，只能抻着脖子看江焰，她伸长手去抓了抓他的头发：“是不是剪头发了。”

“前两天剪的。我头发长得快，半个月就得理一次。”

“小孩子，新陈代谢都快。”

江焰不喜欢她把两人的年龄差摆在明面上说，他摸着她的脸，说：“你

也是小孩子。”

池瑶歪了歪脑袋，正好将脸放在他手心。

江焰的眼波微动。

她现在脸上什么也没擦，干干净净的，像清晨的山茶花，就这么目不转睛地仰头看他，他快忍不住了——

而他也确实没有忍。

比起在车里的凶猛和门外的缠绵，这次的亲吻中江焰表现得要温柔得多。

他像是突然掌握了技巧，不再急匆匆，而是轻吻细舔，吻得池瑶四肢无力。

她从没想过自己会这么喜欢接吻。

江焰就是一块薄荷糖，她只要含在嘴里就好了。

男生爱运动，又有健身的习惯，身上的肌肉紧绷，江焰一个躬身，轻松地将池瑶横抱在怀里，向房间走去。

在绝对的力量压制下，池瑶除了顺从，只有顺从。

而直到真正拥有，江焰才敢确认，这回不是做梦。

她终于是他的了，他想。

化水

Hua shui

第 04 章
CHAPTER FOUR

池瑶认床，在江焰这睡得不太安稳，半夜梦到有座山压着自己，人被闷醒，看时间，才凌晨两三点。

压着她的山是江焰的手臂。

将手臂搬开，池瑶下床，屋里的椅子上搭着一件男生的卫衣，她随便一套，宽宽大大，将她的屁股盖了个全。和她那边一样，主卧有阳台，她拉开门走出去，觉得冷，又退回来，去了客厅，还顺便给自己倒了杯温水。

卫衣很大，她交叠起双腿，缩在沙发角落，将身体通通罩进去。

池瑶小时候就喜欢这么干，池女士看到会很生气，呵斥她说她不文雅，会把衣服扯坏。但她改不掉，想事的时候就喜欢一个人待着，缩进宽松的衣服里，如同乌龟躲进了壳。

在今天以前，她都还没想好该怎么处理自己和江焰的关系。

开始的拒绝是真的，后来的心动也是真的，但心里总是计较得失，害怕浪费时间，又怕留下遗憾。

江焰今天的主动她始料未及，却也变相地推她向前迈出了一步。

好像也没什么大不了的。

江焰确实很好。

但是池瑶觉得，如果她今晚之后翻脸不认人，保不齐江焰会直接把她从这儿丢下去。

“怎么不开灯？”

江焰不知什么时候出来了，池瑶出声制止了他开灯的动作：“别开。”

江焰收回手，走到她身边坐下，展臂揽住她的腰，往自己腿上提了提。

和池瑶认床的习惯不同，江焰很快适应了池瑶睡在自己怀里这回事。是以池瑶出来没多久，他就因为抱不到人睁开了眼睛。

他脑子里想着事，尚未清醒，第一反应是池瑶跑了。

说来可笑，他并不是个没有安全感的人。

可对池瑶，他总是不自信。

不再运筹帷幄，时常犹豫不决，生怕池瑶后悔。

“不能反悔。”他先开口。

池瑶心一突，他的心思还挺敏锐。

她放松了身子让他抱着，说：“没有要反悔。”

“那怎么这个时候出来？”

“我认床。”

“真的？”江焰想了想，“我们找个时间去看床吧？就买你习惯用的款式。”

池瑶哭笑不得：“我又不是没地方睡。”

江焰歪头，微微低着，嘴唇贴在她的太阳穴上：“那我可以过去陪你吗？”

他经常会做出这些亲密动作，但不像是刻意的，更像是发自内心。可能他都没意识到自己做了，身体就已经快于脑子执行。

他喜欢和她亲近。

池瑶心知肚明，她克制着体内细微的酥麻感，假装没受影响，正色说："江焰，我们约法三章吧？"

"嗯，你说。"

"暂时，先别让别人知道我们在一起。"

江焰嗅她味道的动作一停，有些不满："为什么？"

"你忘了吗？张一铭。"

江焰还真忘了。

他嘟囔："那其他人那边呢？元旦你弟弟回来，到时候是不是也要假装我们没关系？"

原来他还记得。

池瑶得承认，池承确实也是一个问题。池承不像她能藏事，他要知道了，池女士那边肯定也兜不住。别看池女士热衷于让她相亲，但若是让池女士知道她找了个大学生，指不定要棒打鸳鸯……

这从以往相亲对象的条件就能看出端倪，个个普遍有车有房有事业。相比之下，江焰太年轻了，尚不成熟，那一腔热血，在池女士看来不过一泼冷水。

随之池瑶一怔。

她为什么要担心池女士棒打鸳鸯？其中答案呼之欲出，她抬头，捧住江焰的脸。

"你想和我在一起，就听我的。"

她是真的，想和江焰试试。

江焰认真地看她。

即便没有开灯，他也能将她的面容在眼中描绘清晰。

他稍低头，嘬了她嘴唇一下。

"好，我听你的。"

江焰是个做事雷厉风行的人，说好要看床，池瑶没空，他便自己去。

他参考了池瑶的卧室，刚订好床垫就给池瑶发了照片。

但池瑶没回。

这天医院出了点事。一个情绪障碍患者自杀未遂，醒来后就一直哭，劝也劝不得，还乱丢东西，病房一片狼藉，患者母亲在门外低声啜泣，低气压笼罩了整层楼。这是池瑶年初接诊的一位病人，最开始病人进医院，是因为产生幻觉，逢异性便说是她的初恋男友，家里无计可施，将她送过来，结果入院一年，情况不仅没有好转，反而变本加厉。

池瑶是第一个发现她自杀的人。

为了阻止，池瑶的手臂也被划了道很深的口子。

夜深，池瑶从医院出来，才有空看手机。

江焰一共只给她发了两条消息。

一条是他在看家具时邀功似的拍的床垫，一条是三个小时前发的，他问她有没有吃晚饭。

池瑶坐在路边的石椅上摩挲手机屏幕，甚至可以想象到江焰联系不上她时对着对话框敲敲打打又删删减减的画面。而怕打扰她，到最后他也只克制地发了条“吃过晚饭没有”。

这让她心里有些愧疚。她注定不是那种可以随时随地黏着男友的小女生，早在他们在一起的那天晚上她就已经提前说明。

可江焰听了浑不在意：“我不需要你黏人，只要我黏你的时候你不要嫌我烦就行。”

唉，这样的人她是不愿意让他受委屈的。

因为病患的事，手臂伤口也还在疼，池瑶的情绪低落沮丧，她给他回了信息。

而后她搜索起球鞋，收藏了两双热门款，决定先回去看看他是不是已经有了，省得买了重复，还显得不上心。

暂时解决了一件小事，池瑶重新打开自己和江焰的对话框。

“池瑶。”

池瑶滑动手机的动作卡住，她抬头，江焰站在不远处，穿了一身黑，运动棉服在他身上不见丝毫臃肿，倒显得精神。

“你怎么过来了？”池瑶收了手机迎上去。

“你没回我信息。”

“刚刚才想起回，”池瑶皱眉，“你等多久啦？”

江焰摸摸鼻子，没正面回答，只指了指马路对面：“车停在那边。”

他等了也快一个小时了。

“下次别这样了，”池瑶没被绕过去，她觉得没必要，“我以后会注意你发的消息的。”

她如今只是还没习惯自己已经在谈恋爱这件事而已。放往常，她过得我行我素的，哪里需要在意这些呢？

江焰没说好与不好，他揉着指腹，往池瑶身后的医院看了眼。

他有点想牵手。但池瑶说过，暂时先别让别人知道。

他便又纠结了。

两人一前一后走到斑马线前停下，眼前车流穿梭，池瑶刻意地走在江焰的右侧，避开自己受伤的右臂。

江焰问：“吃饭了没？”

“下午吃了两个小面包，现在没什么胃口。”

江焰猜到了：“车上有银耳莲子羹，甜的，先垫垫肚子？”

“什么时候买的？”

“出门前，放在保温桶里。”

“这么贴心。”池瑶终于笑了。

江焰看她，也跟着笑，接着又望向对面的计时器。

还有五秒。

手指又在发痒。

他深吸一口气，手臂一个自然垂下，就将女人的手包在了手心。

池瑶愣了愣，张望四周，见没有看到熟人才说：“你是不是下车等了，怎么手这么冷？”

江焰看她这反应，略微失落，却还是乖巧地回：“在车里太闷，就出来了。”主要也是他怕自己在车里看不清，错过她那就不好了。

莲子羹过了一个小时还温着，池瑶没打算在车上吃，她手疼，没力气。

江焰看她扣安全带的动作有些僵硬，便帮了一把，倾身过去时趁势用嘴唇贴了贴她的脸。

池瑶脸上一痒，下意识地向后仰，不料牵扯到伤口，她倒吸一口凉气，脸都白了。

“怎么了？”

江焰吓到了，看到她手捂着的地方：“胳膊痛？”

池瑶知道是瞒不了了，只能全盘托出。

江焰听完脸色比池瑶还难看：“这么危险？”

“这行业就是这样，病患发病随时随地，我没法保证自己每次都能全身而退，况且，这还算轻的了。”

江焰虽特意了解过这个行业，但总归纸上谈兵，这时如此直观地看到，伤口还是出现在池瑶身上……他很难受。

池瑶细皮嫩肉的，这一刀下去，肯定痛死了。

“回去我要看看。”

“都处理过了，已经没事了。”

江焰面色铁青。

池瑶心里淌过一丝暖流，这种事她从未和身边人说过，江焰的反应虽大，却让她动容。

她握了握他的手，轻声说：“开车啦，我饿了。”

池瑶因手受伤不便，江焰理所当然地担下了帮她洗澡的任务。

这不是江焰第一次帮她洗澡，但情况不同，上回她晕晕乎乎的，任他摆布，连抬手的力气都没有，这回她却是清醒的，再加上她的右手不得不举着，这画面看起来实在诡异。池瑶胡乱地想，要不叫他也脱吧?

结果这个念头刚起，江焰便像她肚子里的蛔虫一样，突然就将身上的T恤给脱了，腹肌因为脱衣的动作舒展，随即纹路又收紧恢复清晰……池瑶咽了口唾沫。

见他还要脱裤子，她连忙制止："裤子就不用脱了。"

江焰"哦"了一声，又把裤腰往上提了点。

伤口被包了纱布，还不能碰水，池瑶需要一直将手臂搭在旁边挂衣服的架子上。

江焰抬眸，正巧和池瑶收回的眼神对上。

池瑶脸红道："水应该热了。"

"嗯。"

接下来漫长的几分钟，江焰只觉自己像是得了人格分裂症，他一边心疼池瑶受伤的手臂，一边又对着她肆意畅想。

不过，相较于夸张的身体反应，江焰的行为却又温柔得过分。

他帮她把身子仔仔细细都擦了干净，随后用浴袍包裹："现在还不是很方便，就先这么冲一下，等过几天拆线了我们再好好洗。"

池瑶点了点头，意有所指："那你怎么办？"

"你先出去，我随便洗洗就好了。"

"……我帮你吧。"

"什么？"

"我说我帮你。"

江焰只觉身子轻飘飘的："你说真的？"

"我左手又没事。"

“可是……”

池瑶知道他在犹豫什么。

虽说她暂时不想公开，但江焰的问题从两人还没在一起时就凸显了。

他好像只有受刺激的时候才会暴露本性，其他时候总是在看她眼色，明明是那样直接的性格，在面对她时却常常瞻前顾后，生怕委屈了她。

这会儿的他，估计又在多想了。

“我没有不愿意，也不觉得勉强。”她帮他抹掉额头的细汗，“江焰，不要总想着讨好我。”

感情是对等的，是双向的。

即便江焰从小什么东西都得来容易，无谓付出，她也不想他一味地给予而自己贪婪地索取。

那样不公平，关系也畸形。

如果一个内心饱和充实的乐天派在遇到她后变得唯唯诺诺，那多糟糕。

“就做你自己就好了。”

做你自己就好了。

江焰也不知该如何形容自己心中所想，他的胸腔如同塞满了蒲公英，池瑶是风，她一吹，他便耳目清明。

他的呼吸紊乱，近乎虔诚地俯下身去亲她耳朵。

“那我也想让你快乐。”

一晃一个钟头过去。

顾及池瑶的手伤，江焰让她睡自己的右边。

池瑶已经很困了，她躺在江焰的怀里，近乎呓语：“我感觉你很会。”

江焰此时心满意足，精神得不得了，他玩她头发的动作一停，没懂

她的意思："什么很会。"

听俩人的对话，池瑶突然笑了，挪了挪身子，她对他耳语了几句。

江焰的呼吸一重，也不知是难为情还是被冤枉。

许久，他开口："我是第一次。"

但池瑶睡着了，并没有听见他的澄清。

之后的几天她不用上班，在家休养。江焰反而忙起来，他要准备考试，还接了私活。她问了价格，不高，还不够他买一双鞋。可他很认真，强迫症发作起来熬到两三点也没睡。

池瑶和季芮聊过，大概知道他出生在什么家庭。但她从来没有见过他纨绔的那一面，相反的，他很谦逊，读大学以后基本自给自足，很少再问家里要钱。

买鞋是他最奢侈的爱好了。

她其实很幸运。

伤口恢复得不快不慢，江焰比池瑶还紧张她的伤，拆线后总帮她勤抹药，所以伤口处养得好，也没留疤。

终于行动自如，池瑶翻看日历，这就到年末了。

"时间过得真快。"

江焰刚洗完澡出来，听她这么说，跟着点头："你弟弟什么时候回来？"

池瑶眯了眯眼，却问："你什么时候生日？"

"过年那几天。"

"哦，那是比池承大点，他六月的，被你叫弟弟也不算太亏。"

池瑶招手让他过来。

江焰过去，直接趴在她胸口。他人高马大，扮起软来却跟小狗一样温顺，大半身子在她身上，两只小腿挂在床边，还翘了一下。

池瑶摸他耳朵，又抓他头发拨了拨："和池承一道的话，我们不能牵手，不能做任何亲密动作，你会不会觉得憋屈？”

他点头，头发在她掌心里沙沙作响：“那就别让他看到。”

江焰的耳朵一动，抬起头，露出半边脸，他吻她手指：“能开一间房吗？”

“你说呢？”

“开两间房，睡一张床。”

池瑶扑哧一笑：“你想得还挺美。”

他埋在池瑶掌心蹭了蹭。

池瑶问他：“想不想亲一下？”

“想。很想。”

池瑶又笑，捧着他的脸和他接吻。

她喜欢和他接吻。

无关欲望，只是单纯的喜欢。

但江焰就比她要实在得多，每次亲吻，他总想要更多，就像此时。

池瑶的呼吸急促，刚要说话，放床头柜的手机突然震动。

两人一起看过去。

池瑶拍拍江焰的腿：“我的。”

江焰挪开压着她的腿，帮她拿手机过来，他看到来电显示，是“池承”。

除了她妈妈是“池女士”，她给每个人的备注都是全名，也包括他。

池瑶接通电话，听池承说了几句，她脸色一变：“你不是过两天才回来吗？”

“是啊，但那是搪塞老妈的。”

“那这两天你住哪儿？”

“你那边啊。”

“……你女朋友呢？”

“嘿嘿。”

池瑶听他笑，就懂了："我是不是上辈子欠你的？我这边才多大，三个人你不嫌挤啊？"

"哎呀我开玩笑的嘛，"池承觉得她的反应意外的大，明明以前还挺好说话的，"就收留一晚，我明天就带小野去住酒店，现在太晚了。"

"你们还在机场吧？"池瑶妥协了，"要我现在去接你们吗？"

"不用，我们快到你小区了。"

……

池瑶挂了电话，撑着额头冷静了一会儿。

"我得回去了。"

后面的对话开的扩音，江焰都听到了。

他看着她起身，不禁纳闷："我怎么办？"

可怜兮兮的。

"晚上我过来找你？"

江焰却挠挠头，觉得这种许诺太过苍白。

按照他对池瑶的了解，也许他等到明天都不一定能等到她。

"你给我留门，我去找你。"

第 05 章
CHAPTER FIVE

池瑶先前看过小野唱歌的视频。和台上的张扬放肆不同，她本人看上去很乖，没化妆的脸带着轻微的黑眼圈，但不突兀；她留着短头发，做了挑染，笑起来有虎牙。

她还给池瑶带了礼物，是条手链。

池瑶看向池承，池承正好冲她挑眉，满脸得意，像在向她炫耀他的眼光。

炫耀什么？

她也有。

池瑶白他一眼，拉着小野去了次卧。

“今晚你就睡这里，至于池承，”池瑶故意说，“他睡客厅。”

池承在池瑶面前从来不知道害臊二字怎么写，他立马摇头：“那不行，这种天，睡客厅多冷啊。”

池瑶本来就没想他睡客厅。毕竟他要睡了客厅，江焰可就不能过来

找她了。她是无所谓，但江焰有些黏她。

在池瑶接受他之后，江焰就再没遮掩对她的占有欲。

他很喜欢肢体触碰，说话不能好好说，得抱着她说，边说边亲，腻腻歪歪。偏偏他的臂膀是有力的，抱她抱得轻而易举，有时池瑶甚至会想，他好像一只大型宠物。

发现自己又想到江焰，池瑶回过神来，这才分开一会儿，她已经想起江焰好几次了。

安顿好池承和小野，池瑶回到卧室，将门反锁，换上睡衣后和江焰视频聊天。

男生视频时总不爱拿脸正对镜头，角度随意得可怕，不是从下往上拍就是往侧边随便一放。

但江焰无疑是好看的。

他怎么样都好看。

哪怕他现在正喝着水，镜头只能放下他那上下活动的喉结和紧致的下颌线，以及鼻孔。

“他们睡了？”

“没呢，哪有这么快。”

池瑶找了个舒服的姿势举手机，突然想到一件事，便叫他等等，转而给池承发了条消息。

收敛点，别乱来。

发完，江焰问她做什么去了。

她如实回答，然后说：“池承做事有点随心所欲。”

江焰沉吟片刻。

“我也有点。”

池瑶忍笑，问他：“怎么个随心所欲法？”

“你比我清楚。”

池瑶直觉这会儿不能深聊，换了个话题：“我还没问过你，你上学的时候，谈过几个？”

“没有。”

“不要骗我。”

“我为什么要骗你？”江焰看上去有些委屈，池瑶总是质疑他过去苍白的感情生活。

“因为你不像啊，”池瑶愣了愣，“那你过去都在做什么？”

“读书，这不是学生该做的事吗？”

池瑶一时如鲠在喉，她竟无法反驳。她隐约记起，季芮的确曾说过，江焰在学生时期性格很闷，不善交流，也不愿交际。但她却不太能理解，更无法想象他不像现在这般光芒万丈的曾经。

这大概就是她受池承影响产生的固化思维。他们姐弟俩都随了池女士的长相，为此池女士至今都还在扬扬得意自己的好基因。托池女士的福，池承长了张具有欺骗性的脸，他从小就受欢迎，即便脾气又臭又硬，追求者照样前仆后继。而像江焰这样的，内外兼修，和池承比起来有过之而无不及，这让她很难相信他没有谈过恋爱。

“你呢？”江焰问她。

池瑶摸了摸耳朵，莫名心虚。

她说：“我谈过一个。”

从高中到大学，毕业即分手。

“就他一个？”

他这么问，有些奇怪，而且话题又绕回来，池瑶好笑：“我骗你干吗？”

江焰垂眸，不知道在想什么，过了一会儿，他说：“我有点吃醋，你们在一起很多年。”

池瑶再次被他的直接逗乐，她安抚他：“那是过去式了。”

“那你喜欢现在这个正在进行时吗？”

池瑶支着下巴：“你说呢？”

“你喜欢我。”

池瑶：……

他的嗓音带着得天独厚的低沉，其实很适合唱缱绻的抒情歌。不过这个念头只一闪而过，这句话更大的后劲是池瑶觉得他似乎在变相地跟她表白。

她心有波动，看了看时间。

“他们应该睡了，你要不要过来？”

这种问题并不需要回答。池瑶挂了视频后走出房间，屋外很安静，次卧的房门紧闭，不知道那对小情侣在里头做什么事。她管不着他们，也不想管，只确认了一遍大门是开的，在听到对面开门的动静后，她欲盖弥彰地躲回了房间。

房门虚掩，她开始数数。

当快数到五十，脚步声近了，却忽然停下。

池瑶觉得奇怪，刚要探头去看，门外的人像是早猜到她会这么做，一只手伸过来就捂住了她的嘴。

房门应声关上，只开了壁灯的房间交杂着两个人的呼吸声。

光影绰约，紧贴在一起的男女的影子投在墙上宛若一个人。

“你吓死我了！”池瑶小声道。

江焰轻笑，环着她的腰：“除了我还能有谁？”

“你故意的。”

故意在门口停下。

江焰没否认，低头亲她，觉得不够，便将她抱起，咬着她的耳朵：“姐姐，这次我们小声一点。”

主卧自带浴室，江焰顺便洗了个澡。

洗完也没急着回去，他上床抱住池瑶，精神奕奕，一点也不困。

池瑶枕在他胸口：“你什么时候回去？”

“你赶我？”

“如果你不想明天早上被锁在房间。”

“……先陪你睡会儿。”

池瑶闭着眼笑，抱住他，无意识地摩挲他的身体肌肤，手下所抚摸到的触感始终很好，丝滑清爽，还带着沐浴过后的凉意。

他用了她的沐浴露，但在他身上，闻起来的味道又好像和她不太一样。

“池瑶，我想用下你手机。”

池瑶正安逸着，话音刚落，她应激般睁开眼：“做什么？”

“改个备注。”他很小声。

池瑶：……

她抬头：“那你给我的备注是什么？”

江焰干脆把手机给她看。

池瑶点开，顶上第一个就是她。

“Apple。”

他给她的备注是苹果。

“为什么是苹果？”

“因为你在我眼里是苹果。”

这句话很是熟悉，池瑶没深想，她哭笑不得：“我长得像苹果吗？”

她寻思，这估计是为了那个首写字母“A”，方便把她放在第一位吧。

小男生的心思弯弯绕绕的。

池瑶把自己的手机给他：“你自己改。”

江焰拿着她的手机，先把自己名字删了，打字时又开始犹豫，应该改成什么。

说实话，他并不是很在意昵称这回事，甚至觉得幼稚。

但因为池瑶的习惯，他不想被她一视同仁。

池瑶看他皱眉，心里好笑，低头无聊地滑了两下他的手机，却不小心点进一个对话框。

是江焰和他爸爸的对话。

父子二人对话不多，一般是江父给江焰分享文章之类的链接。池瑶无意多看，刚要退出，兀地被某个新闻标题吸引，是讲艾滋病的。

江父给江焰分享过后，还附了一句提醒：平时记得做好措施。

时间为两个月前。

消息白天发的，江焰到晚上才回。

江焰：爸，我还没有过女朋友。

江父：哦。

江焰是凌晨五点走的。

池瑶睡得半梦半醒，他下床时，她还将他往回拉了一把。

江焰便又亲了亲她，才悄声离开。

池承不曾发现江焰来过，只在吃早餐时问了池瑶一句："昨天半夜，是你在房间用水吗？"

池瑶再平静不过地喝了口豆浆："嗯。"

至于原因，三人都没讨论。

下午，池承带小野出门，他们要先在城内玩两天，然后再去洞玉山。

住在池瑶这里确实不方便，不用池瑶提醒，池承就已经找好了酒店，临走前他问池瑶："去洞玉山你找朋友了吗？四人行。"

"找了。"

"男的吧，帅不帅？"

"比你帅。"

池承摸摸下巴，故作深沉：“人都是缺什么炫什么，看来这男的确实是不如我，不过这在所难免……”

“你该走了。”池瑶打断他的废话。

他咕了声：“他能被你叫上就说明他有可取之处，还是有机会发展的。要是这回能成，你记得给我发个红包。”

池瑶心叹，人和人之间的差别怎么就那么大，江焰才不会像他这样吊儿郎当。

“你再说下去我现在就可以打你满头包。”

池承只觉她在嘴硬，他将嘴巴一扁，悻悻然地搂着小野离开。

直到两天后，池承见到江焰，他才意识到，池瑶没有撒谎。

但是，更让他惊讶的，是江焰这个人。

“江焰？”

池瑶有些意外，她看了看两人：“你们认识？”

江焰比池承淡定得多：“我和他一个高中的。”

池承站在一旁，如同天打五雷轰。

这也太巧了，俩人像差个辈分一样。

高中时池承和江焰并不在一个班。

江焰是重点班的学生，池承平日与他交集不多，两人相互认识还是因为在一起打过篮球。

池承对他最大的印象就是球技不错，学习不错，长得不错。除此之外，还有些偏见。

上学时池承喜欢过一个女生，结果那女生说他学习不好，说什么也不答应。他便问那个女生喜欢什么样的。女生想也不想，直接就说了江焰的名字，说完生怕他不知道是谁，还补充了班级学号，摆明是特意了解过的。

池承这人从小受捧惯了，听完不至于恼怒，心里到底是不舒服的，转头就托人问了江焰的事。

当得知江焰对读书以外的事不感兴趣后，他又好笑又好气，那感觉就像是一拳头打在了棉花上，只能说不是一路人，也就没再继续了解。

等后来在一块儿打球了，池承才发现江焰没有像别人说的那般呆板。他挺大方，话虽不多，但开得起玩笑，没书呆子那股轴劲，也没混混的痞气，就是太闷了，不轻易社交。不过他胜在长得不错，抵了这一毛病，倒有了高不可攀的气场，难怪招人喜欢。

然而一山不容二虎，池承和江焰的磁场很难融合，除了打球，两人其他时候基本连点头之交都算不上。

哪里知道时隔几年再遇上，这家伙居然和池瑶扯上了关系。

而且没了之前那股无趣的劲儿，看上去好像还变帅了。

池承好像被当头泼了一盆冷水。

池承回想起来去洞玉山前池女士的叮嘱，更加头疼。

他这次会拉着池瑶过来洞玉山，全然是受了池女士的贿赂。否则他和小野才刚谈恋爱，二人世界都过不够，怎么可能还会玩什么四人游？

池女士太清楚池瑶的性格，塞给她的她是看不上的，只能让她自己挑，能主动被她带出来一起玩的，那肯定是有机会持续发展的。

池承当时收了钱，满口打包票，说肯定把池瑶和他未来姐夫安排得明明白白……

可之前也没人告诉他，他的未来姐夫是江焰啊。

奈何钱都收了，池承没辙，觉得自己有必要先问问池瑶她是怎么和江焰认识的。

这时四人已经抵达洞玉山山下的竹林客栈。

客栈背靠洞玉山，冬风和煦，曲径通幽，设了小桥流水，沿路还能看到露天温泉汤池。

池瑶和江焰走在前面，池承在后头看着，见两人对话交流不多，社交距离得体，看着是不太像有暧昧的样子，他稍微安了点心。

因为是旅游旺季，洞玉山又是本地有名的网红景点，不少人为过元旦提前在这预约了房间。好在池承说得早，池瑶早早订了三间房，不过仅有的几幢独栋早被订走，他们只能随大流入住主栈。

池瑶取了房卡，分发时池承干脆全都拿了过去：“你们不和我们一层楼啊？”

小野看了眼，说道：“单人房和双人房不在一起吧。”

“系统安排的，”池瑶冷冷地抽回自己和江焰的房卡，“我和江焰的房间也没挨在一起，你找酒店说去？多大的人了还玩连体婴。”

池承噎了噎，也觉得自己反应过度。而且，就算他提出换房间，也已经来不及了。

他的脾气不好，池瑶更甚，要再指手画脚下去，保不准她扭头就带着江焰折返市区，那更不划算。

明天才爬山，这天他们只在山下随意活动。

池瑶订了农家乐，未到晚饭时间，她留在房间收拾行李。

没多久，有人在外面敲门。

她知道是谁，开门果然看到江焰。

“还在生气？”

池瑶一声不吭，转身去床上玩手机。

江焰把门关上，他蹲下，也没变矮多少，微微抬头就能与池瑶对视。

“不是故意不告诉你的。”

从知道池承和他认识后，池瑶就一直冷着脸。都不用假装，随便哪个不知情的人看，都会以为他们没什么关系，甚至是不合。

池瑶的视线从手机屏幕上移开：“你早就知道池承是我弟。”

对比池承见到他的反应，他平静得让人怀疑。

江焰默认。

“你怎么知道的？是因为打电话那次？”

江焰低头，握住她的手：“我以前见过你。”

池瑶皱眉：“什么时候？”

“池承惹祸，学校请家长，是你过来的。”

池瑶的眉头皱得更紧：“池承惹过的祸太多了，你说的是哪次？”

江焰：……

江焰第一次见池瑶是在学校。

那天他刚好在办公室帮老师整理英语周报，有其他老师进来，他抬头看了眼，先看到的是比老师高出一个头的池承。

那时他们还不认识。

“你家长呢？”

“快到了。”

话音刚落，门口又来了一个人。

“你好？”

来人很年轻，梳着高马尾，穿着背带裤，脸上素净，皮肤很好，拆分看着清淡的五官组合在一起竟意外的明艳。她一副大学生模样，顶多二十出头。

隔着厚厚一摞周报，江焰多看了两眼，只听老师问道：“你找谁？”

却是池承回答：“老师，那是我姐。”

作为家长，池瑶年轻得过分。

老师显然没有想到来的人不是父母而是看着还在上学的姐姐，但也只能请池瑶进来。

那天他们的话题是池承翘了晚自习，翻墙出学校吃东西，回来时被教导主任逮到，抓了个典型。

江焰一边按着期刊名给英语周报分类，一边分神去听他们的对话。

不多时池承就被遣走，徒留池瑶一人和老师沟通。

池瑶说话的时候并不多，更多时候是在附和老师。她的声音很抓人，向老师询问池承在学校的情况时，字正腔圆，语调微轻，像是怕打扰到办公室里的其他人。

当然，那时办公室里除了他们，也就只有一个在整理周报的他了。

当老师的声音再次响起，江焰猛地意识到，自己好像忘记刚才数了多少份了……

那天池瑶并没有在办公室待多久，她走之后，江焰也整理得差不多了。

他走出办公室，却在走廊看到池瑶。

她还没走，正低声和人打电话，鞋尖点着地，有些长的马尾伏在她颈后，像松鼠蓬松的尾巴，整个人十分舒展。

“就是过来给池承擦善后的啊……”不知对方说了什么，她笑了，“你能不能别那么幼稚？”

江焰目不斜视地从她身边路过，余光却飞快地捕捉到了她扭头向他瞟过来的眼神——

“同学，你东西掉了。”

他一顿，低头看了才知道贴在周报上的便笺掉了。

不等他反应，池瑶已经先弯腰帮他捡起便笺，顺手贴回了周报上，细细的手腕白得透明。

他定定地看了两秒，说：“谢谢。”

她展颜一笑：“不客气。”

直到他走远，都还能听到她的声音。

她说：“年轻真好啊。”

可她明明也没多大。他忍着没回头，却在回想她刚才的神情和动作。

她笑的时候，是先眯起眼，才弯唇露齿，下巴尖尖的，明媚又灵动。

一个笑容在他眼里被放慢再放慢，他仔细琢磨，反反复复，以至于后来再遇见，他看到她对自己笑，心里想的是，他没记错，她真的是这样笑的。

其实江焰也奇怪自己为什么会把那天的细节记得那么清楚。

在那之后，他就再没在学校见过池瑶。

再见，已是另外的事。

“不过算算时间，你那时候应该已经工作了，只是长得显小，我们都以为你还在上学。”

听江焰这么说，应该是她第一次帮池承忙的时候。

但具体的细节，池瑶实在想不起来了。

刚工作那几年她住家里，池承总惹事，学校动不动就要请家长，他不敢惊动池女士，只能拜托她帮忙，因此他还攒出私房钱请了她好几顿饭。

“就这样？”

江焰眸色流转，他低头，却说：“后来和池承打球，我认出了他，但他好像看不惯我，我们还差点发生口角。”

池瑶被转移了注意力，她脸一沉：“池承打你了？”

“没有，普通擦撞，后来就没了。”

池瑶却不爽：“他就那臭脾气，肯定是看你长得比他好看，嫉妒。”

江焰问她：“我好看？”

池瑶默然，从他手里抽出自己的手：“我发现你心眼很多。”

“怎么？”

池瑶说不上来，她神秘地摇了摇头：“直觉，说不准。”

江焰满眼澄净地看她。

“你只要知道我很喜欢你就够了。”

池瑶再绷不住，她笑起来，抓着他的两只耳朵：“江焰，你好帅啊。”

她的话锋转得生硬，江焰把嘴一撇：“你老逗我。”

池瑶啧啧摇头：“你不会懂的。”

池承长得不差，她见得多了，眼光也变得挑剔。江焰是少有的，让她见一次就心动一次的异性。她用指腹抬他下巴，亲了一口，顿了顿，又亲了一口。

这时，有人敲门。

池承在外面喊：“池瑶，小野说要去拍照，你去不去啊？”

江焰把头一偏，嘴唇贴上池瑶的脖子。

他含糊不清地说：“说不去。”

池瑶却往旁边一躲，小声道：“我不去。但得开门说，不然他不会走。”

江焰喘了两下，翻身放她起来。

不想她难做，他去了卫生间。

池瑶快速把衣服穿好，去开门，池承一手撑着门框：“怎么这么久。”

“上厕所。”

池承看她，眼神又往里瓢了瓢，什么也看不到。

“我不去拍了，你们去吧。”池瑶眨眨眼，“哦，你可以去问问江焰拍不拍。”

她主动提了，池承反而不想再去问江焰。

他摇头：“那算了，我和小野去。”

“嗯，记得六点吃饭。”

“知道。”

关上门，池瑶靠在门上，望向从卫生间出来的江焰。

他似笑非笑：“池承不喜欢我。”

“你管他？”

“我不管。”

江焰说完，上前两步，将她禁锢在门上，压着声音说：“姐姐，你说你弟弟现在会不会在门外偷听？”

池瑶的瞳孔一缩，不是感受到了惊吓，而是刺激。

江焰了然："我懂了，原来姐姐喜欢这样的。"

池瑶先前一直当江焰在诓她，在看到他和他爸的聊天记录以后，这才打消对他的误解。

可两人在一起这一个月，池瑶不得不承认，有些事，江焰学得太快，也太会了。

姚敏敏常说漂亮弟弟好，精力旺盛，黏人还纯情，每时每刻不在散发快要溢出的荷尔蒙，有利的同时虽有弊，但总归是舒心大过苦恼的。

池瑶以前不知道，如今晓得了，已然食髓知味，都有些担心自己以后该怎么办。

"在想什么？"

池瑶定定地看他："在想你为什么这么优秀？"

江焰一僵，听懂后，耳根都红了。

希望她喜欢是一回事，但此时听到她如此露骨的表达，就是另外一回事了。像是怕被她发现自己的窘迫，又或是想证明她说的没错，短促的停顿过后，江焰又吻住她，以至于太过恋战，害得两人差点错过晚饭时间。

六点，池瑶和他一前一后到达饭馆，因为晚上有演出活动，来吃饭的人很多。

预订的位置靠窗，推开窗就能看到在湖心搭设的高台，演出时间未到，台上这会儿空荡荡的。

池承和小野已经在了，见池瑶就一个人，池承问："江焰呢？"

池瑶睁眼说瞎话："我以为他先来了。"

说曹操曹操到，话音刚落，江焰就跟着一个服务生走了过来，见他们在看他，他笑："怎么了？"

池承问他："你这一下午都去了哪里啊？"

"在周边逛了逛。"

江焰在池瑶旁边坐下。

他们坐的是四方桌，江焰腿长，一落座，膝盖就碰上旁边的池瑶。

池瑶屏着呼吸，默默移开。

可他倒好，一手喝茶，另一只手又摸了过来。

他收拢手指，握着她的腿，捏了捏，刚好还是她泛酸的部位。

偏偏对面的两个人浑然未觉，池承正给小野倒水，问她坐这冷不冷。

池瑶不动声色地横了江焰一眼。

江焰垂眸，攥住她的手，把她的手焐热了，才松开。

店里人多，上菜慢，池承吃着桌上的花生米，起了个话头："欸，我还不知道你们俩怎么认识的呢。"

按理说池瑶根本不会喜欢比她小的男生，池承不确定江焰此行的身份是普通的陪同者还是他未来姐夫候选人——他更偏向前者。毕竟他曾在江焰这栽过跟头，要让他叫江焰姐夫，他做不到，池女士也不会同意的。

"认识没多久。"池瑶避重就轻，没说两人住对门的事，"有次在路上，江焰偶然帮了我个忙，就这么认识了。"

"什么忙？"

夜跑那件事池瑶还没和家里说过，但想到江焰说的那句"池承不喜欢我"，她犹豫两秒，还是把这件事说了。

池承做事随心所欲，却有分寸，如果知道江焰帮过她，不说别的，至少不会像现在这么有敌意。

池承越听越惊讶："这事你怎么没和我说。"

"我和你说也没什么用啊。"

他有些生气："那也应该告诉我。"

他拿起手机，看向江焰："江焰，你号码多少？"

江焰告诉他后，身边的池瑶叮嘱道：“你别告诉妈，不然她又要担心好久。”

池承嘴硬：“看你表现。”

池瑶一瞪，作势要打他，恰好有人过来上菜，只能作罢。

饭吃到一半，台上有人开始表演，都是些营销噱头，池瑶不太感兴趣。

夜深了，窗边位置又靠着湖，她有点冷，借着漆黑由着江焰包住自己的手。

江焰小声问她：“要不要回去？”

池瑶白天起得早，午觉又被江焰搅和了，这会儿吃完了饭，是有点犯困，打了个呵欠，她点点头。

“池瑶困了，我先送她回去。”

池承闻言，转过头来：“行，我和小野过会儿再回。”

待两人离开，他却没看表演，而是凝视二人的背影。

虽然还是和白天一样保持距离，但两个人之间的气氛明显起了微妙的变化，好像变得暧昧起来，也不知是不是台上在唱情歌作的祟。

“老婆，你看出什么了吗？”他问小野。

小野想都不想：“江焰喜欢你姐。”

“我姐本来就不缺人喜欢。”

“但池瑶姐只有一个啊。”

池承抱着手臂沉思片刻，还是给江焰发了条消息。

他喜不喜欢不重要，重要的是池瑶喜欢。

客栈后边的空地被改成了篮球场。

晚上十点半，简陋的篮球场只有角落一盏老旧的灯在照明，飞虫和尘埃混在光晕下飞舞，篮球与地面发出的碰撞声在后山擦出一阵又一阵的回音——

又一记三分球。

江焰出了一身的汗，他看向池承：“你找我出来，就是为了打球？”

池承拢起额间汗湿的头发，席地而坐：“你和池瑶到底怎么认识的？”

“吃饭的时候不是说了？”

“我不信有那么巧的事。”池承认为他居心不轨，“你是不是喜欢池瑶很久了？”

江焰没反驳，而是问：“为什么这么说？”

“那就是了。”池承自认纵横情场多年，颇是得意，“我看你高中的时候就看上了吧？”

江焰不语。

池承继续猜：“她被叫来学校好几次呢，你们是不是那个时候就已经联系上了。”

“没有。”

“那是什么时候？”

“就是今年认识的，没骗你。”

江焰用双手撑着地，仰头活动肩颈，他看到天上的月亮在云雾里若隐若现，莫名地想起几年前的雨夜。

在医院大厅。

那是他和池瑶第二次有所交集。

只是记得那天的人，只有他一个而已。

沉默着对坐许久，池承用膝盖撞了江焰一下：“你们还没在一起吧？”

江焰睨他一眼，轻哼了声。

池承当他默认：“我姐可不好追。”

“怎么说？”

“眼睛长在头顶上咯，脾气又臭又硬，不够温柔就算了，眼光也不太行，就大学谈的那个，说话跟指挥官似的……还好池瑶跟他分了，不然我都不知道该怎么说她好。”

江焰眸色微敛：“什么指挥官？”

“池瑶没和你说？”池承扬起下巴，“那你还是自己去问她吧。”

江焰却说：“她的脾气很好，也没你说的那么不温柔。”

池承微顿，好半晌才嘀咕道：“你的变化还挺大的。”

“怎么说？”

“说不明白，大概是没那么闷了。池瑶很被动的，放你以前那样，她才看不上你。”

江焰垂眸，一滴汗顺着下巴滑下去，砸到地上。

池承是没人理他他也能自娱自乐的人，他又开始炫耀：“仔细一想。她全身上下最大的优点，估计就是有我这么个弟弟了吧。”

“池承。”

“干吗？”

江焰用手机发了条消息，说：“你和你姐真是一点也不像。”

池承凝眉：“你什么意思啊？”

“我说，小舅子，你也太自恋了。”

池承一下跳起来，被他的一声“小舅子”给激到，他斥道：“你以为当我姐夫有这么容易？”

“不然呢？”

池承扭头，施了个巧劲将球勾起，卡在臂弯。

“你赢，我就服你。”

快十点的时候，江焰出去了。

他说他会再来。

池瑶在房里等了等，等得眼皮直打架，便开了电视看。

可等他过来，她还是睡着了。

“你没看信息？”

池瑶开完门又上了床，闭着眼说：“没看。”

江焰无言。他给她发了条消息，说他会回很晚，让她别等。可他洗完澡，也没见她回，放心不下，还是来了。

池瑶眯了一会儿，在他上床后闻了闻他身上的味道。

“你洗澡了？”

“嗯，一身汗。”

“池承找你干吗？”

“打球。”

池瑶顿时觉得莫名其妙：“他有病？”

江焰摸摸她的脸：“睡吧。”

因为第二天安排的是爬山且他们还报了一日团，所以很早就要起。

池瑶醒来的第一眼看到的是江焰的脸，她茫然一瞬，才记起自己前半夜给他开了门。

她推了推他：“江焰？”

江焰先是肩膀一动，随后睁眼，眼皮叠出好几层褶，瞳孔漆黑、微润，还没完全醒。

池瑶笑：“该醒了。”

江焰愣怔了两秒，揉着眼，又懒懒地抱住她：“不想起。”

他的无赖都耍在了床上。

池瑶沉默地让他抱了一会儿，手突然往被子里一摸——

江焰猛地退后，这回是真醒了。

他经不起她逗。

池瑶浅笑，不说话，下床去洗漱。

江焰隔了两分钟进来，她正在挤牙膏，挤了两个人的。

他们住的是单人间，床小，卫生间也小，洗漱台就那么点大，池瑶让了点位置给江焰，从镜子里看，她勉强只到他肩膀。也只有在这个时候，她才会有自己在江焰面前其实是处于弱势的认知。平时，江焰很听话，基本不会驳斥她的想法，乖乖的，温顺又柔软。

哦，也不全是。在有些时候，往常再听话的男生也会变得很强势。但她不反感。

镜子里的两人满嘴牙膏沫，池瑶冷不丁笑了声。

江焰问她笑什么，她答不出。

漱了口，她抬头，望进他清澈的眼底。

如此两秒，江焰躬身吻住池瑶。

他向来主动。

池瑶闭眼，周身全是薄荷味。

爬山半途，天飘起了毛毛雨。

不大，似有若无的，水量不够打湿身子，只沾在脸上，凝成白点，像霜花一样。

导游准备了蓝色的塑料雨衣，池瑶刚套上，江焰的外套就递过来了。

“先穿这个。”

池瑶下意识地朝后边的池承看了眼。

池承看到了。

但很反常，他什么也没说，只略过一眼就不再看，完全有别于昨天的过度反应。

他们继续往上爬，雨势变大。

小野爬得慢，池承得陪着，等池瑶和江焰回头找他们时，已经看不到他们了。

两人只得进了前边的亭子避雨。

他俩脚程快，亭子里人不算多，池瑶把形同虚设的雨衣帽子摘下，还好有江焰的外套，她没怎么湿。

倒是江焰，前边的头发都湿了。

他的头发干时摸着柔软，湿了就变得又黑又硬，池瑶拿纸给他擦，问他：“昨晚你和池承说什么了？”

“他问我是不是在追你。”

“你怎么说的？”

“我说你不好追。”

池瑶讪笑：“我是不好追，但架不住你等不了。”

但这事又哪是江焰一个人说了算的。

如果不是心里早有偏袒，池瑶不会让他得逞。

她一直受他吸引。

尤其是在拒绝他之后，她总是会在某个瞬间想起他。

想他的眼神。

“我是比较幸运。”江焰说，“池承也说了，追你不容易，要先过他那关才行。”

“所以你们打球？”

池瑶实在搞不懂他们男生：“结果如何？”

“没有结果。”

又有雨飘进来，江焰坐直，挡住池瑶。

他徐徐开口，言语中带着不易察觉的侥幸和得意：“反正不管怎么样，你都是我的了。”

天气原因，下山时池瑶等人坐的是缆车。

回到客栈后，池瑶洗了个热水澡，出来时雨还在下，看这架势，晚

上的跨年活动都不一定能成功办下来。

池承和小野去泡温泉了，池瑶给江焰发了条消息，然后独自一人出门。

她做过攻略，客栈附近有家茶馆挺热门，都说店里的招牌小食蝴蝶酥不错。

问前台借了把伞，池瑶走了快十分钟，终于看到茶馆的招牌。

下午这个时间，哪怕下着雨，店里也很热闹。池瑶看到有空位，先拿伞占了座，才去排队点东西。

池瑶要了两份蝴蝶酥和两杯冰咖，另外还加了一碟牛乳烙饼。东西全放一个托盘里，拿着有些费劲，她把手机塞进口袋，正要拿起，就有人从旁边接过了托盘。

江焰低头看她："怎么自己先出来了？"

"有点饿。"

池瑶收了手，带着他去自己占的座位。

快到时，她听到有人叫自己的名字，但一下分不清声源来自哪里。

"池瑶，这边。"

池瑶往江焰的后侧方一看，竟是老熟人。

"陈楚然？"

江焰跟着看过去，那桌坐着一男一女，叫池瑶的是个男人，三十左右的年纪，穿着黑色冲锋衣，五官明朗端正，气质脱俗。

某个画面从江焰脑子里一闪而过，他想起了这个人是谁。

原来他叫陈楚然。

那天在 Sunday 比台球，结束后他们并没有互留联系方式，本以为不会再见，却没想到再见是因为池瑶。

江焰突然意识到，那天池瑶之所以会押他赢，怕是和他没多少关系。

换作别人，她也会那样做。

心口宛若堵了棉花，快喘不过气，江焰看向池瑶，而池瑶只是很淡

然地向那男的打了声招呼，就拉着他去了座位。

坐下后，池瑶立刻就察觉了江焰的沉郁。

她拿湿毛巾擦了擦手。

“别多想。”

江焰看她，嘴唇碰了碰，到底没再说什么。但他能感受到，那个叫陈楚然的男人，一直在留心他们这桌。

池瑶视而不见，慢悠悠地吃着东西，嘀咕说：“南方就是喜欢下雨。”

她不喜欢下雨。

“下次去北一点的地方玩。”江焰说。

蝴蝶酥酥得掉渣，池瑶用手盛着，笑说：“这次还没结束你就想下次啊？”

“不行吗？”

他不只要下次，以后的每一次，也都要和她一起。

池瑶想了想：“可以。”

吃完东西，二人起身走到茶馆门口，门外仍是细雨缠绵，池瑶没开伞，和江焰共用一个。

临走前，陈楚然和同伴跟着走到门口，用像老朋友一样熟稔的语气问池瑶：“你住哪儿？”

江焰看雨，耳朵在听。

池瑶说得含糊：“附近的一个客栈。”

江焰嘴角翘起来，很快又落下去。

他握着池瑶的肩膀撑伞走进雨里，拐弯的时候回头望了一眼。

彼时陈楚然正和旁边的人说话，可在江焰回头的那一秒，他转头，也看向了江焰。他认出来了，这是那天和他比过台球的学生，也不知怎么就和池瑶扯上关系了。

二人对视无言。

江焰不喜欢陈楚然。

他收了眼风，又揽过池瑶，让她往自己怀里靠了靠。

回去后池瑶喊困，睡了一觉。

她做了个梦，梦到有座山压着自己，压得她快喘不过气，使劲一睁眼，才知道压在她身上的不是山，而是江焰。

池瑶推了下他的肩。

江焰抬起头："你醒了。"

"几点了？"

池瑶把压在身下的头发拨出去，同欺身过来的江焰接吻。

江焰含糊不清地说："十一点了。"

居然睡了那么久。

池瑶的呼吸变重："烟花取消了吗？"

"不知道。"

应该没有取消。

因为晚饭的时候池承过来了。江焰没开门，只用池瑶的手机给池承发了条短信：我困了，你们去玩吧。

池承离开没多久，不出意外地，江焰的手机也响了。

他接通电话，面不改色地问："池瑶去不去？"

池承语气微冲："不去。"

"那我也不去。"

从这次旅行开始，江焰就在为自己和池瑶谈恋爱这件事打马虎眼。他大概能理解池瑶不想公开的原因。但理解归理解，在某些瞬间，他心里却还是会感到委屈、不大乐意。

不公开，像是一种变相的不认同。

尤其是在下午，那个陈楚然出现后，这份不认同似乎又被放大了好几倍。

这几个小时，江焰躺在池瑶身侧，没睡多久就醒了，醒后一直看着她的睡颜发呆。

占有欲正是在这种注视中泛滥的。

只有拥抱她，他才能感受到真实。

他看着她，觉得自己就像回到了小时候，执拗地想让手里的玩具给自己回应。

其实他又哪里是那么轻易被挑拨的人呢？只不过一想到她曾经和陈楚然有过几年过往，且她曾对那过往毫不避讳，他就酸得快要窒息了。

醋意让他想占据上风，变着花样地欺负她。

池瑶感觉江焰好像又变了。

他在一点一点地变化。

调教者是她。

第 06 章

CHAPTER SIX

时间已经过了零点。

是新的一年了。

池瑶没看见烟花，耳朵却听得清楚，她躺在床上，脊背贴着江焰，身子蜷得像弯勺。

江焰问她：“睡吗？”

她摇头：“白天睡太多了。”

“嗯。”

江焰有意无意地摸着她的手臂，上面是伤口痊愈后留下的印记，粉嫩的新肉，细长一条，养好就不会留疤，否则只能去整形医院去除疤痕了。

“今天在茶馆，遇到的两个人，是你朋友吗？”

池瑶好一会儿都没反应。

在江焰以为她睡着了的时候，她说：“是我前男友。就我和你说过的，毕业即分手那位。”

“从高中毕业就在一起的。”他补充道。

池瑶没想到他会记得如此清楚。好像，他对很多事都记得很清楚，

从他高中时第一次见她，再是她随口一提的前任。陈楚然是池瑶的高中同学，高考后又约着去了同一座城市，除开中间分开过一年，他们共同经历了将近三年的光景。

但他俩一开始的关系并不愉快，原因是池瑶下楼时被突然冲出来的陈楚然撞到，摔了个狠，不止屁股疼，脚也崴了。

池瑶当时烦透了他。她不曾掩饰这份不快，可陈楚然却故意忽视。他以脚伤为由，坚持送她上下学，连上楼下楼都搀扶，凡事亲力亲为，惹得她都不好意思再发脾气。

整整一个月。

因为那一个月，池瑶才对陈楚然这人有所改观。

高中毕业后，他们顺其自然地在一起了。

“大学时，我们分开过一次。是因为他部里的一个女生，他们走得很近。我和他不在一所学校，听说的时候已经有人在传他俩是男女朋友了。”

分开那次，一分就是一年。也就是那一年，池瑶被某位矫情的学弟吓到，往后对比自己小的男生都本能地排斥。

“所以你一发现我看你眼神不对，你就拒绝了我？”

池瑶讪讪一笑：“你和那个学弟当然是不同的。”

江焰不置可否，问她：“那后来呢？他都跟别的女生暧昧了，你为什么还要和他和好？”

“说不清楚的。重新遇上，一来二去，就好了伤疤忘了疼。”

江焰冷冷开口：“所以第二次，他又犯了同样的错误，对吗？”

池瑶缓缓地吐出一口气。

“我不想说了。”

但江焰却魔怔一般咄咄逼人：“你还记着他。”

“江焰？”

池瑶不悦地皱眉：“我不想说了。”

江焰还抱着她，胸口起伏不定。好半晌，他弓起身子，脸埋在她颈窝。

高挺的鼻梁硌着脆弱的皮肤，江焰能清楚地感受到皮肤肌理下脉搏的跳动。

他说：“池瑶，我很嫉妒。”

“嫉妒什么？”

池瑶揉他头发，这时他的头发，不复湿漉漉时的硬和扎，变得又软又蓬了。

她说：“我和他不会再有什么了。”

“他今天下午看你的眼神，我不喜欢。”

明明女伴就在旁边，还那样看池瑶。

这样一个男的，凭什么可以拥有池瑶三年。

池瑶沉默。

她以前太年轻了。过早地遇见陈楚然，便放任了他凭借两人学生时代奠定下的感情基础肆意践踏她的底线。

贴着她缓了一会儿，江焰又道：“其实今天我很想，很想挡在你前面。”

但他没有这么做。因为他答应过池瑶，不说。

池瑶一时发怔，她当时并没有考虑到这一点，只想赶紧离开，不想和陈楚然废话。

“……抱歉，是我没有处理好。”

“不，”江焰抬起脸，慢慢坐起来，“池瑶，不只是表面上的不公开，其实你心里也没有真正认同我这个男朋友吧？所以在面对外人的时候，你才没有考虑更多。”

他的眉梢被压红了，牵连眼角，也泛着红。池瑶胸口一疼，想说不是这样，但怎么也说不出口。

江焰见状，明明想过就是这样的结果，可当他真的面对，他又受不了了。

他颓唐地点了点头，下床。

“你先睡，我出去一下。”

池瑶叫了他一声。

他没有回头。

白天睡太多，池瑶躺在床上，双腿蜷进江焰的T恤里，怎么也睡不着。

她坐起来，看着门口想了想，还是穿上外套出了门。

一个冬天不会下雪的城市，凌晨的晚风吹起来却冷得刺骨。雨大概是天快黑时停的，平地差不多干了，凹下去的浅坑还盛着水。

门口有人在弄烧烤，也是过来玩的，约莫十来人围坐一圈，都喝嗨了，嘴里的方言一套接着一套，像在说相声，还带捧哏的。客栈老板走出来，示意他们小点声，别吵到其他客人。

池瑶确定江焰不在其中，没再多看，往外走去。

树冠葳蕤，路灯失了效用，她打开手机手电筒，又走了一段，最后在湖边找到江焰。斜对面就是他们昨晚吃饭的地方，高台无人表演，又恢复了冷清。

江焰在抽烟。

池瑶不知道，原来他还会抽烟。他身上的味道永远干干净净，她便默认他烟酒不沾。

这么一想，她还是不够了解他。

池瑶关了手电筒，她知道江焰知道她来了。

因为他刚刚侧了下头。但他也只是侧了下头，并没有转身看她，而是继续沉默。湖水随风涌动，路灯的光影清冷，白天喧闹的高台此时也寂静无人，他手里夹着烟，只穿了一件卫衣，烟蒂的那点忽明忽暗的橙光成了唯一的点缀。

池瑶走过去，在他旁边站住。

“干吗躲在这里？”

江焰把手里的烟往远了放，说：“没有躲。”

“哭了？”

江焰不满地低头：“在你眼里我是那种会随便哭的小屁孩吗？”

池瑶自知失言，她摊手描绘掌心的纹路，说：“哭也不是什么难为情的事。”

江焰不说话。

她又说：“我之前遇到过一个患者，有严重的焦虑症，一旦事情超出他的计划范围，他就会挠脖子。我见到他的时候，他刚从市医院外科转过来，脖子已经烂到不能看了，指甲也全部裂开……只因为他老婆想离婚，他不愿意，就用这种方式抗议。”

江焰静了静，别过眼，把烟掐了。

“最后离了吗？”

“离了。”

江焰的脸色一冷：“和我说这个干什么。”

池瑶侧身，面向他，他的侧脸在这时看上去冷硬而漠然。

她说：“江焰，我可能也有点这方面的问题。”

焦虑症不是什么罕见病，她不算重度焦虑患者，但是一旦发现事情难以掌控，她的情绪很容易就会出现波动。过去她甚至因为这个，进行了将近一年的治疗。

江焰的呼吸一滞，没想到她会说到这个。

脑海中似乎闪过一帧画面，他哑声问：“因为和我在一起？”

“是，也不是。”

池瑶喜欢掌握主动权，从小就喜欢给自己制定计划。当初考医学院就是，她计划如此，所以不管后面池女士怎么反对，她也还是那么做了。

而在最近几年的计划里，除了考证升职，其余的，她什么也没想。

恋爱和结婚，压根就不在她的计划范围之内。

哪怕池女士给她安排了各种相亲，她的想法也只是暂时应付过去而已。

更别说恋爱，而且还是和一个比自己小的男生恋爱。

直到她遇到了江焰。

江焰打乱了她的计划。

他年纪轻轻，精力旺盛，黏人且柔软，却也强硬。

她焦虑，从在一起的第一个晚上就焦虑得睡不着觉。回想当时的情境，她也说不清自己为什么会脱口而出“试试”。那感觉就像是有另一个人支配了她的身体，帮她做了决定，然后又很不负责任地将身体交还给她，让她来处理后续。

“但我不会伤害自己。我只是，想你能帮帮我。”

江焰的手指轻动，这才看向她。

“我接下来说的话你可能不喜欢听。但在这之前，我得先声明，我没有抱着和你分手的心态和你交往。”

池瑶咬着嘴唇，还是往下说了：“你做人做事都很直白，因为心动了，所以想要在一起，反正年轻，也不用考虑以后的事。但我不行，我比你大几岁，考虑未来多于考虑眼前，加上计划被打乱，脑子现在完全乱成了一锅粥。于是干脆什么也不想，只想走一步算一步……我不是想为自己开脱，但我不想骗你，当初提出不公开关系，不全是怕面对质疑，我还有，想包庇自己自私的那一面的意思。”

她说着说着，竟觉得有些热了。

“我承认，我们俩之间的感情不对等，我的喜欢肯定不如你的喜欢来得多……”

江焰听到这里，终于开口：“你不喜欢我？”

“不是不喜欢，是还不够喜欢。”

池瑶说：“江焰，你能明白吗？你在我的计划之外，我控制不了。”

江焰却松了一口气："喜欢就可以，多点少点没有关系。我能等。"

他帮她挽发至耳后，手没放下，还在轻轻摩挲她的耳朵。

"你刚刚说，刚和我在一起的时候，你觉得焦虑。那一个小时前，我就那样出来了，你一个人在房间，有没有想过更糟的可能，又有没有因为这个可能，而感到焦虑？"

池瑶缓缓地呼吸，静默许久。

她点头："有。"

江焰的肩膀蓦地一松，笑了。

他抱住她，拍了拍她的肩。

"虽然知道这个时候笑很不应该，但还是很高兴。"

至少你会因为我们的分开而发愁，那就够了。

池瑶失笑，这人想一出是一出，她还以为他会因为她说的话而发脾气。

"你真没生气？"她忍不住又问。

"没有。不过，"江焰亲了亲她发顶，"如果接下来可以把我纳进你的计划，那就更好了。"

回去的路上，江焰问池瑶："你们精神科医生也会有这方面的问题？"

"这种问题很常见，没有想象中的那么稀罕。"

江焰想到她的伤。

"那像那种会自残，甚至会伤害别人的激进型病患，多吗？"

"没有多不多的说法，除了犯病的时候，他们都表现得和正常人无异。"

江焰低声："总觉得很危险。"

"我以前也怕。"池瑶说。

"现在不怕了？"

她只笑笑，缩着脖子靠近他："你不冷吗？"

江焰搂住她："你身体太弱了。"

说到这个，池瑶想了想，委婉道："你有没有觉得你的精力，有点旺盛？"

江焰挠挠眉心，赧然反问："有吗？"

池瑶抿唇，神情古怪地看着他："没有吗？"

江焰笑出声："我只是抵消不了你的魅力。"

洞玉山的行程结束后，池瑶和池承还有小野一块儿回了趟家。

池女士第一次见小野，还特地换了件新衣服，是件奶黄色的毛衣开衫，很显她气色。

池瑶坐在沙发上啃苹果，看她对着小野问东问西，忍不住替小野解围："妈，暖暖该饿了。"

小野只是昵称。小野原名成暖，和池承一个大学，但不同专业，两人是在一间地下酒吧认识的，池承对小野一见钟情，天天去酒吧蹲点，追了大半学期才把小野追到手。

池女士恍然："哦对对，要吃饭了。"

她走后，池瑶和小野相视而笑。

"阿姨很热情。"小野说。

"我妈就那样，习惯就好。"

饭后，池女士留下小野，让她和池瑶挤一个被窝。

池瑶洗了澡，见小野已经躺在床上，以为她睡了，于是调低了手机亮度，和江焰聊天。

江焰给她发了个冷笑话。

她笑点低，笑得肩膀都在抖。

"池瑶姐？"

池瑶回头："我吵醒你了？"

"没，我还没睡。"

小野用手枕着脑袋："池瑶姐是在和江焰聊天吧。"

池瑶关了手机。

她又说："那天晚饭，我看到了，你们在桌子下边牵手。"

池瑶顿住："你和池承说了？"

"没有，你不想说，我就没有告诉。"

池瑶将被子拉高了点："我还没想好怎么说。"

"因为江焰比你小吗？"

"……嗯。"

今晚在饭桌上，池女士问池瑶一起去的朋友是谁，要不要让他来家里坐坐。

池瑶说："他没空。"

池女士说："工作这么忙的呀？他做什么的。"

池瑶知道，就算她当时不回答，池女士也会私下问池承的，就是不知道池承会怎么说了。

"池承也比我小呢。"小野说，"我大四，上学晚，比他大两岁。"

"不一样的。"

池瑶听到自己叹了口气："我都工作几年了，而江焰还在上学……不一样的。"

在世上大多数人的眼中，年龄仿佛是界定成熟的最佳标准，池女士就是这其中之一。

其实她又何尝不是？

如果真的认为江焰足够可靠，她想她是不会像现在这样焦虑头疼的。她嘴上说一个人成熟与否不能按照年龄来决定，但心里那杆秤又忍不住往另一边倾斜——江焰到底太年轻，身上的不确定因素太多了。

岁月蹉跎，她不能保证自己向他奔赴以后他还能坚守本心。更罔论，如今的他可是比大多数同龄人都要成熟优秀，池瑶并不想将他过早地圈在一个框架里。

若她真那么做了，江焰以后会怪她的。

“但是池瑶姐，你已经在考虑你们俩的未来了，这是好的开始。”

池瑶安静地垂着眼皮，看自己黑暗中的手。

手跟没什么骨头似的，软绵绵的，耳根子也软得要命。

江焰说，希望她把他写进计划里。她嘴上不应，脑子倒活络，什么都考虑了。

又过了一会儿，池瑶轻快地笑：“算是吧。”

元旦过后，生活节奏一下快了起来。

江焰的留校实习周刚结束，他就接到了家里的电话，催他回去过年。

“有家不回，天天待在别人屋子里做什么？”

江焰拖了几天，自知不能再拖，他只能应下：“明天就回去。”

池瑶坐他腿上，安安静静的，手里还翻着书。

她头也不抬：“都说了不用陪我。”

不像学生有固定假期，池瑶的假期全靠调休，比如今年，她除夕夜就得在医院值班。

“我只是不想你一个人待着。”

池瑶说：“你难道想天天挂我身上不成？医院总不能空着，肯定是要安排人值班的。”

“除夕之后应该就有假了吧。”

“嗯，有。”

江焰点头，分神去摸她的脚，粉粉的指甲盖上没涂指甲油，脚趾被他摸得蜷成一团。

池瑶痒，缩了缩，宽大的衬衫往上蹿——

她制止江焰胡作非为的手：“去收拾东西吧，你明天该回家了。”

江焰抓住她的手："过年记得穿我给你买的鞋。"

他喜欢收藏球鞋，看到喜欢的就忍不住想买。先前她还想弥补他一下，挑了好些鞋子，买回来却发现他根本不缺。后来知道她想买，他还让她不要破费，结果转头就买了双情侣球鞋回来。

"干吗？"池瑶问。

他说："因为我也会穿。"

即使不在一起，他也想和她做同样的事，穿同款的东西。

也许幼稚，但他想。

江焰讲究的仪式感远比池瑶想的要夸张。

这算是他们第一次分开那么长时间，头一天晚上江焰夜不能寐，竟说："要不我现在过去找你，白天再回来？反正也不远，开车也就两个小时。"

池瑶喝着水，差点被呛到："你可别乱来。"

"分隔两地，难道你不想我？"

"好歹还在同一个地方，哪里算异地啊？"

"你没回答我的问题。"

池瑶爬上床，抖开被子，手机随手放在一边，屏幕朝上，镜头对准了天花板。

江焰没看到脸，只听到声："想啊。"

他立刻就被哄好了。

入睡前，江焰问池瑶："要不要听歌？"

"听什么？"

"一起听。"

池瑶没懂："什么一起听？"

"我邀请你。"

在江焰的指导下，池瑶很快就弄明白了。

歌是他那边在选，她在这边安静地听，问道：“你去哪儿学的这些乱七八糟的东西？”

“我查了，别的情侣都是这么熬过异地恋的，明天我们还可以一起看电影。”

池瑶闭上眼：“那你给我选首适合睡觉的歌吧。”

歌是用平板电脑听的，两人的视频通话还连着，江焰透过屏幕看池瑶。

因为想要他能看到她，所以开了床头的灯。她闭着眼睛，睫毛很长，嘴唇丰盈，是涂了润唇膏的效果。她说冬天太干了，晚上不涂润唇膏第二天嘴唇会很不舒服。

他很想亲她。

从未想过两人分处异地有这么难熬。

这时，池瑶突然梦呓出声：“你知不知道，阳台的灯又出问题了……”

“嗯？”

江焰听出她的困意，估计他这会儿说什么，她都听不见了。

但他还是很认真地回答：“等我回去就修。”

“那你快点回来。”

他的眼神放软，近乎呢喃：“嗯，我会快点回来。”

然后，他调低音量，又挑了几首安静的歌，边听边看池瑶陷入深度睡眠。

说起来，这好像是他第一次这样看着她入睡。

此时的她柔软得就像露出肚皮的小刺猬，收了刺，让他心软得不行。

江焰用手机点了点屏幕。

“晚安，瑶瑶。”

大年三十，池瑶在医院里值夜班。

医院有人带了家里包的饺子，其中一个的馅料里还藏了枚硬币。

池瑶刚查完房，很饿，吃的时候没注意，咬到硬币时牙齿一酸，眼泪都快流下来。

其他人都说她这一年要走大运，她哭笑不得，扶着腮帮子："有我这么幸运的吗？我牙都要磕掉了。"

"哈哈哈，这叫甜蜜的负担。"

她低笑着摇摇头，拿起手机，给江焰发了条消息。

她发：吃到包着硬币的饺子了，都说我今年运气会很好。

然后随手拍了拍简陋的桌面。说实话，不怎么美观，但她还是发了出去。

江焰过了一会儿才回她：我也想吃饺子。

蓢城过年没有吃饺子的习惯，今晚池瑶能吃到，还是因为那同事是北方人。

池瑶看了眼还在聊天的同事，默默退出去。

她给江焰打电话。

江焰很快接了。不同于她这边的冷清，他那边很热闹，偶尔还有小孩在叫。

池瑶听他说过他家过年的习惯，年夜饭得在老宅吃，江家所有人都得回。

电话接通后，两人一时没说话。

是池瑶先笑了："你干吗不说话？"

"我很想你。"

池瑶的心一软，她站在窗边，看天上的弯月，月似狼牙，一半藏在云后，透着银锈的颜色。

另一端，江焰也在看月亮。他站在院子里，星月被框在四方中，因为空气很好，星星多得快要失真。

“你想我吗？”他又问。

这时刚好有人经过，池瑶掩着手机，和人笑了笑，再听电话，却不知有没有听到江焰的问题。

她问：“你今晚吃了什么？”

江焰迟了两秒回：“很多。”他随口报了几道菜名。

池瑶说：“好羡慕，我只有饺子吃。”

“我只想和你吃饺子。”

他说这些话，从来不会害臊。

池瑶听得耳热，她揣着兜往值班室走，说：“到时候见面我给你包吧。”

江焰说好。

两人又聊了几句很没营养的对话，直到有人过来找池瑶说有患者在闹，这通电话才终止。

在闹的患者得了妄想症，经常自言自语，回回内容都不同。这回他想象自己是在战火连天的年代，他躲在防空洞——病房角落里瑟瑟发抖，还因为害怕，一直在哭叫，说自己不想死。

池瑶将他哄好，后背也出了一层冷汗。

他上回妄想自己成了野人，逮人就咬，池瑶的同事就被他咬得小臂出了血，至今印子还在。

“池医生辛苦了。”

“今天出了什么事？”

“午休的时候有人发生争执，可能是发出的声音刺激到他了，他看完电视怎么也不肯睡，明明吃药的时候还很乖的。”

池瑶点点头，回了科室才看到江焰给她打了两通电话。

她靠在椅子上，全身无力，耳边还有电视里发出的春节联欢晚会的背景音。

有点困了。离大年初一还有半个小时的时候，池瑶被闹钟叫醒，她

关了闹钟，脑子还是混沌的。缓了缓她才记起，自己好像忘了给江焰回电话。她在手机上找出江焰的号码，刚要打过去，江焰的信息就率先发了进来。

江焰：还在忙？

池瑶：没，眯了一会儿。

江焰：还有不到半个钟头就是新的一年了。

池瑶：新年快乐！

池瑶发完这个，江焰没再回，而是给她打了电话。

他开门见山："能不能偷你半个小时？"

"什么？"池瑶渐渐坐直。

"我在楼下。"

院门口的江焰抬起头，他不清楚池瑶在哪个地方，但他知道，她一定也在窗边找他。

她一定会这样做的。

电话那头的池瑶声音都变了："你怎么过来了？不是回爷爷那边了吗？"

江焰说："你还没回答我问题，我想过来问问你。"

你想我吗？

池瑶之前挂电话时的语气不太稳定。虽然那时护士的声音不大，但江焰还是捕捉到了她慌乱的情绪。

江焰走回屋子，屋里一派喧闹。

电视机里头明星在唱歌，沙发上坐着聊天的叔伯，偶尔还有麻将交碰的声音从隔壁屋传出。

而他的池瑶却独自一人在医院值班。

江奶奶刚切好水果，抬手便往江焰嘴里塞了块苹果。

"想什么呢，那么认真？"

江焰抹了把脸：“奶奶，我出去一趟。”

江奶奶一头雾水，跟着他走到玄关：“大过年的你去哪儿啊，你堂姐几个三缺一，在喊你呢。”

“我回来再说。”

“几点回啊？”

“很快。”

江焰穿了鞋，站起来，冲江奶奶笑：“新年快乐，等我回来给你包红包。”

“是你过生日又不是我，还用你给我包红包？”老人家觉得好笑，也不说什么了，“早点回。”

“嗯。”

江焰上了车，这边一到晚上就很黑，离市区也远，他一路驰骋，到医院时刚过去一个小时。

已经很慢了。

池瑶跑下楼，半夜三更，空荡荡的路边只停了一辆吉普，江焰垂着脑袋，身子靠着车门。隔那么远，她都能看到他冻得通红的手指关节。

她反而放慢了脚步，快要走近时步子才迈大。

因为江焰张开了手臂。

池瑶几乎是跳着抱住他，他身上很凉，还带着烟草味。

“你抽烟了吗？”她吸了吸鼻子。

“太冷了。”

“怎么不多穿点？”

“出门太急。”

池瑶仰起头，仔仔细细地看他，确定自己是真的睡醒了。

她把围巾取下，往他脖子上套：“这样好点没？”

江焰手冰，不敢碰她脖子，又怕她冷，便拽出一节还给她。

两人共用一条围巾，渐渐地，也就暖和了。

“从阳溪那边过来好远的，你给我打完电话就出门了？”

“差不多。”

江焰不想她担心：“我就是想过来看看你。”

池瑶咽下鼻尖的酸意，她捏了捏他的手：“上车说好不好？”

“好。”

结果两人一上车，池瑶便吻了过来。

她身上还带着消毒水的气味，江焰拥着她，竟意外地觉得好闻。

他将她用力搂紧。

夜深而安静，街道上空荡荡的，孤寂的医院大楼亮着苍白的灯，未歇的小区一同传出春晚直播的声音。这端冷清萧索，那端歌舞升平，唯有车内是冷热交替，冷的是身体，热的是心。

池瑶气喘吁吁地和江焰分开，她的下巴都被亲红了。

“你穿了我买的鞋。”江焰说。

“嗯，这几天都穿了。”

“真乖。”

池瑶同他耳鬓厮磨，还有些喘：“本来还想和你整点说生日快乐的，现在你人就在眼前，我有点没法思考。趁现在还记得，我提前祝你生日快乐好不好？”

这些天她只字未提，江焰没想到她知道大年初一是他的生日，更没想到她还想给他惊喜。

“你怎么知道的？”

“偷看了你的身份证。”

他眨眨眼，笑了：“还好我的身份证照片能见人。”

池瑶也笑，目光迷离地看他，仍然觉得不真实。

她轻轻地开口，声音低不可闻。

“生日快乐，江焰。”

安静而温暖的空间里，她只想说给他听，连月亮都被不允许听到。

江焰同样放低了声音：“这是我过的最棒的生日。”

“礼物在家里呢，都没想过你会来。”说到这儿，池瑶有点懊恼。

“你送什么我都喜欢。我最喜欢你。”

“肉麻死了。”

池瑶捏他的嘴唇，情绪又低落下去：“我还得回去。”

江焰凑近她，他似有若无地用嘴唇贴她的脸颊：“我知道，我也要回去。”

池瑶愕然：“你还要走？”

“嗯。”

“这么晚，你一个人开车回阳溪，犯困怎么办？”

“没事的。”江焰摸她发鬓，“毕竟是过年，我不回去不好交代。”

太冲动了。

池瑶想说。

但话到嘴边，却只剩下另外四个字。

她用拇指顶他下巴吻他。

“我也想你。”

池瑶离开医院时晨光乍泄，路边年味十足，挂着一水儿的红灯笼，只是没有什么行人，而她看向的位置，也早没了那辆眼熟的车。

昨晚江焰陪着她坐了一会儿就走了。

江焰差不多是凌晨三点到的家。此前她心定不下，等收到他报平安的消息，悬着的心才得以落地。

理智上，她并不认同江焰的意气用事。但在感性上，天晓得她昨晚抱住他的时候心里有多满足。

池瑶拦了辆车回家，池女士已经醒了。

“累了吧？”

池女士还穿着睡衣，她摸摸池瑶冰凉的脸：“我给你热点东西吃？吃了再睡。”

池瑶拨开散落下的长发，打了个呵欠，直接倒在沙发上：“腰疼，我先躺会儿。”

池女士往边上一坐，替她按后腰：“昨天医院没怎么闹腾吧？”

“嗯。”

池女士见她应声有气无力，便没再多问，只在她快睡着时让她回屋里睡，然后小心地带上门，生怕将她吵醒。

池瑶睡了个舒舒服服的安稳觉。

醒来已是下午两三点，池女士和池父出门买东西了，但桌上的饭菜还是热的。

池承见她出来了，拉开椅子在她对面坐下。

他说：“一会儿有人要来家里拜年。”

池瑶喝着汤，头没梳，脸没洗，问道：“大年初一谁会来串门啊？”

池承看不过去：“你去洗把脸行不行？”

“我先吃完。”

池承翻了个白眼：“随便你。”

在家里，池瑶怎么自在怎么来，她吃完了饭，也没收碗，盘着腿坐在饭桌前拿手机回复朋友发来的祝福信息。

而江焰除了凌晨那条消息，已经大半天没联系她了。

她发了句：还没醒？

与此同时门铃响起来，她没动，而是扬声喊池承开门。

池承在厕所，不耐烦地推脱，让她开。

池瑶骂了他一句，只得起身去开门：“怎么不带钥匙——”

最后那个“啊”却如同被消了音卡在喉咙，池瑶惊诧地看着站在门口的人。

“你这是……在做什么？”

江焰冲她笑，晃了晃手里的礼盒。

“姐姐好，我是池承的高中同学。”

池瑶：……

“别装了，我妈他们不在家。”

池瑶搭着门，脑子像被撞过一样蒙。

这完全不在她的计划之内。

江焰，又一次，打破了她的计划。

她慢慢回过神来，后知后觉自己穿得有多糟糕。

他俩在一起也没多久，虽是半同居状态，但池瑶平时多多少少也会注意形象，起码，没那么懒，也没这么不修边幅。

背对着江焰，她一阵头疼，扶额去了卫生间，洗脸又梳头，还顺便把身上的大红色睡衣换成了针织衫。

再出来时，江焰坐在客厅，正和池承说话。

她开口：“你们俩什么时候联系上的？”

“我提醒过你的。”池承回头说。

“但你没告诉我来的人是江焰。”

池承压着嘴角：“你也没告诉我你们在一起了。”

池瑶微微瞪眼，看向江焰：“你和他说的？”

江焰摇头。

“我又不是瞎子。”池承在旁边吊儿郎当地抖腿。

“那就请你有点眼力见，”池瑶立刻变脸，“现在，回你房间去。”

池承拳头一硬，抬起来却只是挑了挑头发丝。

“回就回，有什么了不起。”

池瑶瞪着他，亲眼看他关了门才开始审江焰。

可她刚走近，江焰就抱住了她的腰。

“你怎么不穿那件红色睡衣了？”

“……闭嘴。”

池瑶捏他嘴巴：“你为什么不和我说你要过来？”

“想给你个惊喜。”

“惊吓还差不多。”池瑶坐下。

“为什么？你害怕我见家长？”

池瑶迟疑一秒，说：“太快了，我们才在一起多久……”

“对我来说，已经够久了。”

江焰玩她的手：“但是我知道你还没准备好，所以才以池承朋友的身份过来……你不高兴了吗？”

池瑶默不作声。

半晌，她才说：“你得寸进尺。”

江焰笑：“那也是因为你先让了我一寸。”

池瑶放松下来：“我不是没准备好，而是你还没有准备好。”

他还只是个学生。

江焰瞬间就听懂了她的意思，思索须臾，抬头看她时眸光发亮。

他认真地说道：“池瑶，我会努力。”

池瑶看着他，慢慢地，脸上终于挂了笑意。

她亲了亲他的脸颊：“我知道。”

池女士回来时，见家里多了一个人，先是一愣，眉毛抬起，嘴边要笑不笑的，她用眼神询问池瑶，怎么回事？

池瑶抱着臂，努了努嘴：“池承的同学。”

“是同学啊！”

池女士恍然，笑容自然扩大，很快就找回了自己的主场。

她最会和人打交道，三两句而已，便把江焰的信息套了个饱。

“哎呀，学习好，长得还俊，以前怎么不见来家里玩？”

“最近才联系上的。”江焰说。

池女士了然地点头，又笑着说：“阿姨都不知道你要过来，刚刚还以为进错了屋。”

“我也是在家待着无聊，就想过来找找池承。”

“那正好，留下吃饭吧，阿姨做了好多好吃的。”

池瑶在一边偷笑，不就是年夜饭吃剩的吗。

江焰笑得愈发讨喜：“那就谢谢阿姨了。”

因为江焰，池女士又加了两道菜。

饭桌上，她问江焰有没有对象。

江焰只觉小腿被对面的某人踢了一下，他面不改色地点头：“有的。”

池瑶深吸一口气。

果不其然，池女士转头就嫌弃起她来：“人家小江和小承都有对象，怎么你一个做姐姐的，连个下班送你回家的人都没有？”

池瑶没吭声，反倒是池承，喝水差点被呛到，咳得脸都红了。

池女士被转移了注意力，好歹没再继续这个话题。

吃完饭，夜色四合。

江焰陪池女士吃了点饭后水果，看时间差不多了，于是起身告辞。

池女士意犹未尽，招呼池承出来，让他送一送。

池承却往池瑶房间看了一眼：“我打游戏，走不开，你让池瑶送。”

“人家特地来找你——”

池女士的掌风未落，池承便快速躲开：“都挺熟的，送什么送啊！是吧，江焰？”

江焰好脾气地笑："不用送了，阿姨。"

池女士摇头："那不行，我让他姐送。"

说着，她回房把池瑶捞起来："你送送小江，要有礼貌。"

池瑶故作不情愿，抓了件外套穿上，她嘟哝道："池承懒死了……"

"你弟就这德行。"

池瑶走出房间，同江焰递了个眼神。

"江焰，我送你。"

江焰客气地回："谢谢姐姐。"

两人一道出门。

江焰的车停在小区后门。

池瑶陪他走了一段。

一路无话，却不尴尬。他们有独一份相处的默契。

天已经完全黑了，加上有树遮挡，漆黑的车身在夜色中成了最佳的保护色。

"你怎么把车停在这里……"

池瑶拉开副驾驶车门，刚要上去，江焰伸过来一只手，又摁上了车门。

他说："坐后面吧。"

即便池瑶穿着厚重的羊呢大衣，也能感受到身后江焰胸腔传递过来的层层热度。

她回头，仰起脸，额头擦过他下颌。

"你确定？"

江焰的喉结上下一滚。

此时他与她并无身体触碰，两人始终隔着一指的距离，却比任何时候，都要让他燥热。

"嗯，我确定。"

他主动拉开后车车门，轻推池瑶的后腰。

然后用只有他们俩才能听到的声音说："上次，在丽尔湖，你把车停下的时候，我就想这么做了。"

池瑶微惊，上车后下意识地向他看过去。

江焰正好将车门关上，车内登时陷入黑暗。

而车外也是漆黑一片。

月亮躲进了云层，夜色正浓。

挨过了几天异地恋，年后开春，江焰找了借口提前离家。

池瑶已经开始上班，知道江焰今天会过来接自己，她难得涂了个口红。

池瑶打开柜子，换下白大褂，关门时姚敏敏突然出现，她吓了一跳，"你干吗？"

"你是不是谈恋爱了？"

池瑶摸脖子："为什么这么问？"

姚敏敏留意到她的动作，她了然地笑："看来我的直觉挺准。"

池瑶蹙眉："有这么明显？"

"我是谁啊，别人看不出我能看不出？"

池瑶却腹诽：年前你不就没看出吗？

想到这，她微怔。

所以她这前后的变化原来那么大吗？

对面的姚敏敏见自己猜中，一脸得意，又问："怎么认识的，相亲？"她眼珠子一转，想起之前池瑶的不对劲，"不会还是那个弟弟吧？"

池瑶没想到她还记得，她撑着柜门坦白道："就是他。"

姚敏敏瞪着眼，总觉得自己漏了什么信息，她犹疑地问："你是不是还有什么事情瞒着我？"

池瑶到这时才对她心思的敏锐服气。

她妥协地点头："邻居，住我对面那个。"

“我就知道！那房子是他的还是租的？有车吗？到底多大啊，真那么帅吗？”

“房子应该是租的，有车。”说着，她迟疑了一下，“改天带你见见，你就知道了。”

“租的？”姚敏敏有些失望，“没房的话，听上去魅力一下掉了好多。”

池瑶下意识地反驳：“他还小。”

姚敏敏斜眼看她：“这就护起犊子了？”

“没有。”

不等姚敏敏松一口气，她又说：“不过，你见到真人的时候，别打我就行了。”

姚敏敏：……

姚敏敏做事，能今天就绝不等明天。

江焰远远地就看到池瑶旁边还站着个女人，不算生面孔，他曾在池瑶分享过的合照里见过，知道是姚敏敏。

这算是他第一次见池瑶的朋友，可他停车后还没来得及开口自我介绍，就看见对方的眼神从迷惑转为了震惊。

“你不是那个打台球的帅哥吗？”

江焰扬眉，转而看向池瑶。

池瑶站在一旁扶额，实在佩服姚敏敏的记忆力。

她放弃地点点头：“就是他。”

姚敏敏这一下就被点燃了：“你居然瞒我这么久？”

江焰在前座做起专职司机，耳旁听着池瑶和姚敏敏在后座的对话，也大概听懂了是怎么一回事——池瑶从未和姚敏敏提起过自己，姚敏敏对他的印象，始终停留在住池瑶隔壁的那个男大学生。

从后视镜里，他看了池瑶一眼。

池瑶没注意到，她还在跟姚敏敏解释：“那个时候我和他又不熟。”

“那熟了之后为什么不说？”

池瑶的声音不禁变小：“我说过的。而且，知道他就是那天打台球的男生，有那么重要吗？”

“怎么不重要？他可是赢了陈楚然的——”姚敏敏猛地捂住嘴，用眼神示意了一下池瑶。

“他知道。”池瑶说。

姚敏敏放下心来，她啧啧称奇：“怎么会这么巧啊？”

在女朋友这件事上，前任输给了现任也就算了，就连打台球这项优势都被剥夺，姚敏敏都有些同情陈楚然了。趁着座位优势，她肆无忌惮地打量江焰的侧脸，嘀咕道：“我这下明白你那时候为什么要躲他了，换我我也顶不住。”

江焰这样的，合该让人为他重新考量自己的择偶标准。

“什么躲着我？”江焰这才插话，“我怎么不知道。”

池瑶的眼皮子一跳，制止不及，姚敏敏已然嘴快地回答：“你不知道？她之前因为你芳心大乱，特地躲去临城开会。我当时不认识你，也都猜到她喜欢你了，她还不承认。”

江焰握着方向盘的手一紧。

他一直以为，那几天，只有他在备受煎熬。可现在姚敏敏却说，池瑶也曾和他一样，有在认真思考他们之间的关系。他倏地觉得，池瑶有没有向身边的人提起过自己，又好像变得不那么重要了。

别人如何看，江焰其实并不在乎。

他在乎的，从头到尾都只有池瑶一个而已。

姚敏敏只是过来蹭一顿晚饭，吃完饭就离开了。池瑶送她进电梯，刚转身，人就被拉了过去。

门都没关，江焰捧着她的脸嘟囔着：“想死我了。”

池瑶仰着头，两颊的肉都被他捏起来了，她说：“你累不累啊？”

从阳溪回来到现在，他就没闲下来过。

姚敏敏太能闹腾了，她就是太清楚所以才没提早让他们见面的。

“不累。”

江焰弯腰，一把横抱起她往浴室方向走：“我现在非常精神。”

等俩人能好好坐下来说话时，已是一个钟头后。

池瑶小腿泛酸，她坐在一边，由着江焰给自己按摩。

“你是不是瘦了？”江焰问。

“这你都知道？”池瑶早上上过秤，比先前轻了两斤，“最近医院有个病人不配合治疗，家属也在闹，情况有点棘手。”

江焰按着她小腿，说：“我得给你补回来。”

“怎么补？”

“给你做好吃的。”

“你会吗？”池瑶一脸狐疑。

“不会我还不能学吗？”江焰低着头，很认真的口吻，“我什么都可以学。”

怎么这么乖啊。

池瑶上手抓了抓他硬而粗的发茬：“今天敏敏问我，是怎么跟你在一起的，我想了半天，也没想出答案。”他们的交往似乎少了前因，一切都因江焰的主动而起，而她的心动成了必然，水到渠成，自然而然地，俩人就在一起了。要追溯缘由，池瑶还真不知道自己是哪一点吸引了江焰。

她问江焰：“你为什么喜欢我？”

似是想到什么，江焰莫名笑了。

他说：“因为你帮我捡起了便利贴。”

池瑶嗤笑，推了他一下：“什么啊，我在问你正经的。”

"喜欢需要理由吗？"

"不需要吗？"

"那你为什么喜欢我？"

池瑶愣住。见她吃瘪，像赢了辩论赛一样，江焰扬起下巴，笑得浅淡，可眼里的爱意又很满。

他摸摸池瑶的脸，说："从我看你的第一眼，我就喜欢你。"

说完，他亲了她一下。

池瑶好半天才回神，她用手指捻他嘴唇："油嘴滑舌。"

她才不信。

手机从刚才就在那儿震，池瑶把手机拿过来，是群里在讨论。

584 那个病人又出事了。这些天因为他的事，院里开了好几次会。群里说，今晚他又不配合吃药。

"看什么？"

"工作群。"

池瑶大致看了一下，又跟着回复了几条消息。等她处理完，旁边已经没动静了。

江焰靠在她旁边，身体微蜷，呼吸绵长而沉，看样子是真的累了。

平时精力那么旺盛的一个人，睡姿却乖得出奇，翻身也只在固定的位置。

在这点上，池瑶恰恰和他相反。

池瑶帮他盖了被子，想起他睡前说的话。

一见钟情吗？

不是什么稀奇的事，却也是不可能出现在她身上的事。

可如果是江焰，又好像并不意外，他身上总是充斥着一股合理的矛盾感，让她想远离，又让她想亲近。

等她再想起自己的不对劲时，她已经离不开他了。

离开学还有几天，这些天江焰基本都会早起接送池瑶。

车停在路边，池瑶解开安全带：“我进去了。”

江焰拉住她：“晚上想吃什么，我给你做。”

他最近有在认真学做饭，虽没什么天赋，但劲头足，屡战屡败，屡败屡战。

池瑶枕了枕座椅：“酒酿圆子？”

江焰想，应该不难做，便点头。

他压身过来亲她的脸：“去吧。”

池瑶笑了笑，拿包下车，快到门口回头看了眼，车还没开走。

她抬起手来摸了摸脸。

放去年，她是怎么也不会想到自己今天能从一个还在上学的男生身上汲取到安全感这种东西的。

如果在几年前，她就和他认识，那他们还会有然后吗？

池瑶不确定。在江焰这里，她什么也不能确定。

池瑶来到办公室，见姚敏敏一脸疲态地整理东西，问她怎么了。

姚敏敏说：“别提了，不就是 584。”

584 房病患今天下午要转重症病房。家属对此仍有不满，现在院里派人带他们去看环境了。

“家属觉得我们会虐待他儿子，这哪儿能呢？”

重症区的环境和大病室区域其实没有多大出入，甚至还要更好，安静又敞亮。

584 房那位病患的情况比较特殊，从入院到现在也有两个月了，病情非但没有好转，反而愈演愈烈。家属因为这事儿闹，也正常。但院里也无奈，很多病患入院后虽说不能做到完全康复，但通过药物和心理治疗，病情多少也能得到相应的控制。然而凡事都有例外。

“病患和医生之间的作用是相互的，584 都弄伤我们两个护工了，真以为我们想吗？”

眼见姚敏敏要冲动发言，池瑶赶忙叫停她。

“行了，少说点。”

姚敏敏努努嘴，到底转移了话题：“又是江焰送你来的吧？”

池瑶弯唇笑了笑，点头。

姚敏敏感慨：“弟弟就是有精力。”

“你家那位呢？”

“排新话剧呢，天天比我还忙。”

池瑶见她又开始滔滔不绝，暗暗吁了口气。

姚敏敏心直口快，池瑶不想她在这块吃亏。

酒酿圆子不难做，但江焰是第一次揉面团，揉失败了两次，第三次才上手。

季芮发视频给他时，见他在揉面，表情失控：“你在做什么？”

江焰问：“有事？”

季芮不可思议地摇头，说：“你妈问我你是不是谈朋友了，我没说，就来问问你意思。”

“直说，没关系。”

“那你怎么不说？”

“瑶瑶不让我说。”

季芮深吸一口气：“改天你带她过来玩？汤汤昨天才跟我念你，问江焰哥哥为什么不来看他。”

江焰莞尔：“看瑶瑶什么时候有空吧。”

季芮说：“江焰，你真的很肉麻。”然后就挂了视频。

下厨不是那么容易的事，江焰鼓捣了一下午，才弄出一盅酒酿圆子，他加了桂花蜜，中和了酒酿的酸，吃起来不赖。

该去接池瑶回来了。

小区离医院不远，江焰到时，池瑶还没到交班时间。

他没打电话催，只发了条短信。

可过了快半个小时，池瑶仍然没回消息，这几天，她很少这样。

江焰这才觉出不对。脑海中一闪而过池瑶被划伤的手臂，他咻地下了车，往医院里跑——

此时的主院大厅乱作一团。

就在十分钟前，584 房病患在转重症搜身的过程突然发病，差点将离他最近的男护工的胳膊咬下一块肉。他力气大得出奇，几个医护人员都拉不住他，随后他从嘴里吐出一小块锋利的铁片，趁乱逃跑。

池瑶就是在这种情况下碰上他的。

病患情绪激动，奔下楼的过程中已经伤了不少人，由于刚才狠狠摔过，面部已经出现肿胀的瘀青，痛感让他愈发狂躁。

俩人隔了几步距离，周围也给他们留出了一定的空间，池瑶见他手心全是血，试图安抚：“你受伤了，需要包扎。”

“我没病！”他置若罔闻，因为长期失眠，脸色煞白，双眼发青，“我说了我没病，要出院，你们凭什么把我关起来！你们就是要害我！你们都是骗子！”

池瑶抬眸，和不远处的主任对视一眼。

大部分的精神病患者都不会承认自己有病。这人不归她管，但这些天他太出名，她想不知道都难。抑郁、躁狂加被害妄想症，以他的精神状态，一旦出院，要么伤及无辜，要么自残乃至自杀。

他绝对不能离开这里。

“没有要把你关起来。”池瑶尽量不让自己声音打战，对方一米八的个头，即使瘦弱，发病时的力量也不是她能抵挡的，她不能露怯。

她轻轻地说：“只是换个更适合你的环境。”

江焰赶到时，前边全是人，有安保在拦，他根本进不去。

但他看到池瑶了。她正伸手去够那一直喘着粗气、貌似平复下的病患手里的铁片。

一拿到铁片，她便握住，捏住背到手后。

“对，这样就可以好好休息了。”

说着，池瑶慢慢直起腰，背在身后的手打了个后退的手势。随后，她又不留痕迹地向侧后方等待的安保递去眼色。

就在这时，猝不及防被制住的男人又开始尖叫怒吼：“骗子！”

池瑶踉跄一退，不想病患奋力挣脱，撂倒安保，直直向她扑来！

脊背重重砸在地面，池瑶本能地抬手一挡，想象中的疼痛却没有出现，只听到牙齿咬合发出的呜咽声。

来自 584 病患。

她放下手臂，瞳孔震恸。

“江焰？”

江焰只觉肩膀一痛，那尖锐的牙齿下了狠劲，咬得他皮开肉绽，他闻到了血腥的味道。

池瑶看着挡在自己身上的男人，眼眶直接红了。

江焰一个使劲，拉起池瑶。在死嵌在肉里的嘴被外力掰开后，江焰转身抬腿，一个箭步就要往发病的 584 身上招呼拳头。

“江焰，不可以！”池瑶大喊。

江焰喘着粗气，双眸赤红，肩膀血淋淋一片，可见 584 下了多大的劲。

可那拳头，始终没有落下。

因为池瑶说不可以。

第 07 章

CHAPTER SEVEN

齿痕伤口处极深，边缘出现了恐怖的瘀青，池瑶光是看着，手就一直在抖。

她多想替江焰出气。

但是不可以。

在所有的身份之前，她是医生。

处理完伤口，江焰也不说话，闷头跟着池瑶去了值班室。等就剩他们俩了，他才抬起头来："你手疼不疼？"

池瑶的手也受伤了。

她背对着江焰摇头。

"后背呢？有没有事。"

池瑶又摇头。她深呼吸好几回也没忍住鼻尖的酸楚，转身时，眼眶通红："你知不知道你做错了？"

江焰不语。

她继续说："你根本就不清楚一个发病的患者有多危险，他不会心软的，如果他扑过来的时候再从口袋里拿出什么东西……"

说到这，她喉间哽咽，再说不下去了。

“我没错。”江焰冷着脸，“如果我没冲过去，你就会有事。所以我没错。”

池瑶看着他，荒谬地摇头，她头皮到现在还是麻的，拆了头发，她踉跄着蹲下来。

她喃喃道：“难道你出事我就舒服了？如果你真的出事了，我该怎么办？你父母那边我又该怎么交代？江焰，不是什么时候都应该见义勇为，你做事之前能不能想想后果？”

江焰沉默须臾，也跟着蹲下。

他硬邦邦地说：“我是成年人，已经可以对自己人生负责，你不要总把我想成小孩……池瑶，在考虑后果之前，我首先是你男人，在危险关头挡在你的前面，是我必须做的事。”

池瑶死死盯着他，眼泪珠子从发酸的眼眶里成串地落下来，她咬牙切齿：“幼稚。”

江焰冲进医院时没穿外套，身上就一件单薄的衬衫，这会儿衬衫肩袖处沾了血，他却像感受不到疼痛似的，气血攻心，全然是在为她的这声“幼稚”而感到恼怒。

为了忍着这股气，他忍得牙都要咬碎。

他一字一顿地说：“如果这就叫幼稚，就算是五十年后，六十年后，我也还是会这么幼稚。池瑶，你大可等着看，我绝不会改。”

俩人对视。

在无声中对峙。

最后是池瑶败下阵来。

怎么会有这样的人？她从来没见过这么不可理喻还理直气壮的人。

幼稚。

却又给她带来了数不尽的安全感。

她想，无论未来如何，她都不可能再遇到第二个这样赤诚又热烈的江焰了。

眼泪再也止不住，她把头埋进了膝盖，哭得泣不成声。

她不敢看他，语气崩溃：“那你痛不痛……”

从病患被制止，再到陪江焰包扎伤口，她一直都绷着张脸，不管旁人问她什么，也都能够咬字清楚地回答。直到这一刻，她好不容易建立起的盔甲才终于化作齑粉，惊慌从粉尘里钻进呼吸，每一秒都很煎熬。

强撑了那么久，她心里真的快要怕死了。

她讨厌江焰出事。更讨厌连累江焰出事的自己。

江焰心脏一软，如同潜入潮汐，他单膝跪下，展臂抱住缩成一团的池瑶，轻轻地摸她脑袋。

“不痛了，池瑶。”

俩人回到公寓，夜已深。

池瑶洗了把脸，眼皮涩得直疼。镜子里的她面色惨白，却伴着有一块没一块的淡红，像过敏一样。她低头关水，却发现，自己受伤的那只手还在发抖。

焦虑症好像发作了。

她虚握了一下，然后撑着洗手台，缓缓地做深呼吸。

门外的江焰叫了她两声，没见她应，索性推门而入。

“怎么了？”

池瑶没动：“没事。”

江焰看向她的手：“是不是手疼？沾到水了？”

“没有。”池瑶扬起下巴看向他，露出笑容，“圆子热好了？”

“嗯。”

江焰扶住她的腰，说不上她哪里奇怪。

"你真的没事？"

池瑶笃定地摇头："没事。"

江焰信了，和她一块儿出去吃东西。酒酿圆子热过之后变得又软又胖，但池瑶没什么胃口，也吃不出什么味道。江焰见她恍惚，以为她是后背疼，回房后坚持要看她后背的情况。

池瑶没办法，只能把衣服脱了。

只见后腰处泛起大片瘀青，在白皙的肌肤下对比分明，江焰登时眼睛都湿了，几乎不敢去碰："都这样了你还忍着？"

池瑶是真不知道，她只是觉得腰酸背痛而已，但还在可忍受范围之内。

她扭过头："很严重吗？"

江焰咬着牙："我去拿药酒。"

因为打球时难免会有擦撞，受伤是常有的事。江焰的手法不说多巧，但对活血化瘀，力道是够的。随着药酒的气味覆盖屋里的熏香，池瑶提醒江焰："你左手别使劲，小心伤口发炎。"

"没事。"

然后江焰就不说话了。

池瑶知道，他又在和自己较劲。

"这又不怪你。"她说，"过两天就好了。"

"我一直在想如果我没去找你，你会不会又像之前那样受伤。"

她其实很怕疼，只是习惯忍着，最真实的感受，往往只在意识不清醒的时候表现出来。

那次她手臂被划伤，表面说没事，实际上前几个晚上睡觉时不小心碰到，她都会发出很压抑的梦呓，还会呼痛。有一回眼泪都出来了，浸得睫毛湿润，他眼看着，却无能为力，天晓得他有多心疼。

池瑶说："那不是没发生吗？你还是来了。"

江焰闷闷地问："这些天应该不用去医院了吧？"

"不用。"

因为这场事故，医院给池瑶批了假，还给她安排了定期的心理治疗。

但她暂时还没去，只是在家里休息。

姚敏敏倒是和她说了好多医院里关于江焰的流言——江焰如今在医院声名大噪，大家也就都知道了，他是池瑶的男朋友。池瑶曾顾忌过的年龄差，在他们眼里只是小事，他们更多的，是在羡慕池瑶的好福气。

关掉手机没多久，江焰便从学校回来了。

A大已经开学，他肩上的伤好了七七八八，但还是留了疤。

好几个晚上，池瑶都会摸着这道疤不说话。

这天晚上，江焰洗完澡，擦着头发出来。

池瑶背对着他躺在床上，拥着被子，肩背单薄，像是睡着了。

他上床，从后抱住她。

一片寂静之下，池瑶忽然开口："江焰？"

彼时江焰差点睡过去，他撑起眼皮："嗯？"

池瑶翻过身来，向他靠近，长发铺了他一手。

"你们学建筑的，是不是要学五年？"

"我这个专业是。"

"那你还要两年才毕业。"

江焰垂眸，仔细挑开她横在脸上的头发，说："是啊。"

"你好小啊。"

"池瑶，不要总是说我小。"

江焰捏着她的下巴继续说道："而且，你也没多大。"

下巴肉多，捏着也不疼，池瑶在黑暗中目光赤裸地看着他，她微微使劲，撑起身子，亲了他嘴唇一下。

她其实很累很困了，但还是在他肩膀那里落下一个吻。

感觉到他轻颤，她将脸紧紧贴上他的肩。

脸上的温度就这么融合在一起。

池瑶说："江焰，谢谢你喜欢我。"

距离池瑶上次做心理治疗，已经是三年前的事了。

那时她刚工作一年，因为一次坐诊冷不防地被折返跳桌上的病患掐住脖子，她一度出现心理恐惧症伴焦虑障碍，断断续续做了将近一年的治疗，情况才见好。

想想那是她第一次那么直观地面对病患的攻击，脖子被掐紧，人被钉在座位里，空气团在天灵盖上，就是下不来，鼻翼翕动，却只出不进，那感觉，她不想再经历第二次。

医院这次安排的咨询室不在市中心，池瑶拦车过去，碰上堵车，堵了快一个钟头才到。

她迟到了，负责她的医生暂时不在，她便坐在办公室里等。

沙发对面是一面桃木柜，半开合式，开放区摆了不少物件，池瑶无聊，托着腮看柜子第二层的一张合影照。

有点眼熟，但相框玻璃有反光，她看不太清楚。

就在她想走上去看看时，身子左侧的门被打开，她扭头，对上来人的脸。

确实是眼熟的，但又不那么熟。

对方看到她时也是一愣："池瑶？"

池瑶站起来："是我。"

郝丽笑道："不好意思，刚有点事。"

"没有，本来就是我迟到。"

她一笑，池瑶便更确定自己没有认错人了。

那天和陈楚然一起出现在洞玉山茶馆的女人，就是她。

但池瑶没说出来。

她只是放空了一秒，陈楚然这人，这辈子是跟她们这行的人杠上了吗？

第一次会面，效果甚微。

但郝丽为了拉近二人距离，还是提起了洞玉山那次偶遇。

结束时，她向池瑶约下次会面的时间。

池瑶下周就该回医院了，她想到江焰最近跟了院里的一个项目，应该也挺忙，便定了周五下午的时间。

“下周我会准时过来的。”池瑶说。

“你如果有哪些想去的地方，我们可以约在那里见面。”

“不用，这里就挺好。”

池瑶拿起包，郝丽送她。

门外有人在等。

池瑶和等的人对上一眼，又错开，余光却见郝丽也向她看了过来。

陈楚然明显很惊讶池瑶会出现在这里，他捏着手机，力道有些重了。

不过池瑶并没有和他寒暄的意思，点了下头就走了。

车子不好叫，离她最近的一辆在两公里以外，池瑶关了订单，往公交站走。

南方的冬天太短暂，天气回暖，池瑶穿了件风衣，里头是针织衫，不多，却还是有点热。

她有段时间没坐过公交了，坐公交最频繁的时候竟已经是大学那会儿。

那时候她跟在一个老师手下学习，成天学校诊所两点一线，正好有直达公交，她坐得多了，连司机都能眼熟她。

公车来得慢，池瑶发了一会儿呆，听到有人叫自己，一时间找不到方向。

陈楚然坐在车里，微弯着身子看她眼睛：“上车吧，我送你。”

“不用，我坐公交。”

“这里的公交很难等。”

同样的推脱不好再说第二遍。池瑶只是面冷，却不是那么不近人情，她其实耳根子很软。

陈楚然再清楚不过了。

她上车，系安全带。

陈楚然说：“每次我叫你，你都不能立刻找到我。”

不只是这次，也不只是洞玉山那次，从他俩认识，到在一起，分开，和好，再分开，池瑶总是不能在第一时间找到突然叫她名字的陈楚然。

为此，陈楚然还曾埋怨过，说她眼里没有他，所以才看不见。

池瑶没接他的话，她坐好：“可以开车了。”

陈楚然提着一股劲，被她不咸不淡的态度弄得生出了久违的憋屈。

过去在一起的时候，她就是这样的，生气了便冷落人，没人比她更懂如何寒人的心。

他不知道这样的池瑶还能有谁能将她融化。

上次那个男生吗？他记得他，年轻气盛，但看他们那天的相处，分明也是拿不住池瑶的。

等车子来过下一个红绿灯路口，陈楚然问：“是医院那边又出了什么事吗？”

他的话没头没尾，但池瑶知道他在说什么。

因为当初分手过后，他并没有彻底淡出池瑶的生活。所以池瑶出事那会儿，他是知道的，还陪了她一阵。后来是池瑶忍不住了，对他说：“你能不能别再来了，我看着烦。”他听得脸上青红交错，之后还真就没再出现，池瑶也落了个清净。

“不算。”

这件事上，池瑶没打算瞒，虽说病人隐私不得外传，但她现在还不够信任郝丽。况且，陈楚然也清楚她的底细。

“怎么不算？”

这回池瑶不应了，她将脸转向车窗，这辆车正在往西开，前面就是夕阳。

怎么不算？因为这回，她是因为江焰受伤，才对当下感到迷茫。

她一直所坚持的事情，真的是对的吗？

当初她选择这一行，有兴趣，也有较劲的成分在。为了证明自己的选择没错，她比很多人都要努力。

上学的时候教授说，国内对精神科这一块的重视程度还不够，而且很多人都认为这一行门槛低，吃力不讨好，都不愿意深入了解。

就比如陈楚然。

陈楚然是个追求效益的人，他讲究的，是付出和回报要成正比，且还要看得见，摸得着。

他能理解池瑶的坚持，但这并不妨碍他认为她的坚持没有意义。

而对池瑶来说 ，外人眼中的吃力不讨好，却是她花了百分之一百二的精力努力去做的事情，她并不觉得这可以用好或不好去衡量。

可现在江焰受伤了。

她反而有些不确定了。

从图书馆出来，江焰迎面碰上张一铭。

他戴着眼镜，神色匆匆，正往一号教学楼方向去。

听杨晓说，前几天张一铭新交的女朋友还去了实验楼找他，人很文静，教音乐的，也是老师。

和池瑶一样，他们是相亲认识的。说起来，因为池瑶，江焰还特地了解过张一铭的情况。

张一铭比池瑶大些，有车，有房，又是搞学术的，在校薪资可能不高，但校外有副业，总体来说，很稳定。

江焰对比自己，不得不承认，他现在能给池瑶的还是太少了。得尽快做出点实绩才行，否则池瑶总拿他当孩子看，别说池瑶家里不满意，他都看不上这样的自己。

向张一铭点头打了个招呼，江焰开车离校，路上看到有人卖冰糖草莓，记起池瑶前两天有念叨，便停下买了两串。

结果到了小区门口，他却看到池瑶从他前边的一辆车上下来。他没打算绕过去，而是跟着停了车。池瑶下车后没有逗留，头也不回地进了小区。

江焰耐心等了等，等到眼前的车打转方向从他旁边驶过，他看清车里男人的脸，握着方向盘的手也跟着用力了三分。

池瑶前脚刚到家，江焰后脚就跟了进来。

她有些惊讶："你就跟在我后面吗？"

"嗯，"江焰把冰糖草莓往饭桌随手一放，他搂住她的腰，"你这下午去哪儿了？"

池瑶微微歪过脖子，想看着他，但他力气很大，她根本看不到他的表情。

"去医院了。"

"不是说下周才去？"

池瑶还没想好怎么和他说自己焦虑症可能犯了的事，她捏了捏他的手，岔开话题："以后你别去医院接我了。"

"为什么？"

池瑶无意识地抠着手，说："我会不专心。"

"因为上次那个事？"

池瑶犹豫片刻，委婉道："你不用担心我，上次只是意外。"

江焰额头抵着她的肩膀，配合她的身高，他屈服一般躬起来，好半晌才说：“你还没回答我的问题。”

“什么？”

“不是下周才去医院？为什么提前去？”

“医生也需要适当地做心理疏导，一般出现上次那种情况，医院都会给我们安排心理治疗师。”

池瑶点到为止，她费了点力气转过身，还是觉得他情绪不对：“你是不是学校的事不顺心？”

江焰摇头：“我想亲你。”

池瑶惊讶地看他，“现在？”

“现在。”

他说完就吻上来。

池瑶推拒不得，只能迎合。

江焰紧紧地把她箍在自己怀里，他动容地亲她的脸，却想起下午时陈楚然送她回来的画面。

上次他们就聊过陈楚然，闹得并不愉快。所以这次他不想再提，但这事却像刺一样扎在他的心里。

他想了想，状似随意，用的却是极其认真的口吻说：“等我毕业，我们结婚好不好？”

这事提得太过突然，池瑶反应了好半天也没答出个所以然来。

她问：“你不觉得太快了？”

“我不觉得快。”

“你把事情想得太简单了。”

“本来也不是什么复杂的事。”

池瑶轻轻推了推江焰的手臂，说：“等你毕业再说吧。”

江焰看着她的后背，有些低落。

大概是反应过来自己的态度过于冷淡，睡觉的时候，池瑶主动抱住了江焰。

江焰回抱住她。

她问："你生气吗？"

江焰决定诚实："有一点。"

池瑶说："你才多大？未来的事谁也说不准，现在就决定下来，两年后如果做不到，最后只会剩下遗憾。"

"你怎么知道会做不到。"

这就是江焰和池瑶最大的不同。

"话别说得太早。"池瑶勾他鼻梁。

"但如果不能立刻确定，我会害怕。"

"害怕什么？"

"怕你跑了。"

池瑶笑，同他耳鬓厮磨。

"傻子。"

江焰却怀疑起自己是不是受虐体质。因为池瑶明明没有给他答案，他却被她的这声"傻子"熨帖了躁动的心。

他们之间的关系，其实并不平等。

他始终处在下风。

但也甘于处在下风。

只是，他想要的，好像越来越多了。

三年前池瑶因为病患的突袭留下了阴影，焦虑和恐惧夹杂在一起，就有了抵触情绪，连续好长一段时间都睡不着觉。池瑶原以为这毛病会因为江焰受伤而复发，但事情比她想象中要顺利得多——江焰就陪在她

身边，他一点事也没有，这让她安心，连梦都少做。

池瑶才见郝丽五次，就确定了自己这边没有出现问题。

倒是陈楚然，他出现的频率未免太过频繁。池瑶摸不清他和郝丽是什么关系。说情侣不像情侣，说朋友又比朋友亲密，每回他来找郝丽，到最后却跟着池瑶，说是要送她回去。

除了第一回池瑶让他送了，其他几次她都拒绝了。

报告要下周才能拿，可以发邮件，池瑶不打算再来，开门时果不其然又看到了陈楚然。

池瑶无视他，径直离开诊所。

陈楚然追上来，说："池瑶，我们谈谈。"

"我们之间有什么好谈的？"

"我之前就说过你不该干这个，转神经内科都比干这强。"

尤其池瑶进的专科，情况要比三甲严峻得多，出事在所难免，却不能追究责任，因为对方是精神病病患，你就只能吃这个哑巴亏。当初陈楚然就这件事和池瑶争执不少，后来俩人分手，原因观念不合占很大一部分。

他太过大男子主义，不能做到完全的尊重，却总用未来做冠冕堂皇的借口来绑架她的选择。

池瑶皱眉："我说过，我怎么决定是我的事。过去是过去，现在是现在。我之前会受影响是因为我从来没遇到过那种情况，你能不能别那么想当然，总觉得我做不到？"

受池女士的影响，池瑶受不得被人否定。陈楚然越说她做不到，她就越要去做，越要去证明自己。既然已经走上这条路，如果中途因为做这行有危险就放弃，那就不是池瑶。

那么多年过去，陈楚然还是不懂这一点。

陈楚然说："我是为你好。如果你现在想转科，我现在就能帮你安排。"

"好大的官威。"池瑶冷嗤，"我劝你还是把心思花在该花的人身上，我们现在什么关系也没有，请你别再干涉我的事。”

陈楚然面色森然：“你那小男友呢？”

“什么？”池瑶眯起眼，不知道他为什么提到江焰。

“他知道你有焦虑症吗？”

江焰当然知道。池瑶想说。

但事实是，江焰只知其一，不知其二——她对有暴力倾向的病患有应激反应。那天江焰突然冲出来，给她带来的，除了那一霎的安全感，还有更深的自责和歉疚。

是她连累了他。

可如果江焰知道她因为他而过来看医生，他怕是会比她更难受。

“你没和他说。”陈楚然一眼勘破。

他说：“如果他知道你有焦虑症，他也会像我一样劝你放弃。”

池瑶不语。

陈楚然似乎从她的安静里品出一丝落寞，他放软语气，握住她肩膀：“池瑶，我是为你好。”

他自嘲一笑：“是不是你那小男友劝你，你才会听？”

“他不会。”池瑶抬起下巴，语气凿凿。

傍晚余晖印在她脸上，像金箔一样让她周身氤氲着温柔的光。

她说：“只要我还想做，他就不会拦我。”

江焰提前下课，回到家，池瑶不在。

他记起两天前在床头柜看到的名片，一家心理咨询中心，医生是郝丽。

池瑶被安排心理疏导这事他知道一些，只当是医院那边的正常安排，并无特殊。至少池瑶没和他说什么。

诊所离小区有段路程，开车过去将近一个钟头。快到的时候，江焰给池瑶打了通电话。

池瑶很快就接了。

“喂？”

“在哪儿？”

“医院。”

话音刚落，车载导航适时提醒路线。

池瑶听见了，微讶：“你来找我了？”

根据她听到的，那江焰应该是快到了。

“不是说在医院？”江焰问。

池瑶也不清楚他怎么知道自己的位置的，她说：“这里也是医院。”

江焰笑了声：“我快到了……”

“池瑶——”

这时，一道男声从听筒传出，江焰眉头锁紧，没出声。

池瑶捂住手机，回头看向又跟上来的陈楚然，面色不虞：“你还要说什么？”

陈楚然给她递了把伞。

“你东西没拿。”

池瑶愣了一下，这才收起身上的刺，接过伞，说：“谢谢。”

陈楚然五味杂陈地看她一眼，错过她，往另一边走去。

池瑶把伞放回包里，想起还在通话，可再看手机，江焰已经挂了。

等俩人碰上面，已是十分钟以后。

池瑶上了车，边系安全带边问江焰：“今天怎么下课这么早？”

“老师临时有事。”

池瑶垂眸，睫毛颤了颤，又问：“你怎么知道我在这儿？”

江焰把名片拿出来：“这个。”

有问必答。

但还是不对劲。他面皮绷紧，表情硬邦邦的，嘴唇抿成一条线，摆

明心里藏着事。

池瑶寻思这是小男生又多想了，于是主动解释：“电话里的那个男人是陈楚然。”

江焰终于有了反应：“你们为什么在一起？”

“我过来看医生的，他刚好和那医生认识。”池瑶点了点名片，“还记得吗？上次在洞玉山，和他一起的女人，就是郝丽。”

“这么巧？”

池瑶态度淡了些：“难不成我还要骗你？”

“我不是这个意思。”

池瑶摸他的脸：“你怎么这么爱吃醋。”

江焰蹭她的手，也不否认，而是问：“你们聊了什么？”

池瑶眸色微闪：“聊了你啊。”

“聊我？他又不知道我们的关系。”

“他不是瞎子，也足够了解我，就算我不说，他也能看得出来。”

而这句话并没有安慰到江焰。

他又说：“我不喜欢你们待在一起。”

“正好，我也不喜欢。”

但池瑶觉得自己还是有必要提醒他一点：“但你不能总是这样想。你得相信我，因为我不会做出任何对不起你的事。如果我一和异性待在一起你就吃醋，这样我们的关系就太紧张了，你该放松点。”

可能是年龄到了，比起如胶似漆的黏人日常，池瑶更享受柏拉图式的爱情——她认为两个人在一起，应该要保持一定的距离，留足彼此之间的神秘感，这样才是健康的交往。

当然，和江焰在一起后，她这观念不是没有发生变化的。

比如一开始他去医院找她，她除了惊讶就只剩下局促，另外还有一丝怕被人发现的紧张。而这份情绪演变到最后，当她发现江焰时时刻刻都念着她，想着她，她全然没了起初的排斥，反而像小女生一样满心欢喜。

就如他在除夕夜突然出现那次，后劲太大了，以至于值班一整晚，她嘴角就没下去过。

只不过，生活不是只有甜蜜，黏人也要适可而止。

很可惜，江焰好像不这么想。

“是，你很冷静，”他说，“你就没有吃过我的醋。”

池瑶有些头大：“我只是觉得没必要和小女生计较。如果你希望我吃醋，要不下次我表现出来一点？”

江焰的桃花不断，她多少都看在眼底。大抵是知道江焰对她足够诚恳深情，她竟真的没有为此吃过醋，有时过分了，看到有女生跟他进小区只为求个号码，她还会故意调侃他要不要给小姑娘留个联系方式——因为她十分确定，他不会这么做。

“池瑶，你还没发现出问题吗？”

江焰沮丧地看她：“因为我对你毫无保留，所以你才有恃无恐。”

那么反过来呢？

他为什么这样，她难道还不清楚吗？

池瑶没想到低头不见抬头见的，江焰居然还能和她闹情绪、玩冷战。

当第三次在洗手间狭路相逢，江焰却无言让路以后，池瑶意识到，他这回是动真格的。

俩人虽同睡一张床，可江焰就是能对躺自己旁边的她熟视无睹。

池瑶对此啼笑皆非，却又忍不住学他的幼稚，一连和他僵了好几天，等觉得差不多了，才借着梦魇主动与他交好。

可要命的是，江焰竟问她：“你喜欢的是我，还是我的身体？”

她回答得小心翼翼：“那不都是你吗？”

只见江焰面色一寒，池瑶就知道，他们又聊崩了。

池瑶便也来了气，小男生怎么这么难哄！

只是江焰那套房子在过年那个月就转手租出去了，她现在没法和他分居，更不可能赶他离开——如果她这么做了，保不齐江焰会怎么想。

“你这个月怎么排了那么多天值班？”姚敏敏问。

熬了一整晚，池瑶神态恹恹，边把白大褂脱了边说：“这种情况以前又不是没有。”

“你那小男朋友呢？不用陪啦？”

池瑶套上防晒服，把掖着的头发拨出来：“他要上课，不用我陪。”

姚敏敏了然：“吵架？”

“……这么明显？”

“小男生，哄哄咯，他看上去很听你话。”

“就是太听话了，犟起来才要命。”池瑶在姚敏敏对面坐下，戳着笔杆，“你能想象吗？他居然吃陈楚然的醋，原因是我没给他足够的安全感……他认为我的态度摇摆不定，对他太不上心，天晓得我有多冤枉。”

“他不吃醋才奇怪吧。”

姚敏敏不以为意：“感情本来就分强弱势，他不安很正常，毕竟你是个奇葩。”

池瑶瞪她一眼：“你才是奇葩。”

姚敏敏咯咯笑。

“走了。”

池瑶动身走到门口。

姚敏敏又补充道：“如果他觉得你态度不端正，那你给他个态度不就好了。”

所谓当局者迷，池瑶可以开导所有人，却唯独不能排解自己。

她问姚敏敏：“什么态度？”

姚敏敏笑："你谈恋爱还是我谈恋爱？这要看你啊。"

天气慢慢变热，池瑶从医院出来，正午的太阳像化开的麦芽糖，烤得她全身是汗，她刚回到家，就把上衣脱了。

可白天换下的 T 恤却没在沙发上。

被人收起来了。

池瑶转头看去，江焰就站在卧房门口，手里还有一件折叠好了的灰白色 T 恤。

而她上身脱得只剩一件内衣，明明俩人早就是坦诚相待的关系，可经过长达半个月的冷战，她竟有些不习惯在他面前穿这么少，不免横过手臂挡了一下。

江焰不作声，向她走来，把衣服放在沙发上。

池瑶见他又要回房，下意识抓住了他的手。

"你还要闹？"

江焰停下，好半晌才说："你觉得我在闹。"

难道不是？池瑶没问出口，她放开他的手，把 T 恤往身上一套，套反了，标签磨过她锁骨，刺刺的，很难受。

她说："说说你的诉求。"

江焰转过身来："我的诉求？"

池瑶扬起脸，决定不绕弯子："你是不是想分手？"

江焰荒诞又生气地看着她："这个玩笑不好笑。"

池瑶病态地一阵松快："你已经半个月没理我了，我很难不误会。"

江焰徒然升起一丝无力感，他说："我只是在气我自己。"

"为什么？"

"如果我不是学生，如果我年纪比你大，你对我是不是就不会这么无所谓了。"

池瑶简直要被气笑："你说我对你无所谓？"

"难道不是？我们在一起，一直都是你占据主导地位，你说不公开就不公开，你不让我去医院接你我就不去，你见了陈楚然，却只含糊不清地告诉我你去了医院……说到底，你就是没把我当回事。"

"你为什么会这么想？不公开的理由我一早就告诉过你，更何况现在我们这样和公开又有什么区别？你那天都挡在我前面了，医院现在谁不知道你是我男朋友？至于后面两个问题，我也都解释过，你不能因为我说的不是你想听的答案就否定我说过的话。如果我不把你当回事，现在你就不会站在这里，因为我不可能让一个陌生人出现在我家里质问我，更不可能让一个陌生人和我同床共枕。每个人表达爱的方式不同，如果你要我像你一样去爱人，江焰，我想我做不到。"

"你不爱我？"

他又在钻牛角尖！

池瑶摸上脖子，T 恤后领的标签磨得她愈发难受，像是有东西在勾动她的神经，挑她的骨头，她用力一扯，后颈勒出一道红色的印子。

她不耐道："我当然爱你——"

江焰瞳孔一缩。

但也只有那么一下，他就恢复了平静。

池瑶一直有在关注他情绪的变化。短短一息，江焰身上那令她陌生的气味就这样烟消云散了，尽管他面无表情，但她知道，站在她面前的又变成了那个温顺无害的江焰。

这股久违的矛盾感让她怔忪，当江焰摸上她的脸，她眼睫颤动，连呼吸都轻了。

"池瑶，我听到了。"

池瑶无言。

她不喜欢把情情爱爱挂在嘴边，刚才的脱口而出是意外，如果此时

江焰让她再说一边，她肯定做不到。

还好，江焰没有提出这个野蛮的要求。

他只是把勒红她脖颈的衣服脱了。

“你说你爱我，那就证明给我看。”

如何证明不言而喻，池瑶却不喜欢江焰这反复无常的态度。

什么话也没说，她用行动表达自己不愿配合，就这么去了衣帽间。

衣帽间比厨房空间还要小，靠近卧室，窄窄一长条，过道只有一扇门的距离，两边是嵌入式衣柜，左边中间还放了面全身镜。

池瑶推开柜门拿新的 T 恤，刚要穿上，余光从镜子里看到跟上来的江焰，她捏着柔软的衣料，不动了。

“江焰。”

“你说。”

池瑶咬牙：“我也是有脾气的。”

她没办法时刻照顾他的情绪，他这样患得患失，除了为他们俩这段关系徒增烦恼，她想不到任何益处。

“我知道，”江焰亲密地用胸膛贴上池瑶后背，圈住她，“你可以冲我发脾气。随便发。”

池瑶偏头，露出修长的脖颈，有吻落在上面，她阖上眼皮说：“我又不是你。”

他话虽不多，但表达出来的情绪，可不比所谓的话痨少。

江焰却笑了一声：“我懂了，姐姐要面子。”

因为觉得随便吃醋，太丢人，太幼稚，所以她要自己大度，要自己漠视。

但他不一样，他重视她所有的回应，明知不能将她私有，却还是会让占有欲冲昏头脑，冲动得不像自己。

嫉妒让他醋意滔天，像火一样燃烧他的理智。

而她偏偏心如止水，总对他的“小打小闹”不以为意。

可他并不需要这份包容。

他只乞求她尽可能地做出反应。

哪怕一点点都好。

像被戳中心思，池瑶脸一红。

“在你这里，我不怕丢人。我面对任何人任何事都能淡定，除了你，池瑶。”

他话音愈发地低，低到无声，却是重复：“除了你。”

江焰盯着她，眼神几乎穿过她的灵魂。

每天晚上，她就躺在自己身边，但他克制、隐忍，只敢在她熟睡后偷偷抱她，醒来又佯装冷漠，继续同她怄气。

实际上呢？他膨胀得都快要炸开了。

江焰咬着池瑶的耳垂说：“姐姐，以后别再提分手两个字了，开玩笑也不行。”

洗完澡，池瑶去冰箱拿了两瓶酒。

酒是年前姚敏敏送给她的，一直没开。池瑶酒量一般，偶尔出去消遣，喝点果酒都上脸，这酒精浓度不高，对她来说正好。

江焰问她：“不困？”

池瑶摇头，屈腿坐在地毯上，手肘撑着床，将酒开了。

她说：“想和你聊聊。”

江焰意识到她可能要秋后算账。他借着壁灯看她，光下她的肌肤细腻如脂，睫毛在眼下投出一道粗而长的线。

池瑶习惯了他时不时的凝视，不以为然。她往杯子里放冰块，倒进透明的酒水，然后递给他。

杯子相撞，发出清脆的响声。

池瑶一饮而尽，酒味比她想的要浓，入喉一股温热的辛辣，烧得慌。她皱紧五官，说："好像有点上头。"

江焰倒没什么感觉，他倚着床头，身子歪斜，姿态懒散。他屈起食指刮她的脸："想和我聊什么？"

池瑶托着下巴："聊你以后的打算？"

"赚钱养你。"

池瑶吃笑出声："这么直接？"

情话谁都喜欢听，池瑶也不例外，但她还是要说："我相信你能说到做到，但前提是我们得走到那一步。"她捂住江焰欲张开的嘴，"我这么说不是在挫你锐气。我只是觉得，咱们得就事论事。如果这段时间发生过的无谓的冷战和争吵再多来几次，我想我应该是不会再有像现在的闲心坐下和你好好谈了。"

感情需要磨合是没错，但如果永远在磨合，她想他们不合适。

池瑶没把后面这句说出来，她只是放下手，等江焰回应。

江焰说："你这是在给我下最后通牒。"

"可以这么理解。"池瑶笑，脸上却又浮现怅然，"其实你上次说的那个问题，我有仔细想过，不就是安全感吗，你想要的话，多少我都给你。可是江焰，处理那个问题的关键并不在我，而在于你，你能明白吗？是你对自己没把握，不是我给的不够多……说真的，我很奇怪，你为什么会质疑自己的魅力？更应该操心的人难道不该是我吗？"

他年轻帅气，像有小女生追到家楼下要号码这种事，与其说她没当回事，倒不如说她从未想过捆绑他的生活。

她相信他。

无论他做什么选择，就算他们最后会分开，她也都相信他。

"什么叫魅力？"江焰略显苦涩地笑，"抛开那些中看不中用的外因，现在的我功不成名不就，没有代表作，也没有拿得出手的项目，目前所

拥有的都是家里给的……我一想到自己什么都给不了你，我就很难受。”

“你为什么会这么想？外面有多少人想得到你抛开的外因你知不知道？长得好也是实力的一种，你少得了便宜还卖乖。”

但这话显然没安慰到江焰，他仍然颓丧着脑袋。池瑶想了想，又说：“你是因为陈楚然？他的出现给你压力了？”

她皱了下鼻子：“我和他已经结束了。不管现在还是以后，我和他所有的交集也只是基于熟悉的陌生人立场，仅此而已。”

江焰却说：“不只是他。上次去你家里，阿姨对我那么满意，也从没考虑过作为异性的我其实也可以和被催婚的你发展的可能性。如果我和你差不多大，我想，当时的情况肯定不会这样。”

池瑶笑了：“谁说我妈对你‘那么满意’了？这种情况挺自信，怎么绕个弯就把你弄晕了？她没往那方面想，只不过是因为我没说。就像我，最开始也不认为我会和你在一起。”

“那现在呢？你后悔吗？”

“我从不后悔。”

从小到大，池瑶做过很多抉择，或大或小，一旦开始，就算咬碎了牙，也会坚持下去——哪怕结果不尽如人意。

江焰问：“你真这么想？”

“嗯。”

江焰思忖片刻，又问：“在你眼里的我是什么样的？”

池瑶扬起头，又喝了半杯，她道：“你在学校很受欢迎吧？长得好，家境好，会打篮球，学习不错……这些也都是我眼里的你。哦不，应该是一部分的你，所以你不能否认这个。我提个假设吧，如果和你交往的不是我，而是你们学校的某一个女生，你还会像现在这样患得患失吗？”

江焰无言。

但他们都知道，答案是不会。

边说边喝，几杯下肚，池瑶的脸已经开始红了。

她说："我没你想的那么厉害，你也没自己想的那么糟糕。

"在一起之前，你对我那态度，势在必得，还没追到手呢，就动不动口出狂言，说我迟早是你的。怎么在一起之后，你反而害怕我跑了呢？

"江焰，两个人在一起应该是互相成就而不是彼此磋磨。我不想你因为和我在一起而变得敏感，变得糟糕，那不像你，也不是你。"

江焰就该是光芒万丈的，同他的名，似火炽热，与水同生，永不熄灭。

池瑶继续说："在我眼里，你是个能够给我安全感，并且可以感染我的人。

"和你在一起之后，我变了很多。以前我是不屑于去在意那些所谓的小惊喜的，像什么突然出现的戏码，我遇到只会觉得好有负担，会想着之后该怎么偿还，接下来又是一系列的苦恼和焦虑。但是你……"

她莞尔，笑意温柔："但是你经常会给我制造惊喜。也许你自己都没意识你做了什么，可你确实在我感觉自己很孤独的时候给了我力量。"

江焰掀眸，瞳孔有一簇光亮。

池瑶放下杯子，将脸枕在他腿上。

"三月份的时候你在医院因为保护我而受伤，我也短暂地怀疑过自己的选择到底是不是对的。在我选择这个职业的时候，所有人都说我没必要干这个吃力不讨好的活，我妈、我爸、陈楚然……但我从来不觉得我的选择有错。这么久了，唯有两次让我动摇过的，一次是三四年前的自己，另一次是你。"

江焰身子一僵，问："你是因为这个才去配合心理咨询的？你不是说那是医院走的正常程序吗？"

"确实是正常程序，只是我心理素质还不够强大罢了。"

"那结果怎么样？"

"已经没事了，报告我也早就拿到手了。"池瑶现在想想，对比现在，

过去的自己可真是小题大做，“我能这么快就结束，你功不可没。”

江焰不解：“我什么都不知道，也什么都没做。”

“但你在我身边啊，这就够了。所以你不要觉得自己给不了我什么，你已经给过我很多别人都给不了的东西了。”

江焰心口一软，抱住她。

“你应该告诉我的。”他说。

“我一开始是不打算说的，除了怕你多想，还有……这么小的事还要看心理医生，我觉得有点丢脸。”池瑶抱着他，不只是脸，连身体都变烫了，“我们都被束缚住了。你是觉得自己太小，不能给我什么；而我是觉得自己比你大，应该要做个榜样。其实算一算，差了这么几年，根本就不是什么大事，以后就保持平常心相处，别想那么多，好不好？”

“嗯，”江焰闷闷地点头，“你显小，我显老，正好。”

池瑶扑哧一笑，胸腔震动，想推开他，可他抱得太紧了。

他又说：“你不需要做我的榜样，你只要做你自己就好。”

“那你也别老是把自己说得一无是处。总有人比你好，但他们千般好万般妙，都与我无关。”池瑶抓着他的头发顺毛，“我二十七了，遇到的人不多不少，能让我怦然心动的，只有二十岁出头的你。”

“我今年该二十二岁了。”

“好吧。”

池瑶忍笑，拍拍他的后背，示意他松开点。

等分开了，她膝盖抵着地板，醉醺醺地用额头抵上男生的额头。

俩人鼻尖蹭鼻尖。池瑶言语呼吸间还带着清酒的香甜，江焰的睫毛战栗，在光影下如同被风拂过的芦苇荡。

他听见她在温声呢喃。

她说，江焰，我们相识在彼此最好的年纪。

第 08 章

CHAPTER EIGHT

春融夏至，池瑶看了接下来几天的天气预报，五月初的港城，全是好天气。

季芮的儿子汤汤要过三岁生日了，早在一周前季芮就敲了池瑶，问她有没有空和江焰去港城玩。

池瑶本来在犹豫，可江焰说想和她一起看海，她便答应了。

自上次谈话过后，江焰的心情明显比先前要好很多，状态也放松了不少。

他的情绪直来直往，弄得池瑶心软，整个人像泡在了软蓬蓬的棉絮里。其实有时候，他只是想要她的回应而已。池瑶深知不仅是江焰需要转变，自己也应该回应他想要的反馈。

就在两天前，她去学校接他。

他在打篮球。

放眼望去，篮球场上都是朝气蓬勃的男孩子，其中不乏高个帅哥。

年轻就是好，故意耍帅也不会显油腻。

池瑶一眼找到江焰。

他还没注意到她的到来，正和旁边的人说着什么。脸上有汗，他浑不在意地低下头，掀起T恤下摆随意擦拭，露出精瘦的腹肌。

池瑶眉头一跳，往旁边一扫。

果然，不止她看到了。

她不禁挺胸抬头，莫名得意地笑了。

真是犯规，备受关注的男生竟然是她的男朋友。

“欸，那不是你喜欢的那个姐姐吗？”

杨晓眼尖，透过篮球网看到穿着白色衬衫裙的池瑶，她什么动作也没有，只是那么站着，就自动将自己和周围人隔绝开来，独自盛放。

杨晓突然有些理解江焰了。如果有机会，他肯定也会产生多余的想法。

江焰顺着方向一看，顿时愣了愣，又笑了。

“在这等我。”

池瑶看着江焰朝自己跑来，才得意过的小心思快速瘪了下去，她后知后觉，自己跟小姑娘较什么劲儿？

她微微侧过身，避开旁边的注视。

“你还有多久结束？”

“现在就能走。”

池瑶看腕表：“离晚饭时间还早，要不再打会儿吧，我等你。”

江焰本想点头的，但发现已经有好多人往池瑶这边看了过来，他摇头：“还是早点回去吧。”

说着，他看向她手里剩了大半的矿泉水。

“我要喝水。”他说。

池瑶没多想，从一个被扯大了的网洞里递给他。

他一口气喝得瓶见底，三两下捏在手心：“去门口那边等我，很快。”

池瑶点头，刚走出两步，又折返。

她说："以后，别老把衣服撩起来擦汗。"

似乎是觉得突兀，末了又说："脏，不好洗。"

江焰怔住。

半晌，他露出八颗牙的笑："好。"

跑回去打了声招呼，江焰将背包拉上，就要走。

"什么意思？"杨晓拉住他，然后又做了个喝水的动作，"已经在一起了？"

江焰从来没有和他提过这事的进展，他还以为早黄了。

池瑶能过来，已足够说明她的态度。

江焰便不再藏，大大方方地点头。

"嗯。她叫池瑶。"

到港城的时候，是傍晚。

天边浮起紫红色的海浪，池瑶坐在车里目不转睛地看着，光色敞开，落在眼中如油画。余光中，她感觉身边的人好像在做什么，倏地回头，茫然的表情恰好被记录在相机里。

"你拍什么？"

"拍你。"

池瑶夺过江焰手机，意外的，他拍得还不赖。

大片的斑斓被框在车窗里，她仓促回头，轮廓被印了一层薄薄的金晖，恰到好处地模糊了略显呆滞的表情。

池瑶看了又看，没删。

她说："我以前来过港城一次，但那时候来得很匆忙，只待了三天，赶鸭子上架似的，天天早起晚睡，该买什么该玩什么都是计划好的，时间安排得满满当当，累死了，一点也没有旅游的快乐，反而像变相加班。"

"这次可以放松点。"

池瑶点头，身子歪进他怀里，说："你说汤汤会喜欢我送的礼物吗？"她给汤汤买的生日礼物是乐高。

"他很好说话的。"

"好吧，其实是我还没想好怎么正式地见你家里人。"

"不用紧张，"江焰说，"你不是早就见过小姨了吗？她很喜欢你，只要是她喜欢的，我小姨夫就不会反对，汤汤更不用说……"

他突然停下不说了，池瑶奇怪地看他："汤汤怎么了，你继续说啊。"

江焰咳了咳，笑："他喜欢美女，所以一定喜欢你。"

池瑶：……

如江焰所说，汤汤很喜欢池瑶。

除了一开始因为害羞躲在季芮身后不敢出来，只会探头偷瞄，等池瑶拿出乐高以后，他就彻底放开，张口闭口都是姐姐，特别黏人。

池瑶平时和小朋友接触的机会不多，但她的小孩缘一直都很不错，过年时见亲戚，碰上还在咿呀学语的小孩子，也都很乐意让她抱，不哭也不闹。

因为没睡午觉，晚饭后，汤汤没玩一会儿就困了。

睡前，他再三确认明天池瑶是否会来参加他的生日派对，得到了准确答复后才闭上眼睛。

季芮说，汤汤怕生，这还是她第一次见他那么主动。

"主要还是汤汤乖。"

江焰不置可否，低声问她累不累。

他们一下飞机就过来了，池瑶到了以后也没休息，一直在陪汤汤玩。

"有一点。"

季芮见状："我提前让人准备了房间的，江焰你快带瑶瑶上去休息，

时候也不早了。”

池瑶看了眼江焰。

江焰说：“我们订酒店了。”

“酒店哪有家里好啊。”

“小姨夫不是凌晨的航班吗？还没正式打个照面，这时候留宿也不太方便，下次吧。”

对池瑶，江焰不想处理得太随便。

季芮想想也是：“那行吧，我让司机送你们。”

“嗯。”

回到酒店，池瑶倒在床上，累得不想动弹。

江焰覆上她，俩人的腿交缠在一起。

“今天辛苦你了。”

汤汤精力旺盛，江焰看到她打了好几个哈欠。

池瑶闭着眼睛摇头：“他比你好伺候。”

昨晚是他缠着她，才导致晚睡。

江焰笑了两声，拉过被子罩住俩人交叠的身子。

“一起睡觉。”

池瑶才不信他，扭开头不理，果不其然没一会儿，就响起了窸窸窣窣的动静，随后被子轻飘飘地掩下，就什么也看不到了。

江焰对池瑶一直甘之若饴。

当池瑶全身心都交给他时，让他做什么，他都愿意。

临睡前，江焰说：“早起去看海怎么样？”

“我怕我起不来。”

“你闭着眼跟紧我就行。”

凌晨五点的港城，寒气逼人。

池瑶在车上眯了一会儿，当鼻子嗅到海腥味时，她睁开了眼睛。

天还没亮，满是浓重的蓝，天与海只隔了一条浅浅的线，海风吹得叫人清醒，脚踩着细软的沙滩，因为天色连海，连白沙都镀了一层灰暗的蓝调。

周围还有不少人在等日出。他们已经是来得晚的了，但还算及时。

江焰拿出披肩给池瑶披上：“冷不冷？”

池瑶摇头：“印象里上一次去看海，好像是大学时候的事了。”

“……和陈楚然？”

她笑着推他：“你很煞风景。”

“没事，你和他做过的事，我们通通再做一遍，这样你的记忆里面就只剩下我了。”

“无聊，哪有那么多时间啊？”

“你和他才在一起几年，接下来我有大把的时间可以和你浪费。”

池瑶眯起眼：“浪费？”

江焰会意，改口道：“浪漫。”

池瑶轻嗤，嘴角却是下不去，默认了他的说法。

彼时天光乍泄，在旁人的惊呼声中，什么动作也没有的俩人显得尤其突兀。

池瑶靠在江焰肩上，她吸了吸鼻子，裹紧披肩，说：“好久没有这么浪漫过了。”

“这就叫浪漫了？”

“你少得意。”

池瑶看到不远处有人在拍照，她问：“我们要不要也拍几张？”

“不用，想看的时候，再来就是了。”

汤汤的生日邀请了很多他幼儿园的玩伴，家长随同，所以池瑶和江焰到时门前已经停了不少汽车。

池瑶放下化妆镜补口红，晚了一步下车，见江焰站在一边不动，她上前问道：“怎么了？”

他有些头疼：“我妈好像也来了。”

池瑶：……

来之前江焰和池瑶解释过他的家庭关系。江母季明燕早年是舞蹈家，后来接了家里的生意从商，两年前和江父办了离婚，因离得平静，恢复朋友关系后，俩人偶尔还会出来吃饭碰个面。江焰跟了季明燕，但母子二人碰面机会不多，除了江焰要上学，季明燕的工作也很忙，说是空中飞人也不为过。

“不是说她很忙，来不了吗？”

“我也不知道，估计是特地过来看你的。”

池瑶深吐一口气：“我现在看上去怎么样？”

“漂亮。”

她白他一眼，开始担忧：“我这裙子是不是没选好？”

“不用担心。”江焰摁住她的肩，“我妈只是表情不多，人还是很和善的，习惯就好。”

“什么叫表情不多？”

江焰扯了扯嘴角，开玩笑道：“可能有点面瘫？”

池瑶幽怨地看他：“一点都不好笑。你当时去我家的时候怎么就表现得那么自然？和我妈都能有说有笑，不像我，我就没遗传到她的社交能力。”

平时坐诊，面对病人时她掌握了主动权，所以完全不会发怵。

可一要她和病人以外的人接触，她的社交能力就跟宕机了似的，几近于零。

话一落下，季芮就从屋里走了出来。

“我说你们来了怎么干站在这儿不进屋？”

江焰牵起池瑶的手：“我妈来了？”

季芮往后头看了眼：“看到了？”

“看到车了。”

季芮举手投降：“她搞突然袭击，我事先可不知情。”她放下手，看向池瑶，“别怕，我姐不吃人。”

一家人不说两家话，池瑶哭笑不得：“好的，我知道了。”

室内被特意设计过，和昨天完全两个样，彩色的气球，精致的糕点，生日氛围很浓。

汤汤不知道跑哪里去了，池瑶没看到人。

刚一进屋，她就看到了在客厅沙发上坐着的女人。

即使是坐在柔软的沙发上，也不见懒散的姿态，上身挺拔，头发一丝不苟地挽起，包着瘦削紧致的脸，几乎没有瑕疵。

女人眼窝很深，抬眸看过来时，眼中意味叫人捉摸不透，池瑶下意识捏了捏江焰的手。

下一秒，江焰对女人喊了声：“妈。”

这声“妈”刚过耳，池瑶脑子没跟上嘴，脱口而出：“妈。”

说完她还没反应过来，江焰就惊讶地低下头看向她。

她的脸瞬间就红了。

想解释，又不知道该怎么解释，恨不得咬断自己的舌头，江焰倒是很开心的样子。

季明燕愣了下，也跟着笑了。

她主动站起来：“你是瑶瑶吧？很高兴见到你。”

季芮给池瑶准备的房间在二楼，池瑶去房间放包，前脚刚进，江焰

后脚就跟了进来。

“你干吗？”

江焰关了门，问她：“怎么样，我妈好说话吧？”

方才池瑶和季明燕去了没有人的茶室聊了一会儿天，茶室障子半开，能看见庭院郁郁葱葱的竹林。

池瑶低着头，从包里拿出了个镯子。

“阿姨给了我这个。”

“这是什么？”江焰没见过，是块玉镯，色极纯，种老肉细，质地莹润通透，“传家宝？”

季明燕没说是不是传家宝，只说是见面礼。

“太贵重了，你替我还回去。”

“别，”江焰又还给她，“我妈给你了，就说明她认同你，收下吧，这是她的心意。”

池瑶坐在床边，不说话了。

江焰蹲下，脾气好好地问：“我妈是不是说了什么不好听的话？”

“没有。”

季明燕气质清冷，态度不急不躁，爱恨也分明。

她说：“我这里没那么多规矩。儿子喜欢谁，我就中意谁。我看得出来，小焰很喜欢你。”

江焰喜欢池瑶——

季明燕不是第一个这么说的人，诚然也不会是最后一个。

池瑶弯唇，笑了一下，对江焰道：“我只是压力有点大。”

江焰眼睛明亮，抓着她的手：“那就好好和我在一起，这样就不会有压力了。”

池瑶垂眸摩挲着沁凉的玉镯，心里想，太可怕了，她与江焰才认识多久呢？

一年都没到。

却让她有了，就他了吧，这样的念头。

这太可怕了。

季明燕很忙，切蛋糕后不久就先离开了。

生日派对一直延续到晚上九点才结束。

这时，汤汤的爸爸终于匆匆赶回来了。

季芮面色不太好看，但碍于客人还在，也没摆谱，很快调整过来，等送走了所有人，才冷着脸回了房。

男人自然是要跟上的。

而和男人一起回来的同伴则落了单。

受季芮的邀请，池瑶和江焰今晚要留下过夜。池瑶晚上吃撑了，洗完澡后，她在房间给江焰打了个电话，说想出去散散步。

江焰说好，让她先下楼等他。

池瑶怕晚上风大，多拿了件外套下楼，见客厅坐着个人，还以为是汤汤的爸爸，本想打声招呼，走近一看，结果不是。

然而更令人惊讶的是这个人她认识。

“苏医生？”

“你是……”苏泊涛看着池瑶，她并非大众脸，有足够让人印象深刻的资本，更何况他还曾和她接触过不短的时间，他很快想起她是谁：“池瑶？”

“是我。”池瑶捏紧了外套，“您来这儿是？”

“涛叔。”

江焰的声音适时响起，池瑶回过头，思绪混乱，有些弄不清眼前的关系。

苏泊涛是三年前为她做治疗疏导的心理医生，而眼下江焰却叫他“涛

叔”，可见俩人关系匪浅。

脑海中似乎闪过什么，但池瑶没抓住。

直到外出散步，她都还在想这件事。

“发什么呆？”

池瑶回神，才发现她已经和江焰走到花园的石桥边，耳边有潺潺流水声，月色朦胧，风很轻，一点也不闷热。

池瑶比江焰多踩了一层阶梯，但仍不足以和他平视。

她微微仰头：“你和苏医生是什么关系？”

“他是小姨的朋友。”

季芮的朋友……

“你们关系好像还不错。”

江焰再平静不过地说：“高考的时候小姨担心我状态不好，有让我去涛叔那儿做心理测试。”

如果是高考的时候，那就正好和她的时间撞上了。

池瑶犹豫着说：“我之前，刚工作没多久那会儿，遇到了点事……我被病人掐了脖子，还因为这事留下阴影，有了抵触心理，那个时候，科室主任给我介绍的就是苏医生。”

江焰眨了下眼，眼神向下看去。

池瑶追寻他的视线，问道：“江焰，你那个时候就见过我，对不对？”

池瑶回想着江焰同自己交往的经过。

最开始，她和江焰仅限于每周一次的碰面，而且连对话都不曾有。

后来俩人发生的一系列交集，有意外，也有巧合，可要认真说起来，池瑶其实并不知道，江焰是什么时候喜欢上自己的。

她曾问过他，为什么喜欢她。

他说一见钟情。

可她却忘了问，是在哪里第一次见的她。

在他们真正有交流之前，她天天清汤寡水的，因为怕晒，千篇一律的防晒装备，连脸都看不清。

可事情自然而然就那么发生了。

起初，池瑶还当他恶趣味，年轻人的感情来得炙热而迅速，因为没见过她这种类型的女人，看上了就毫不掩饰地要追。

如今再回头望，事实好像又不是这样。

“你有事瞒我。”池瑶说。

良久，江焰缓缓道：“对，那个时候，我在医院见过你，你还和我说话了，但你也不记得我了。”

“我们第一次见是在学校，我不记得了，但你没有忘……所以在医院的时候，你肯定也认出我了，知道我是池承的姐姐，是不是？”

江焰默认了。

“苏医生和你认识，虽然有规定不能透露病人病情，但你如果问，他或多或少，应该是和你说过一些关于我的事。你早就知道我有焦虑症，对吧？所以我第一次和你说的时候你才不惊讶，包括我上次和你说，我曾因为自身问题动摇过做这行的想法，你也没有追问我……”

池瑶越想越细，她起了鸡皮疙瘩：“你为什么不告诉我？”

这种早就被人看破自己还浑然不知的心情简直糟糕透了。

“那是你的隐私。”

江焰抹了把脸，尽量清晰地说道：“而且，我看得出来，你不太想让我知道你有焦虑症这回事。”

她总是提得轻描淡写。即使他早就知道，她曾因为焦虑症的事差点没了工作，还严重影响到正常生活，他也没提过，从来避而不谈。

但这事就像倒刺，留着碍眼，拔了会痛。

事实上，他不是会平白吃醋的人，可一想到陈楚然什么都知道，而

池瑶面对他时却什么都不说，他就很不爽。

他说："我想你真正地接纳我，主动和我说这些事，而不是我以一个窥视者的角度去试探你。"

池瑶感到有些冷。

"那你搬到我对面，这事，是巧合吗？"

江焰脸色一变。

……

池瑶最终没有跟江焰回去，而是独自一人去了酒店，她需要一个人静静。

三年前的她比现在要脆弱得多，入职后很多棘手的问题都只是道听途说，等事情真的发生在自己身上时，她才觉得害怕——那是她第一次感觉自己离死亡那么近。

发病的精神病患者力大无穷，掐她脖子时留下的痕迹很深，半个月后都还能看到浅浅的瘀青。作为一名精神科医生，却在面对病患的时候产生了恐惧等抵触心理，当时的医院是暂时取消了池瑶的会诊安排，做了缓冲处理。这事知道的人不多，池瑶也很少向外人说道，陈楚然会知道，也只是碰巧而已。

那时他又摆出一副"我就知道"的嘴脸，以陪伴为借口泼了她不少冷水。

偏偏她是越挫越勇的性格，他越不看好她，她就越要证明给他看。

可说到底，这事对池瑶来说还是有些难以启齿——要让一个人承认自己有精神病，而且这个人还是精神科医生……池瑶不是故意不告诉江焰，她只是不愿再提，尤其是她发现几年前会让她困扰的事在如今她看来并没有什么大不了的时候，这事就更不值一提了。

结果现在江焰告诉她，他早就知道了。

所以她到底在隐瞒什么呢？

丢人。

太丢人。

池瑶只觉散步不成，她貌似还有些消化不良，胃也开始痛了起来。

她躺在床上，叫了胃药的外送服务。

不一会儿，手机响了，是某条心理咨询 App 的消息通知。先前 App 的广告打到医院来，后来达成合作，她也曾响应上级要求注册过一个提供咨询的账号。

她一个住院医师，证下来没两年，名气不够，愿意付费咨询的人少之又少。平时收到的通知消息不多，一个星期也就那么几条而已。

难得一条，她点开看了。

是个匿名账号，直接申请付费咨询的提问。这样的情况不是没有，有的人不愿意暴露隐私，就会这么做。

第一页消息很长，可没看两行，池瑶摁着屏幕的拇指就颤了颤。

她知道这个人是谁。

江焰高三那年，季明燕和他爸闹离婚。

说是闹，也不算。暴风中心的俩人再淡定不过，以工作为由分居，江焰夹在中间，很突兀。

季芮就是在那种情况下把他领到身边去的。对于自己父母离婚这事，江焰不太上心。反观季芮很是忧心，唯恐江焰承受不住亲人感情的破裂而心理扭曲。

本身江焰就少言寡语，朋友不多，平日里也没见他参加什么集体活动。友情上无法得到加持，如果再因为父母的事祸及不久后的高考，那就得不偿失了。

于是季芮把江焰介绍给了她的朋友苏泊涛，让他帮忙开导一下。

江焰并不觉得自己需要开导。可季芮强烈要求，他为了不让季芮担心不得不配合，于是每个周五放学后都会抽空去苏泊涛那例行聊聊天。

他遇到池瑶那天，天气不好，刮风下雨，地板渗出凉意，密密麻麻地笼罩着整个大厅。

池瑶的长相，要说过眼即忘，基本是不可能的。而且池承朋友很多，或多或少都有见过池瑶。江焰和他们打了几次球，偶尔也会听到他们聊起池瑶。

池瑶和学校里的女生是不一样的，她漂亮知性，又是名牌大学毕业，池承嘴上说池瑶一般，可当听到有人开玩笑说要追池瑶时，却是一脸不屑。

“我姐才看不上你这样的。”

“你又不是你姐。”

“她很挑的，要好看的，要聪明的，要阳光爱笑的，你看你哪儿一点占了？哦，她前男友还很会打台球，你会吗？”

对方想了半天，说：“我阳光啊，也挺爱笑的。”

“看脸的，你先把脸上的痘痘治好吧。”

“去你的！”

一次两次，听得多了，江焰难免上心。

再加上池承几回刁难，他想不记得他姐姐都难。

但池瑶并不认识他。

俩人同坐室内花坛的一侧等雨停。

江焰其实很好奇为什么池瑶会出现在这里，但他没有随意打探别人隐私的习惯，只是在呼吸时，渐渐放缓了频率——

他似乎，在模仿池瑶的呼吸节奏。

当他意识到这点时，池瑶开口了。

她问他：“你是因为什么来这里？”

他呆了呆，摇头：“不知道。”

池瑶端详着他：“你还在上学吧，高中？”

“嗯。”

“好小。”

江焰：……

“你以后想做什么？”

也许是大雨倾盆的动静太大，让人在困顿的时候总是不得不打起精神来。

江焰直觉池瑶只是想要找个人说说话，打发打发时间，他认真思考了几秒，说：“往建筑这个方向发展吧。”

“很棒的目标。”

池瑶手里拿着一张叠起来的报告单，江焰看不清里面的内容，但隐约知道，她不是第一次过来了。

这时，池瑶又说：“还是做自己想做的事吧，遇到困难就克服，只要熬得过去，时间可以摆平一切，没有什么大不了的。”

江焰反复咀嚼着她说的这句话。

虽然听上去像是在告诫他，但他知道，这话更像是她在说给自己听的。

他点头，“嗯”了一声。

刚好不远处的电梯门开了，有人从里面出来。

江焰没看清人脸，只知道个子不高，穿的球鞋是当季最新款，颜色出挑，一尘不染。

“欸，他脚踝那块长得真不错。”

江焰回头，发现池瑶也在看那个人。

“脚踝？”他说，“我觉得他的鞋不错。”

“正常，你们男生都喜欢研究球鞋。”

池瑶的目光一直跟随着那个走向前台登记的男生……的脚踝。

她说：“我觉得脚踝骨这块好看的人很性感，这个癖好很奇怪是不

是？”

几乎是同时，江焰低头看了看自己的脚踝。

可惜他今天穿的是秋季校裤，裤摆盖过鞋面，他什么也看不到。

但他不忘回答：“不奇怪。”

池瑶像看到了什么人，她站起来：“我该走了，你还要在这里等雨停吗？”

江焰到这会儿才真正地正视她的面容。

五官姣好，皮肤白皙，眼神淡淡的，但笑起来很有感染力。

他搭在坐椅的手轻轻地缩了一下。

“嗯，我要在这里等雨停。”

“那我先走了，弟弟。”

“……好的，姐姐再见。”他还摆了摆手。

然后，他看着她走向门口一个高大的男人，俩人没什么交谈。

但那男的有伞。

伞下不大不小的空间，俩人紧挨在一起。

电闪雷鸣下，那男人突然回头望了一眼。

江焰淡淡地看着，没有躲闪。

男人很快就收回了视线。

在那之后，他再没在医院见过池瑶。

整件事被匿名的某人用第一人称视角说出，池瑶一字一句看完，竟对此毫无印象。

她那时压力太大了，怀疑自我，焦虑失眠，没办法与自己和解。

在某个等雨停的晚上，和某个高中生聊天这种事，可能只是她的无意识行为，并不会给她留下什么深刻印象。

江焰说的，那天来接她的男人，应该是陈楚然。

但他们肯定没有江焰所看到的那般和睦。

眼见不一定为实，大概是她一直不回复，另一端又发来了两则消息。

之后我确实有因为私心打探过她的消息，这件事是我不对，所以我想向她道歉。

对不起。

池瑶抠着指甲，想回点什么，却不知从何说起。

说到这份上，江焰应该也觉得自己没必要拐着弯说话了，他又发了一段话过来，以江焰的身份。

还有一件事，说起来你可能不信，我对你确实是一见钟情。

我想，就算那个时候没有在医院碰上，那在去年，成为你的邻居之后，我也肯定还是会第一眼就认出你，并且喜欢上你。

池瑶，我说的是真话。

虽然有过隐瞒，但我从来没有骗过你。

池瑶看着手机屏幕，眼风刮向干净的落地玻璃窗。

上面正隐约地映着她将双腿塞进 T 恤里的身影。

她绷紧鼻尖的酸气，想起陈楚然说过的话。

他说，如果江焰知道她有焦虑症，肯定也会劝她转科，劝她放弃。

她抖着手指打字：你会觉得我不适合这个职业吗？

那是你的选择，瑶瑶。

江焰回复极快。

我尊重你的一切决定。

池瑶长长地吁出一口气，将双腿从衣服里抽出，胃也没一开始那么痛了。

随即，手机又震。

池瑶点开，还是江焰。

瑶瑶，现在可以开门了吗？

池瑶打开门。

江焰站在门外，手里拿着手机，屏幕上的光未熄，还停留在他们对话的页面。

她嘴唇碰了碰，刚要说话，下一秒就被人用力地抱了过去。

他一句话也不说。

池瑶被抱得痛了，扭了扭身子：“你松开。”

“我不。”

“疼啊。”

江焰一顿，宽了宽手臂，但还是没有将她放开。

“你别和我分手。”

“我什么时候要和你分手？”

“我说了那么多，你都不怎么回我。”

“如果要分手，我会明说的，绝不会吊你胃口。”池瑶有些无奈，“而且你不是让我别提这两个字吗？怎么你老是提。”

江焰这才放开她。

“你还生气吗？”他问。

“气什么？”

“我没告诉你。”

“我没那么小气。”

“可你的表情不是这么告诉我的。”

池瑶瞪过去：“那你还问我做什么？”

他摸摸鼻子，跟着她走进屋里。

她倒了杯水，不轻不重地放在酒柜边的吧台上。

他很有眼力见地拿起来一饮而尽。

池瑶看着他喝完，说：“喝完了就走吧。”

江焰愣住，自说自话般：“我没有其他瞒你的了。”

说了要一起在季芮那边过夜，可她一个人回了酒店，他怎么可能不跟过来？既然现在已经见到人，那他就更不可能走了。

池瑶眯起眼看他：“我之前说你心眼多，还真是没有冤枉你。”

“我不是故意的。”

池瑶扶着沙发坐下，语气淡淡：“是不是故意的都不重要了。”

又不是什么天大的错事，她气不顺也就在那一瞬间而已，总不能因为他早就喜欢自己而真的跟他闹。

再说他也是因为她不想提才选择隐瞒。她现在的心情，最多只是因为不愿对外说的事原来早就不是秘密而郁闷，那滋味本就不太好受——尴尬的情绪远比感动要多。

江焰在她旁边坐下：“我今天陪你住酒店。”

“不回去了？小姨那边没问吗？”

“我说了临时有事。”

池瑶闻言，摆摆手，回了床上，背对着他盖上被子。

感觉到他还在看着自己，她才闷声开口：“去洗澡。”

江焰一喜，赶紧去了浴室冲凉，爬上床的时候，他有意示好，试探地扶上了池瑶的肩。

池瑶没动，仍闭着眼。

她说：“焦虑症的事，你不用担心，现在已经没什么了。”

“我知道。”

“我没告诉你，是因为我过不去自己那关，没法开那个口。可能你认为情侣之间应该坦诚相待，可每个人都有自己的秘密，包括你。你那么早就喜欢我，而我却毫不知情——你能明白我意思吗？我不能保证以

后都不会有事瞒你，但我会尽可能地让你知道，时间问题，早晚而已。”

“我知道。”

池瑶转身：“你知道什么了就一直说知道？”

“你喜欢我。”

池瑶干脆面向他睡觉，她继续说：“今天和你妈妈谈话，我听得出，她很在意你的感受。但我不确定如果她知道我过去有精神病病史，还能不能像今天这样和我说说笑笑。”

“我只选我喜欢的，她最清楚。”

“哪怕我有精神病？”

“哪怕你有精神病。”

池瑶嘴角浅浅地弯了一下。

她说：“你到底是怎么打听到我的住址的？”

“巧合。”

江焰说：“你们医院开办网上心理咨询通道那会儿，广告打到学校里来了，我们当时有心理课，App 是老师让我们下载的，看到你名字的时候我还以为是同名同姓，见了照片才确定是你。”

“你没找我问问题吧？”

“有。”

“哪个？”

事实上，咨询问题的人很多，就算江焰说了，池瑶也不可能对得上号。

“我问过你对姐弟恋的看法。”

果不其然，池瑶对此全无印象。

她很挫败：“为什么我总是没印象？”

每次都是江焰在说，明明她也是当事人，却对他说的一点印象都没有。

“因为，一直以来都是我在单方面地看着你。”

池瑶心一动。

江焰默默把房间的灯光调到最暗，轻拥住她："但我没有刻意打听过你的住址，这真的是巧合。打从一开始，我就没想过要打扰你的生活，最多只会去那个 App 匿名问你问题。不过你也不是每次都回。从学校搬出来确实是因为不方便，还有就是睡眠不好，能搬到你对面是我没想到的，头几个晚上，我还总有种自己是在做梦的错觉。"

"所以在你确认不是错觉后，你就开始行动了，对不对？"说着，池瑶又摇摇头，"不对，你那时候根本不敢和我说话，我们可是当了好久的陌生邻居。"

"我换鞋了。"

"什么？"

江焰说："每次见你，我都换了新鞋。"

他慢慢地将嘴唇贴上池瑶的耳朵，声线极低："因为我知道你会看。"

在她看不见的地方，他一直在向她靠拢。

哪怕只是多年前偶然听到的一句"她的前男友很会打台球"，他也会在这件事上花时间跟自己较劲。他原以为她喜欢阳光的爱笑的，性格应该很外向才是。等接触了他才知道，她之所以会喜欢那样的男生，全是因为她是被动的那方罢了。

不过没关系，他愿意为她主动。

少年的气息侵略性太强，池瑶半边身子都麻了，她在昏暗的房间里瞪他："你小心机真的好重！"

江焰挑眉，坦然接受了她的评价。

他用眼神勾勒她的轮廓，从眉毛，鼻子，嘴唇，最后才到眼睛。

用凝视传达着爱意。

以前总是他一个人在这么做。

而现在，他们在相互给予。

“等回去了，带我正式去见见你妈妈好不好？”他说。

池瑶声音轻轻地：“见家长这事不急。”

江焰以为她还在推脱，神情一凝，却听她又说：“我已经和她说了我恋爱的事，到时候回去了，少不得要盘问。”

“我和你一起？”

“暂时先报备吧，等后头你毕业了，再去见也不迟。”

“好，听你的。”

池瑶忽地睁开眼，问道：“你实话说，你喜欢我，真是因为我那时候和你搭了话？这也太草率了。”

“我也不确定是不是喜欢。”江焰用手指轻抚她浓密而细的眉毛，“那感觉大概就是，见不到，忘不掉。其实时间还可以再向前推，在学校走廊，你帮我捡了掉在地上的便笺，我一直都记得那天你冲我笑的样子、说话的样子，但我不会每天都复习一遍。那画面只会在我以为自己忘了的时候又突然冒出来，提醒我，我还记得你。”

“难道不会有记忆模糊的时候吗？有些人和事，如果最后一眼印象太过深刻，基本上都会随着时间的流逝而被美化加工，也许我并不像你想的那样值得和难忘……你重新再见到我的时候，有没有失望？”

“没有。”

江焰的目光定在某个点，像是在回忆。

他说：“我没有失望，我在庆幸，还好再次遇到你。”

离开港城那天，天下了场大雨。

航班延误，池瑶和江焰下机时天已经黑了。

池瑶打开手机，果不其然收到两通池女士的未接来电。

江焰将她送到家门口，一时间，俩人都没下车。

“你回去吧，我明天就回了。”

“真不用我一起？”

“不用，如果我妈看到你，估计该觉得我残害祖国的花朵了。”

池瑶解了安全带，倾身亲了他一下：“我走了，你回去小心。”

“嗯。”

池瑶熟门熟路地走进小区，她停在家门前，刻意没用包里的钥匙，而是摁了门铃。

大概过了十秒，门被打开。

池女士的脸从门后露出来：“没带钥匙？”

“直接从机场过来的。”

池女士往她后头看了眼：“就你一个人。”

“不然呢？”

池瑶没拿行李下车，手里就一个包。进屋后，她把包放在沙发上，将头发扎起来。

“我爸呢？”

“和人下棋去了。”

“家里有吃的吗？”

池女士抬高分贝：“你没吃？”

“没有。”

池女士只得吞了欲脱口而出的话，去厨房给她下面。

听着厨房的动静，池瑶没坐多久，眼前就推来一碗热腾腾的面。

用的鸡汤，汤上卧了荷包蛋，除了青菜，还放了两块鸡腿肉。

池女士做饭就是这样，物尽其用，有什么放什么。池瑶习惯了，埋头就吃起来。

“你真谈朋友了？”

来了。

才吃两口，池瑶咬断面条，“嗯”了声，也没抬头。

“哪个？有没有照片？家里怎么样？”

池瑶放下筷子，说：“可能比较小。”

“什么意思？能有多小？”池女士不以为然。

“还在上学。”

“……池瑶，你疯了还是我疯了？别告诉我是未成年。”

“大学，也快毕业了。”

池女士眉头皱得更紧了：“那不是跟你弟一般大？”

“池承带女友回来你那么高兴，怎么我带一个和他一样大的回来你就这反应？就因为我比他大？衡量一个女人的标准难道只有年龄吗，哪怕我是你女儿？”

“那能一样吗？”

“哪里不一样？”

池瑶十分严肃：“您这是偏见。”

“我都还没说什么……”池女士气势弱了些，“我只是担心，他比你小，当下俩人还能好好谈，那以后呢？你是谈恋爱还是养孩子，这点你得考虑好。”

“我又不是傻子。再说了，怎么就扯到养孩子了，江焰挺好的，否则我也不会坐在这里和你说这些。”

“等等，你刚刚说谁？”

池女士耳根一动，鬓角发紧：“江焰？你是说池承那个朋友吗？初一来拜年那个？你们在一起了？”

话已经说到这份上，池瑶知道瞒不下去了，她点点头：“是他。”

池女士尚且处在震惊当中。

她说：“我就说，你平时生活那么单调怎么认识男人……这是你弟给你牵的红线吧？承承知道这回事吗？”

池瑶想起洞玉山之行，她那时和江焰的关系并未公开，虽然让小野

看出了端倪，但她不确定现在池承是否已经知道。

“我也不太清楚，”池瑶嘟囔道，“而且什么叫我过得单调就认识不了男人，你女儿我也是很抢手的好吧？”

“抢手也没见你带个回来。”

“这不是带了吗？”

池女士怔住，最后叹了一声：“同龄人中女人本就比男人心智成熟，你这下又找了个比你小的，我担心你累到自己，白费功夫。”

“一个人幼不幼稚，不能从他的年龄来判断。道理谁都懂，就看愿不愿意做，怎么去做。江焰目前最幼稚的行为就是凡事以我为先，但同时这也是最打动我的——我既想他多多往前看，又想他能分神出来围着我转，然而，多吃了几年米饭的我又成熟得到哪儿去呢？既然今天的他能够让我心动，我也喜欢他，那我为什么要浪费这份心意？活在当下，这不是你教我的吗？”

池瑶边说，边用手指在桌面上比画。

这是无意识的举动。

池女士低头看。

她写的是江焰。

当晚池瑶留下过夜。

池女士的态度不算明朗，还在观望。

毕竟未来的事谁也说不准，池女士说了，这个不行就下个，总之别委屈自己。

池瑶知道，这已经是池女士最大的让步。搞定了池女士，事情就成功了大半——池父是软耳根，基本池女士说什么，他就应什么。

但该说的还是得说。

深夜入眠前，池女士告诉池父，池瑶找了个男朋友，和池承差不多大。

池父当即就不困了，开了一边的床头灯，听到池女士啧了声，又调暗了光线。

他问：“那么小？”

池女士横了他一眼：“你女儿也没多大。”

“那倒也是……”

“我让他们俩好好处，以后的事以后再说。”

“那男的怎么样？”

“见过，长得好，性子稳，比你儿子强点。”

“那不也是你儿子吗？”

“承承什么样你不清楚？到现在玩心还重呢。得亏瑶瑶眼光好，找了个‘别人家的孩子’。如果她对象年龄比她小，性格还浮躁，我得愁死。”

“真要那样，瑶瑶看不上。”

池女士不说话了。

这时，次卧那边传来开门的声音。

池父听见了，压低声：“这都几点了瑶瑶还要出去？”

池女士却不耐烦地掀开眼皮瞪他：“你管那么多呢，到底睡不睡？”

“……睡。”

池父把灯关了。

池瑶悄声出了家门。

在小区后门，那个老位置，她看到了江焰的车。

她快步上车，“砰”的关上车门。

“你一直没走？”

这都几个小时了？刚刚他说他在楼下，给她弄傻了，赶紧就出了门。

“回去了一趟，不放心，又过来了。”

但也差不多等了两个小时。

“我在家呢，有什么好不放心的。”

江焰捏了捏鼻梁，问：“阿姨怎么说的？”

“还能怎么说，就说一切等你毕业再说。”

“没生气？”

“我赚了她为什么生气。”

“什么赚了？”

“国内男人的平均寿命不如女人高，我找个比我小的，正好啊。”

江焰低低地笑了：“也是。”

“我说什么就是什么，你这么好说话啊？”

“还能开玩笑，就证明什么事都没有，当然好说话。”

“那如果我妈要棒打鸳鸯，你怎么办？”

“亲自上门。”

池瑶咯咯直笑：“少来，你那么大面子的吗？”

江焰把她抱过来，放自己腿上。

车位座一人是正好的宽敞，坐俩人就勉强了。

池瑶不得不和他紧紧贴着，她说：“你可别乱来，我一会儿该上楼了。”

“不乱来，就抱抱你。”

“你累不累啊？”

“有点。”

“那我陪你眯会儿。”

江焰闭上眼睛，轻飘飘地应了声。

这一声，哼得池瑶耳根酥麻，她尽量不让自己压到他，因为无聊，想起了不少在港城琐碎的事。

汤汤生日的前一天，她去汤汤的房间陪他拼乐高。

拼一半手疼了，汤汤推开，又从床上拿了本故事书，让她给他念。

那本故事书，封面画的是一个红艳艳的苹果，正被毛茸茸的爪子托着，旁边的小兔子在乐呵呵地笑。

池瑶翻开，手指点着句子，因为是英文，她读完，还会给汤汤翻译一遍。书很薄，没一会儿就读到最后。

书最后一页的图片和封面一样，只写了一句话。

池瑶念出来：You are an apple in my eyes.

随即，她一愣。

汤汤跟着读出声，见她没反应，主动问："这意思是眼睛里的苹果吗？"

池瑶回神。

"不是。这里的苹果，不是苹果，它代表很珍贵的东西。这句话的意思是——"

她翻译，却又像在和某人对话。

"你是我的心肝宝贝。"

从港城回来后池瑶就一直在准备主治医师的考试，考完那天她无事一身轻，特地开车去了A大接江焰。

却在门口见到了张一铭。

张一铭仍旧穿着他的白衬衫和过长的西裤，眼镜换了一副，将他身上的文雅气质发挥得彻底。

看见池瑶，张一铭一愣，向她走了过来。

"你怎么有空过来？"

池瑶眨眨眼，莫名尴尬："过来接人。"

"接人？"

池瑶点头，由于他和江焰的师生关系，她不想他多问，便随口找了新话题："你最近怎么样？听说你要结婚了。"

这事还是池女士打听来的。池女士这人心里容易记事儿，知道张一铭和池瑶确实没可能了，也还是会时不时地问问张一铭的动态。就他结婚一事，前几天她还在电话里跟池瑶酸来着。

不过池瑶如今已经有了挡箭牌，一句“江焰年龄还不够”就把她的话给堵得透透的。

张一铭说：“已经领证了，婚礼打算八月再办。”

这么快?

池瑶笑道：“恭喜。”

“你呢？”张一铭问。

“我还是那样啊，”池瑶摊手，“该怎么样还怎么样。”

“没有谈朋友？”

池瑶微赧：“有，比我小几岁。”

小几岁这个说法让张一铭诧异，他以为池瑶足够冷静，不会在这样的年龄做出这样的选择。

虽说这个观念有些偏执，如今也都提倡恋爱自由，但他不得不说，女方年龄比男方大，确实是比较吃亏的。

有些话不需要从嘴巴说，光是看着对方的眼睛，池瑶就知道张一铭想要说什么。

她说：“我是认真的。”

张一铭说：“我没那个意思。”

池瑶说：“我明白的。”

江焰一出来就看到了站在池瑶对面的张一铭，他眉梢轻跳，忽然停了下来。

还是池瑶主动叫了他：“江焰。”

江焰深吸一口气，笑意在脑子还没反应过来时就已经在脸上扩散。

他快步跑过去，主动向张一铭打了招呼：“张老师。”

张一铭扶了扶眼镜，先看江焰，再看池瑶，眼里的震惊大于疑惑。

池瑶对他道："我要接的人来了。"

"江焰？"

"嗯。"

张一铭安静了两息，实话实说："我没想到。"

"最开始我也没想到。"池瑶用眼神示意江焰，"我们一会儿还有事，得先走了。"

张一铭这才缓过神来："好，再见。"

"再见。"

江焰亦步亦趋地跟着池瑶走到马路对面，上车后，池瑶看他一眼："行了，嘴角要咧到太阳穴了。"

"你们怎么碰见的？"江焰还在笑。

"我就想着下车等你，他正好出来。"

"我以为你不想他见到我。"

池瑶默然。

多一事不如少一事，最开始池瑶的确是没有想过向张一铭介绍江焰。他们曾是师生关系，她夹在中间，怎么看怎么别扭。可江焰刚出来时止步不前的犹豫模样，却刺得她眼睛一疼。

直到现在，江焰都还是会吃张一铭的醋。他总想着，如果自己当初没有主动出击，也许她就真的和张一铭在一起了。

而她到现在都没办法告诉他这种事不可能发生。毕竟万事皆有可能，按照那时的情况来看……谁也说不准。

江焰说，她就是太冷静了，明明她可以哄一哄他，反正他都会信的。

可她不想骗他。

池瑶说："我怕我不叫你，你又多想。"

"……我哪有那么玻璃心。"

池瑶冷笑了声。

江焰摸摸鼻子，转而问她：“今天考得怎么样？”

“还不错。”

江焰从不打无准备的仗，对这点还是有把握的。

上了桥，江焰发现这不是去钟楼的方向：“我们这是去哪儿，不回家吗？”

“回南江域。”

江焰：……

池家就在南江域。

江焰意识到什么，整个人都绷紧了。

“江焰，”池瑶语气淡淡的，“我爸妈说和你吃顿饭。”

江焰却反应很大：“可我什么都没准备！”

“就怕你准备太多才没告诉你，吃顿饭而已，放轻松。”

“不行，”江焰抓了抓头发，“你不懂。”

“我怎么不懂啦？而且你不是已经见过我爸妈了吗？”

“那不一样。”

江焰拉下遮阳板，说：“我的头发是不是又长了？”

前边堵车，池瑶缓缓停下，她伸手过去摸他的头发，短短的硬茬刺着她手心：“你不是前几天才剪吗？”

他又说：“我应该换身衣服。”

天已经开始热了，他只穿了件普通的短袖，上面什么图案也没有，但他是天生的衣架子，穿得越简单就衬得他越干净。

“你现在这样就很好。”

“……一会儿下了桥，我们去商场买点东西再过去吧。”

池瑶哭笑不得，敲他脑袋：“你才多大，弄那些花里胡哨的只会让我妈觉得你不真实。”

“但我想在叔叔阿姨面前好好表现，他们喜欢我，你的压力也就不那么大了。”

池瑶：……

他总是在池瑶毫无准备时说出让她心软的话。

池瑶看了眼路况，车子一时半会儿还动不了，她挠着江焰下巴，让他过来一点。

江焰依言照做。

她飞快地亲了他一下，说：“没有什么压不压力的，你平时怎么做，在我爸妈面前就怎么做。如果他们不喜欢你，那只能说他们没有眼光。”

“池瑶怎么还没到？”

池女士看向墙上的挂钟，都快六点了。

他们没选择在家吃，而是在附近一家酒楼订了间包厢。夫妻二人提前了半个钟头过来，池女士更是换了条新裙子——每回要见什么重要的人，她总会穿上新衣服。

池父道：“急什么？这个时间堵车，你也别打电话催了，让他们慢慢开。”

“谁急了？”池女士抱着胳膊，想了想，说，“我就问你，你觉得那个孩子怎么样？”

上回池女士并没有向池父说明江焰就是上回来家里拜年的池承的同学，直到池瑶给他们发了照片他才认出来。池父当时还不太高兴，认为妻女两个对自己多有隐瞒，却又不知从何埋怨。

“孩子挺好，人也礼貌……瑶瑶不是一直喜欢高个子吗？我看他就挺高的。”

“肤浅。”

池父一噎：“我那是了解咱家女儿。”

“我看她这点就随你，净往好看的找。”

池父寻思池女士这不是在变相夸她自己吗，刚要说话，池瑶和江焰出现在包厢门口。

“来啦！”池女士反应最快，拍了下池父就站了起来，她看到江焰手里还拿着果篮，“怎么还买了水果啊？”

池瑶说：“江焰知道你喜欢吃，特地买的。”

江焰在一旁斯文地笑：“叔叔阿姨好。”

池女士把果篮交给池父，端看江焰两眼：“感觉比上回见还要高了？”

江焰低头：“没有没有，应该是穿着鞋子。”

池女士拍拍他结实的手臂：“高点好，池瑶就喜欢高的。”

后边的池父听了，不轻不重地嗤了声，他招呼几人入座，饭菜是订包厢时就定下的，人来齐了，上菜也快。吃饭时池瑶和江焰坐一边，池女士又问了不少江焰的事，江焰一一作答，同时也没忘记给池瑶剥虾。

池女士暗暗观察，只见池瑶吃虾吃得心安理得，也没见突兀，一看就知道她经常让人伺候，她心里好笑，又踏实了不少。

“你要过两年才毕业吧，之后有什么打算？我听说你们这行都兴出国深造。”这话是池父说的。从吃饭到现在，一直都是池女士在带话题，池父话不多，冷不丁开口，江焰的脊背都直了。

他很认真地说：“关于出国的事，我和池瑶讨论过，她是赞成我出国的。但我私心想留下，院里的老师也建议我留在国内考研，多刷作品，积累经验，日后工作也更容易上手。”

如果可以，江焰想尽可能地缩短自己和池瑶的距离。这份距离不是说年龄和阅历，他只是想让自己给池瑶的许诺看得见，摸得着，而非纸上谈兵——哪怕池瑶愿意等。

他不想这样。

等待是一件十分煎熬的事，他不愿让池瑶陷入煎熬。

池瑶拿着筷子，又听江焰说了许多关于毕业后工作的打算。这些他早就和她讨论过了，但一直没讨论出结果。

她没那么矫情，做不到以一己私欲来压着他不让他飞。可江焰在这件事上却难得强硬，他说他做的决定都是经过反复思量的，并非意气用事。

此前他们争执不下，如今她再听，心境已有所不同。

她自以为那样对他好，又何尝不是一种绑架？

放在桌下的手突然被一圈热意包裹，池瑶看过去。

江焰面上表情不大，只是凝眸看她。

她静默半晌，终是弯唇笑了一下。

而另一边的池父听完他说的，则是点了点头："你能有规划就好。"

池父想，无论将来，至少当下，他对自己女儿是真心。

饭后池瑶和江焰没有回家，而是开车回了钟湖。

洗完澡，池瑶让江焰给她擦身体乳，她趴在枕头上，闭着眼问："现在安心了没有？"

江焰摇头，过了会儿又点头。

知道池瑶没看见，他说："我还得再努力点。"

池瑶笑："你确实要努力，毕竟未来是我们两个人在过。"

"不赶我走了？"

"我那哪儿叫赶？"池瑶掀开一边眼皮，"我是怕你将来后悔。"

她可不想日后情人变仇人。

江焰说："你不信我？无论我做什么决定，都一定能让它有个好的结果。"

"牛死你得了。"

池瑶乐得去捏他的脸。

他有自信的资本，当然，她也相信他一定能做到。

江焰说完，自己也笑了。

擦完身体乳，他在池瑶旁边躺下，俩人在一盏灯光下对视。

他用手指碰了碰她的睫毛："想和你一直在一起。"

"现在不就是吗？"

"总觉得还是不够，连过去错过的时间都想补回来。"

池瑶目光柔软，将他抱过来。

她将脑袋搁在他发顶，说："其实你一直都有在参与我的过去，该遗憾的人是我才对，如果能回到过去，我肯定会认真地记住你跟我说话时的每个表情。"

她身上吸收了身体乳浓郁的椰香，江焰深深嗅着，更用力地抱住她。

"这就够了。"他说。

他们会一直在一起。

番　　外

CHAPTER EXTRA

总有一天，终会相见

这学期新加了门心理课，杨晓第一节课就没去上，回了学校才看到群里说老师要求注册一个 App，学委正在统计人数。

他推开宿舍门就问：“江焰，群里说的那个 App 你下载了吗？”

江焰下午打了球，刚洗完澡出来，头发湿漉漉的，有水滴顺着脸淌下来，他卷起毛巾擦了擦说：“下了。”

“这是干吗用的？”

“关爱大学生心理健康。”

“和第五医院合作的？好像有点厉害。”杨晓搜索到之后就下载了，快速注册了一个新号，然后往群里报了个数，他问：“免费的啊？”

“大概吧。”

江焰只下载了 App，还没注册。直到学委催，他才慢悠悠地输入校园邮箱。他头发短，半点工夫就干得差不多了。脑袋一轻，人也多了闲心，他顺手翻了翻 App 左栏的咨询列表。

列表里，每个医生都上传了证件照和真实姓名，下边还附有医生所擅长领域的小字介绍，一目了然。

蓦然，江焰手指一顿。

他点进去便看见那张蓝底证件照，女人的长发尽数收到耳后，露出光洁的额头。她的五官和过去比起来几乎没有变化，只是似乎不太习惯镜头，她笑容微敛，相片远不如真人来得灵动。

相片旁边，是名字与职称。

池瑶 医师 精神心理科

江焰从没想过会在这种情况下看见池瑶。

他已经很久没有见过她了。

初见那年，他才高二。池瑶作为池承的家长来到学校，她和老师谈话的时候，他就坐在不远的地方整理英语周报。

那天，她还帮他捡起了掉在地上的便利贴。

然而正是这平平无奇的举动，却让他记了很多年，甚至还让他在梦里见到了她。

那时她笑盈盈地，眼睛比嘴角先笑，对他说："不客气。"

其实江焰也对于自己为什么会对池瑶念念不忘感到奇怪。

直到后来他从池承口中听说池瑶，才恍然大悟。

他在向往。

江焰从小就是个很闷的人。

父母忙于工作，家里聚少离多，每月一次的家庭聚餐，一开始其乐融融，后面却貌合神离。他忘了这样固定的聚餐日是从哪天取消的，只记得自己绝不能让这样紧张的家庭关系再雪上加霜，于是他一度活成了"别人家的小孩"。

当其他小孩还在因为父母不给自己买玩具而气恼时，他就已经懂得不去干涉大人的生活。

反观两个大人，他们初次为人父母，尚且不懂怎么和孩子沟通。等他们发现问题时，江焰的沉默已然定性。

对此季明燕一直都很愧疚，可惜明白得太晚，她已经错过和江焰敞开心扉的最佳时机，唯有在物质上不断弥补，她心里才能好受一些。

大概是亲眼看见了父母在自己面前从恩爱到漠然的过程，无论给予还是付出，江焰对感情一向迟钝。

在别人情窦初开的年纪，他从来无动于衷。

他无法理解同龄人眼中的爱意。

在他眼里，爱能成就，也能摧毁。

爱是不断美化另一半的过程，亦是撕破面具后反目成仇的可能。

他不敢碰，也不想碰。

池瑶的出现无疑是他黑白世界里的一抹色彩，她和他是不同的人，却对他有着一种很不可抗拒的吸引力。

他对她一见难忘。

江焰从未向人坦言，他嫉妒过池承。

池承从不吝啬表达自己，他在爱里长大，就像一只无时无刻不在开屏的孔雀，嚣张跋扈，自恋自负。无论做什么，都是因为想，都是因为敢，都是因为有池瑶这样的人愿意为他殿后。

即便池承总说池瑶不好，但江焰不难看出，他们姐弟俩关系很好。

因为有血缘的羁绊，他轻易地拥有了池瑶的庇佑——

真嫉妒啊。

如果这是他能拥有的，那该多好。

大概就是那个时候，江焰开始留意池承口中的池瑶。

他想知道，能让池瑶喜欢的男生是什么样的，他想学习着，向她喜

欢的模样靠近。

哪怕，她这辈子都不会认识他。

因为医院和校方的合作，凡是用校园邮箱申请注册的账号，都有三次免费咨询的机会。

杨晓图一时新鲜，半个小时就把机会给用完了。

他扬声问江焰有没有咨询，还说：“感觉还挺靠谱的，把我分析得很透彻。”

江焰说：“那是因为你头脑简单，所以容易分析。”

杨晓当即咒骂一声，朝他扔了个枕头过去。

结果他就一个枕头，好说歹说才求得江焰把枕头还给他。

熄灯后，江焰对着池瑶的咨询对话框，终于发出了两个字：你好。

这个时间，一般是不会回了。他想。

但意外的是，池瑶在两分钟后就给了他回复：你好，请问有什么问题想要咨询？

见字如面，仿佛池瑶就在他面前，江焰竟有些紧张。

他翻了个身，打字：我是A大的学生。

池瑶：我知道的。

江焰：你们做这个在线咨询，是二十四小时的吗？

池瑶：不是。

江焰：方便问下时间吗？以后我就按照你上班的时间来咨询。

不知是不是他说的话唐突了，池瑶过了好久才回复：早上九点至下午五点，鉴于这段时间晚上咨询的人比较多，有时晚上我也会在线，晚上十点之前都可以咨询。

她的语气中规中矩，江焰想象着她打这些字时的表情，没来由地笑了。

他问：免费咨询和付费咨询有区别吗？

池瑶：付费的回复会快一些。

江焰一看，笑出了声。

他鲜少会在夜深人静的时候这般，才发出一点动静就把对面的杨晓给惊到了："你在看什么笑成这样？"

江焰打字：好的了解了，很晚了，明天我再来咨询，池医生晚安。

消息发送后，他说："梦想成真了。"

杨晓追问："什么梦想？"

确定池瑶没再回复，江焰才关了手机。

他回道："和她聊天。"

偏偏这时打游戏的舍友突然插了一嘴，可惜杨晓没听到江焰说什么，抓心挠肝一整晚也没让他再开口。

好在杨晓心大，醒来就忘了这回事。

池瑶擅长的是焦虑障碍、抑郁症、睡眠障碍、强迫症以及双相情感障碍。

当代人多多少少都有些心理疾病，江焰亦然。除了早期的自闭倾向，他长时间睡眠质量低下，极难进入深度睡眠，听到一点点的声音都会被吵醒。

池瑶说他这种情况是对周围环境没有安全感所导致的，主要还得过心理这关。如果运动、耳塞、音乐、助眠香薰均不能起到太大的作用，那就需要从根本解决问题了。

她问他：过去是否经常一个人在家？

江焰回：是。

一个人在家时，他反而睡得安心。

家里但凡有人回来，他都不能睡好，总会想着他们会什么时候离开。

池瑶对此提出的建议简单粗暴：从宿舍搬出来住。

向外因妥协倒不如去迎合自己。

江焰说好。

三次免费咨询的机会很快就用完了。因为怕池瑶怀疑自己的用意，之后的付费咨询，江焰选择了匿名。

关于姐弟恋的看法，江焰是大二结束的那年暑假问的。

当时他在家里，屋外下起滂沱大雨，雨雾交加，将楼屋吞没，整个世界都笼上了雾蒙蒙的白纱。

很像几年前的那个雨夜——他在医院碰到池瑶，池瑶看他的眼神完全陌生，他却已然对她十分熟悉——在池承口中零碎的她，一字一句如同一砖一瓦垒起，填补了他对她的想象。

当两人真的开始面对面对话，他心中的喜悦难以言表。

她果然漂亮优秀，独立自主。

可见到她迷茫的神情，他又觉得，自己和池瑶是同一种人。

意料之外的，他并不失望。

反而对她愈发好奇。

在看到有人来接她，且不难看出两人关系匪浅时，他第一次产生了占有欲。

……很奇怪，明明那时的他们，都算不上认识。

时隔几年。江焰再度想起那场雨，以及池瑶和别人一起撑伞离开的背影，他将窗推开一条缝隙，听着雨声，向池瑶问起了姐弟恋的看法。

他说：我喜欢上了一个姐姐，想忘忘不了，靠近了又不敢坦白，不知道是对，还是错。

这段时间，借着 App 的便利，江焰断断续续地问了池瑶不少问题。

池瑶回答问题的速度不快，语气永远官方，中规中矩，点到为止。

但对话实在容易看出一个人的个性和偏好。

这一过程江焰在不断变换自己的身份，可池瑶却还是池瑶。

池瑶在“治疗”他的同时，又何尝不是他在“了解”她呢？

聊得多了，江焰也就知道，抛开表面的客观话术，池瑶本人的主观意识是——

她并不看好姐弟恋。

因为知道了她的想法，江焰从没想过在现实生活中打扰她的生活。

匿名匿不了人心。

他知道，自己再这么下去，迟早会深陷泥沼。

再之后，他连找她咨询的次数都少了。

能搬到她对面住，真的是意外。

江焰还记得上学期池瑶的提议，大三开学后，他决定搬出来住。

是托人找的房子，看房那天天气晴朗，小区路边种了桂花树，正是花开的季节，香气馥郁了整条路径。

“小区的绿化不错，虽然楼房可能没那么新了，但户型设计方正，周围环境也不错，靠近钟湖，对面就有超市。这栋楼靠里，相对来说安静一些，晚上不会被噪音困扰。”

这是江焰今天过来看的第二套房子，他对房子的要求不高，安静就行。

江焰说：“我考虑一下。”

“另一套房子就在后面，我们现在过去？”

“行。”

江焰点头，和中介一块儿进了电梯。

轿厢抵达一层，中介让江焰先出电梯，外头候梯的人正好进去，江焰却愣在原地，电梯门关上了也没有回过神来。

他看到池瑶了。

她一身运动套装，马尾扎得很高，怀里还抱着一袋面包。

她并没有看他，而是目不斜视地走进电梯，脚步轻盈，看着心情不错。

许是江焰愣怔太久，中介不由出声提醒。

江焰还没缓过神来，池瑶居然住在这个小区。

他捏了捏眉心：“不用去看第三套了，就这套吧。”

那时候的他还想，住在同一栋楼，说不定哪天碰上了，就算不说话，相互点头打个招呼也是好的。

谁知道无巧不成书，他租的房子，刚好就在池瑶的对面。

那天，他在电梯里看着电梯外的她一脸错愕，几乎是下一秒就摁下了开门键——

“谢谢。”她说。

那年那日，他也对她说过这声“谢谢”。

江焰想，这大概就是他和池瑶的羁绊。

总有一天，终会相见。

水火不相容，但我和你可以

清吧里灯光暗而视野明亮，漆黑在这一方空间有了斑斓的色彩，池瑶背靠吧台，两腿叠起，正漫不经心地听着台上歌手的吟唱。

姚敏敏一进门就看到了她。

“国庆不和江焰过，却叫我出来喝酒……”姚敏敏走过去，放下包，问人要了杯酒水，“你们吵架啦？”

池瑶转了个身子说：“他和几个同学一起到添阳古镇课外实践去了，得下周才回来。”

“那你这几天岂不是很无聊？”

“我看上去像是重色轻友的人？”

姚敏敏笃定地点头：“你知道就好。”

自从池瑶和江焰在一起，她们俩的约会次数缩减了不少。说起来他们都在一起两年了，感情竟然还没转淡，反而愈发深厚。这对凡事都讲究速战速决的姚敏敏来说，十分稀罕。可要她问池瑶怎么做到的，池瑶也只会很奇怪地回答：“这很难吗？”她便再也不问了。

两人在这头酌酒，没一会儿就有人前来搭讪，而且看上去还挺年轻。是奔着池瑶来的。

池瑶摇了摇头，连给个字都吝啬。

等人走后，姚敏敏撞她肩膀：“行情不错啊。”那男生要脸蛋有脸蛋，要个子有个子，就是一嘴的洋腔调让人听着有些出戏，感觉不太聪明。

“你是没看过追江焰的，追他的小姑娘那才叫多。”

但江焰的醋劲儿却远比她的强烈，有时他自己都觉得夸张，却又忍不住，只能从她身上变着法子地讨回来。

姚敏敏说：“这么招人你放心他跑那么远啊？”

“这才哪到哪儿……”

池瑶嗤了声，说道：“那你说，我要不要去找他，给他个惊喜？”

姚敏敏琢磨琢磨，回过味来：“你不是想他了吧？”

“他去的那个地方偏，连视频聊天都困难。”

“懂了，你这是相思病。”

“我跟你说认真的。”池瑶推了推她，“如果我去了，你觉得对他来说会是惊喜还是惊吓？”

“别人我不确定，但对江焰来说，这百分百是惊喜。”

“真的？”

“收起你那得意的笑吧，你还是我认识的池瑶吗？”

池瑶和她碰了个杯：“如假包换。”

要去添阳，只有中午十二点有一班车，池瑶简单收拾了几件行李，看着江焰上午给她发的消息，刻意没回。她坐了快四个小时的大巴，到县城后又上了一辆黑车，晃晃悠悠，池瑶终于到了目的地。

这边距县城十来公里，三面环山，风景秀丽，楼屋建筑还保存着最原始古朴的模样。池瑶打开手机，信号确实不算太好，难怪几次江焰和她视频，总会卡成马赛克。她走上桥头，问了卖莲蓬的小摊贩，才知道江焰住的客栈离她所处的地方还有两公里远。

……果然被那黑车坑了。

等池瑶走到江焰那儿，已是半个小时后，天都黑透了。

她没有进客栈，而是站在桥边给江焰打了电话。

这边最不缺的就是水和山，夜色一深，天地都静了。

池瑶抬头望月，等了好一会儿江焰那头才接通。

“你在哪儿呢？”她问。

“怎么不回消息？”他也在问。

两人只顾着问，都忘了答，相互沉默好半天，池瑶才笑着说：“你

住的这客栈可真够偏的，都把我给绕晕了。”

“……你说什么？”

江焰那头一卡一顿的，信号又出了问题，但池瑶还是听清了他后面的话。

他乘着风声：“等我，我现在回去。”

河道两旁有人家，窗边挂着红灯笼，河面映着晕开的光，波光粼粼，比天上的月亮还好看。

这回池瑶没等多久，就等到了江焰。

她甚至是提前感知到了江焰的接近，在他离她还有百米的时候，视线便无端向他奔来的方向看去。

天气挺冷的，他穿的还是很少，T 恤外头就一件敞开的衬衫，长了些的头发在跑起来的时候被风梳到脑后，露出饱满的额头。

几步之遥，他慢慢停下来，心跳却还是很快。

池瑶听着他喘气：“你一路跑过来的？”

像是觉得不真实，江焰一时间没敢靠她太近，他说：“你一直不回我消息。”

“信号不好。”

“你怎么过来的？”

“坐车咯。上了辆黑车，结果早早就放我下来了，害我又走了好久。”池瑶见他还不过来，不耐烦了，“你在那儿磨蹭什么呢？”

“我身上都是灰。”

他刚从工地跑过来，甩了同伴整整一条街，整个人都在燃烧。

“我折腾一天了，你觉得我能好到哪儿去。”

池瑶张开手臂：“快点，过时不候。”

江焰终于笑了，将她紧紧抱在怀里。

他隔着她的头发吻她耳朵，问：“累不累？”

“这点运动量不算什么，就是车坐了太久，头有点晕。”

“要不要去我那里躺会儿？”

“你不是和杨晓住的标间吗？”

江焰才记起来：“那再给你开一间。不过这里条件不是很好，不知道你住不住得惯。”

“你也太小瞧我了。”

然而事实证明，江焰并不是开玩笑。

这里没有热水器，热水要提前烧；房间小得可怜，勉强挤下了一张床；附带的卫生间更是只留了一人转身的空间，不知是不是邻水的缘故，墙角布满了霉斑，空气里全是潮湿的气味。

池瑶站在一边，看着江焰变魔术一样拿出一套干净的床单被罩，他说：“按照我那边的尺寸买的，有点小，先铺着凑合一晚吧。”

“你那边的卫生间也这么小吗？”

容她都算凑合，何况他人高马大。

“住两天就习惯了。”

铺好床，江焰拉着池瑶坐在自己腿上：“你打算过来待几天？”

“三天。”

她的假期是先前值班攒下来的，并非法定节假日的七天。

“要是住不惯，我明天陪你去县城看看，县城的条件要好一点。”

“你是不是对我有什么误会啊？我有那么娇生惯养吗？”

他不假思索：“有。”

池瑶气得捏他嘴唇：“你再说？”

两人嬉笑着双双向后倒，情到深处吻成一团。

才分别一周，他就想她想得不得了。

如今见到真人，还怕不真实，直到将人抱在怀里，唇齿相依，才确

认不是做梦。

突然，池瑶的肚子响了。

江焰顿住："没吃晚饭？"

池瑶自己都忘了这回事，她心虚地点了点头。

江焰只得下楼拜托店家借了后厨，因为食材有限，他用现成的酒糟炖了个蛋，几分钟时间就弄好了。

上楼的时候，正巧赶上杨晓从房间出来。

"你上哪儿去了？跑回来就没影了。"杨晓看着他手里的酒糟蛋，"这是哪来的？"

见他要抢食，江焰往旁边一躲。

"池瑶来了。"

"谁来了？"

"池瑶。"

"谁？"

"……我女朋友来了。"

杨晓登时爆了声粗："真的假的？"

"你还能再大声一点。"

杨晓赶紧捂住嘴巴，压低了声："姐姐现在在哪儿呢？"

"你后面。"

杨晓猛地回头，却不见人影，他吓得一身冷汗，反应过来时江焰已经错过他上了几层台阶。

他叫住江焰，小声问道："那郑小桉怎么办？"

江焰蹙眉："关郑小桉什么事？"

然后头也不回地走了。

杨晓：……

江焰当晚没有回房。

他陪着池瑶，两人身上盖着一条棉被，有些薄，挨得紧了才不会冷。

“你手怎么了？”江焰问。

池瑶食指多了一道划痕，痕迹是呈肉粉的长线，她看了看，说：“今天放东西上行李架的时候不小心划到了。”

江焰说：“你要过来应该提前跟我说的。”

“说了那还能是惊喜吗？”

“到县城的时候就应该说的，”江焰摸着她的手指，“而且你能来就已经是惊喜了。”

“确定不是惊吓？”

“怎么会？”

“我今天走了一路，看到好多女孩都长得很漂亮。”

健康的小麦色皮肤，笑起来眼睛又黑又亮。

“是吗？”江焰来这边一周了，每天都是工地客栈两点一线，“我没注意。”

池瑶嗔他一眼，又问：“那我过来，会不会影响到你？”

“不会。但是明天你可能得在客栈等等我，我得下午才有时间陪你。”

“你忙你的。”她也不是没有一个人出游过。

可江焰却又不满她这样的回应，他的拇指在她颈侧轻轻摩挲：“怎么能这么无所谓？”

“你以为我是那种十七八岁的小女生吗？难道还撒着泼说我不管，我不管，我就要你陪？”

“也不是不行。”

两人越说越靠近，偏又亲不到一起，始终保持着共享呼吸但不交融的距离。

“这里太吵了。”江焰倏地说。

池瑶憋着笑，用手盖住他眼睛，亲了上去。

两人唇瓣厮磨，她说："那你就忍忍睡吧。"

第二天池瑶醒的时候很晚，江焰已经不在身边了。

原以为自己会认床，但是这一晚，她睡得意外的好。

房间不隔音，她听着门外走廊偶尔传来的脚步声，躺在床上刷了会儿手机，因为没有信号，加载半天也刷不出一张图片。

想起江焰说客栈附近有家包子铺做的豆腐包子不错，池瑶便起床刷牙，换衣服，戴了副眼镜下楼。她买了两个包子，坐在窗边，觉得古镇的空气真是好，深呼吸一口，满是绿意。

从包子铺走出百米，过了桥就是学校，不过现在放假，没有人在。露天的操场在太阳底下烤着，一旁的树荫下围了不少人，池瑶走过去，看见有人在下棋。

她看不懂棋，却觉得围观群众七嘴八舌的样子十分有趣，回客栈时还意犹未尽。

这边其实很适合来旅游，和江焰一起，应该会比独自一人更好。

她想。

回忆着江焰昨晚说的安排，眼看快要到他吃饭的时间，池瑶拿了把伞，又下楼去。她问客栈老板娘要了古镇的宣传册，册子末页就是小镇地图，道路明朗简单，没什么弯弯绕绕，特别的景点也都细心地标注了出来。

池瑶方向感还可以，顺着地图，她很快来到所谓的添阳新区。这边是政府新扩的地，力求在不破坏原生态的情况下修建出新式古风建筑。外地人出现在这，或调研或旅游，外来的特质褪不去，也融不进本地，总是很显眼。像江焰就更好找了。来的半道下起了太阳雨，池瑶撑着伞，一眼就看到在一片兵荒马乱中挺拔颀长的他。

他在和别人说话，并没有看到她。

池瑶认出和他说话的人是杨晓，至于另外那个……

她歪了歪头。

是个女生。

那女孩穿着嫩黄色的衬衫和牛仔长裤，人很瘦，梳了个低马尾，正低头记着什么，时不时就抬头看江焰一眼。

池瑶握着伞柄，没有上前。

过了一会儿，杨晓发现了她。

他表情一瞬间凝住，向江焰使了个眼色，身旁的那个女生也朝她看了过来。

她动也未动。

江焰慢了半拍扭头，见到她，蓦地笑了。

他向她跑过来。

池瑶这才发现，雨已经停了。

江焰接过她手里的伞，将她完全笼罩在阴影里，他倒无所谓，后半部分都暴露在外边。

“什么时候醒的？”

“大概十点，吃了两个包子。”池瑶帮他把下巴的灰擦了，“你吃午饭了吗？”

“没有。你饿了？”

池瑶说：“专门过来找你吃饭的。”

“等我两分钟。”

说着他把伞还给她，又要跑回去。

池瑶及时拉住他，说：“我在后边那家小面馆等你，叫上你的同学吧，我请你们吃饭。”

小面馆只是招牌小，店里空间却很大。

池瑶要了最大的那张圆桌，一共十个座位。如果她没记错，应该是够坐的。

十分钟后，江焰领头，一行人浩浩荡荡地走进面馆。

池瑶粗略一看，八个人中只有两个是女生，手牵着手一块儿走在队伍最后。

江焰自然而然地在她身边入座，她主动向其他人打招呼：“大家好。”

“姐姐好。”

参差不齐的几声，就杨晓喊得最大。

池瑶说：“我记得你。”

杨晓一副受宠若惊的表情：“真的吗？”

池瑶点点头。

旁边的人对池瑶都很好奇，刚才江焰告诉他们，他女朋友来了，要请他们吃饭的时候，他们无一不感到惊讶。早就听说江焰交了一个比他大的姐姐做女朋友，但一直没见到真人，他们都好奇死了。这会儿见了，池瑶反而比他们想象中的更年轻漂亮。没办法，一提到年纪大点，他们总忍不住多想，到底是相差多大，是一眼就能看出来的差距吗？

诚然，是他们多想了。

这群人都是善于交际的个性，杨晓尤甚，主动揽下了给池瑶介绍其他人的活。

池瑶记人名的能力一般，但好在他们的外号个个都很贴脸，挨个看下来，也能混个脸熟。

轮到那个穿黄色衬衫的女生时，池瑶看向她，杨晓在一边介绍：“郑小桉，超级学霸。”

郑小桉腼腆地将头发勾到耳后，小声道：“池瑶姐叫我小桉就好。”

郑小桉。

池瑶笑笑，点头记下了。

说好池瑶请客，但他们都没多点，只各自要了碗面，最后还是池瑶多要了三道炒菜。

面端上桌后，江焰扫了眼，主动把池瑶碗里的笋丝夹到了自己碗里。

她不吃这个。

池瑶胃口不错，边吃边听他们说这几天发生的趣事和糗事。

当听到他们刚来的第一天还一起去山上看星星了的时候，她接话："这个我知道，江焰说山上的信号居然比山下的好。"

"难怪，我说他当时怎么消失那么久，还以为他是肚子不舒服——"

"欸，"有人及时打断杨晓的话，"吃饭呢，少说那些不文雅的话。"

池瑶笑，唯记得江焰那天的声音难得清晰不卡壳，他们聊了很久，快半个小时才结束通话。

前天晚上她和姚敏敏说要过来的时候，语气好似真的是害怕他在这边招蜂引蝶。

那不过是诱因罢了。

她来，只是因为他在山上的时候对她说——

"这边的星星很多，如果你能来看就好了。"

池瑶就这么在添阳待了两天。

没有工作，享受假期，过得不算无聊。江焰不在的时候池瑶就自己游古镇，镇子很小，一条路从南走到北，有始有终。

她还独自乘船游了两圈添阳河，河两边的木屋一半是旧的，一半是新的。旧的窗边挂着色彩鲜艳的衣服，新的冷冷清清，是还没开张的客栈。

这里的人都很热情，池瑶喜欢和他们聊天，客栈老板娘说这里的月老庙很灵，让她去看看，她挑下午的时间去了。月老庙很小，四四方方，中间一棵姻缘树，挂满了红色的寄愿。

因为池瑶是一个人来的，和其他成双成对的小情侣对比鲜明，有个

小和尚主动上前和她搭话，问她想求什么。

池瑶说：“月老庙不都是求姻缘的吗？”

小和尚摇头：“都可以求的。”

“那我问姻缘吧。”

小和尚便带她去算了一卦，他说：“官爻不动，世应作合，正缘现，好事将近。是喜卦。”

池瑶笑，心道谁都爱听好话，难怪大家都说这里灵。

但她临走时，还是出了香火钱。

原因无它，她高兴。

明天池瑶就要走了，江焰想在最后一个晚上和她一起上山看星星。

他看了天气预报，今晚天晴，无雨。

池瑶带过来的行李很简单，连个厚点的外套都没有。晚上山上冷，江焰从自己那边拿了件外套给她，是黑色的做旧牛仔服，池瑶穿上，下摆盖了一半的大腿。

除此之外，江焰还多带了一件厚重的棉服。

“袜子在哪儿？”江焰在翻行李。

池瑶说：“在夹层里。”

江焰找到了，还好是长袜，能结结实实地包住脚踝。

“你的生活自理能力比我强多了。”池瑶说。

虽说自己比江焰要大几岁，但在过日子这块，池瑶是比不过江焰的。

他动手能力很强，家里新添的家具都是他组装好的；他条理性和记忆力也好，东西放在哪里都知道。

从前池瑶收拾屋子的频率一般是半个月一次，有时候想偷懒，就花点钱请人上门打扫，这导致她经常找不到东西。她出门虽不至于丢三落四，但每次出门前都需要反反复复地确认好几遍自己需要带的东西，家里的

门窗和电源，明明已经关掉了，她也还是得再去看一眼才能安心。

和江焰在一起后，池瑶便再也没有找不到东西的时候，江焰永远会记得东西的摆放位置。而像她这种“间歇性失忆”的情况在江焰身上更是少有，江焰只要是做过的事就会记得，出门要带的东西只需确认一遍就好。

因为江焰，池瑶省了好多事。

而且，他还很会照顾人。

比如现在。

他给池瑶穿上袜子，说：“两个人总得互补。”

“你这是在说我笨？”

“我可没这么说。”

池瑶笑着拍他手臂，穿好鞋后，他们一起下楼，却在客栈大堂看到了杨晓等人。

“你们怎么都在这儿？”

“一块儿上山呗，”杨晓活动着手臂，“山上信号好。”

江焰沉着一股气：“你怎么知道我们要上山？”

“姐姐说的。”

江焰看池瑶，池瑶一脸无辜：“我只是问他们夜晚山上冷不冷。”

杨晓“哎呀”一声，一把勾住了江焰的脖子：“姐姐明天都要走了，大家一起陪她度过最后一天怎么了？别那么小气嘛。”

最后，江焰还是妥协了，只是脸色微臭。

池瑶倒是无所谓的，抱着他手臂，在后头哄了好半天，才把人哄好。

下午时分，万里无云。

山上是有餐馆的，做的家常菜，味道一般，但胜在量大。老板会做生意，还在门口搭了棚子对外租售露营帐篷，一下就把吃和住的问题给一起解

决了，反正一家独大，横竖他都不会亏。添阳古镇虽还不是什么热门景点，但那只是暂时的，这里迟早要被打造成旅游胜地，宣传已经打出去了，这次国庆来玩的游客不少，除了池瑶等人，还有另一批人也来了山上露营。

“上个星期还没这么热闹呢。”杨晓说。

池瑶问：“那会儿就你们几个吗？”

“对啊。”

当时餐馆老板在崖边围了木栏，还搭了彩灯。他们初来乍到，天地之间目光所至皆是彼此熟悉的好友，当时气氛好得不得了，他们兴致高昂，还聚在一起玩了惩罚性质的游戏。

想起当时的游戏过程，杨晓看了眼郑小桉的方向。她这两天一直很安静，从池瑶来了以后就这样了。他叹了声，也不知该说什么好。

月亮等不到夕阳西沉就爬了上来，临近十五，它快要圆了，明目张胆地挂在树梢，像胖滚滚的柿子。

身后是搭好的帐篷，大家都停下了手里的工作，聚在一起，一块儿看着夕阳落下。

池瑶和江焰站在一块儿，她说：“这下日落也和你看了。”

遥记他们一起去海边看日出，居然已经是去年的事了。

“这算什么，我们以后只会一起看更多。”

池瑶会心一笑，突然脸上有湿软触感。

她摸着脸，语气里是自己听不出的撒娇意味：“这么多人，你干吗？”

江焰得意地一笑，抬起头时下颌线紧实流畅。

他说：“又没人看到。”

大家都挤在前面拍照，他们没有拍照的习惯，站的位置也偏后，确实不会有人看到。

但池瑶还是警惕地扫了一圈，在看到郑小桉的时候一愣。

她就站在离他们几步远的地方，并没有像旁边的乔乔一样举着手机拍照，而是在专注地看归山的夕阳。

池瑶对郑小桉最深的印象就是话少、专业、人也好学。

就在前一天晚上，她还到房间来找江焰问问题。

两人同一个小组，江焰有问必答。他站在房门口，门也没关，和她讨论了十来分钟才回屋。

池瑶空等十几分钟，待江焰回来的第一句话就是："她之前也经常找你问问题吗？"

"偶尔。"

江焰回答很快，而后品出了些滋味来，他似笑非笑地看向池瑶："吃醋了？"

池瑶横了他一眼："我才没那么幼稚。"

但不可否认，她似乎真的挺幼稚的。

因为这一天下来，她的眼神已经不受控制地瞟向郑小桉不下十次了。

山上的星星果然很多。

夜色浓如蓝墨，星星在晚风中穿梭，天空突然变得触手可及，仿佛伸出手就能碰到薄云。

江焰认得不少星星，池瑶随手一指他都能说个所以然出来。

"你还有什么不会的？"

江焰也没谦虚："那你就当我无所不能好了。"

池瑶扑哧一笑，忽然听到杨晓叫他们过去。

"好像是要玩游戏。"

江焰蹙眉，不满他和池瑶的相处被人打断："很无聊。"

"玩玩吧。"池瑶说。

江焰便陪着她过去了。

他们在玩谁是卧底，游戏带有惩罚机制。卧底获胜，则分别抽取两个平民做指定任务，惩罚内容只要不出格，什么都可以。平民获胜同理。

“好像很简单。”

池瑶挨着江焰坐下，前几次她抽到的都是平民，到第五个回合她才抽到卧底。

倒霉的是她发言过早，第一轮就被投了出去，偏偏同伴也没活太久，这一局，卧底输。

“说吧，什么惩罚。”

杨晓依旧看热闹不嫌事大：“看在是第一次受罚的份上，这个机会我们就让给江焰同学好了。”

池瑶看江焰：“那你想怎么罚我？”

话音刚落，众人莫名一阵起哄，惹得池瑶脸都红了。

现在的年轻人怎么那么能闹腾。

江焰支着下巴，手指在脸侧轻轻敲了两下，眼神在月色下异常撩人。

他佯装苦思冥想，说：“亲我一下好了。”

池瑶瞪他，一看就知道他是故意的。

知道她不喜欢在人前同他恩爱，所以才借此机会来惩罚。

其他人却不满意：“就这？”

但不满意归不满意，下一秒就有人带头喊：“亲一个！亲一个！”

池瑶：……

她深吸一口气，刚要凑近，腰就被江焰搂了过去。

一片哗然声中——

短短十秒，几乎要将池瑶的呼吸都夺去。

分开时，她听到江焰小声喘息：“我知道你就想碰一下，但那还算惩罚吗？姐姐。”

池瑶：……

江焰什么时候会搞恶趣味？

在他叫池瑶“姐姐”的时候。

池瑶暗暗掐他，他面不改色地由着她来，又低声道：“看我的，后面都不会再让你输。”

江焰说到做到。

之后的几个回合，无论池瑶是平民，还是卧底，经由他掩护，竟真的没有再输过。

笑闹了一阵，杨晓又叫来了隔壁的陌生人，打算玩点别的游戏。

就在这时，郑小桉起身，说她累了，要先回去休息了。

这头有新人加入，其他人也没多想，便让两个女生先行回帐篷休息。

池瑶眼看着，陪他们玩了一轮新游戏，才对江焰说：“陪我去上个厕所。”

山上条件简陋，江焰给池瑶守着门，池瑶出来，江焰给她倒水洗手。

她说：“希望明天一早饭店老板能早点开门。”

回蓟城的车是下午四点出发，她明天没法待太久，得早些下山收拾才行。

“现在天亮得早，估计凌晨五点就开张了。”

“你们上次是几时下的山。”

“吃了早饭之后下的，差不多十点。”

“我看杨晓的意思，你们那天晚上也玩了游戏？”

“嗯。”

“那你有没有被惩罚？”

“你觉得呢？”

池瑶哼了声，但她想问的不是这个，她说：“你跟郑小桉的关系怎

么样？”

她突然问起郑小桉，江焰立马就联想到了昨天。

池瑶不是个轻易吃醋的人，说白了几乎就没吃过什么醋。可昨天她却破天荒的因为郑小桉过来找他问问题而变得黏人起来。

他原以为是错觉，但现在看，似乎又不是错觉。

“还好，普通同学。”他说。

“我觉得她对你有意思。”

“为什么这么说？”

“直觉。”

江焰哭笑不得，却说：“我们还没在一起的时候，班里有人试图撮合我和郑小桉。”

他不是傻子，那次去 KTV，旁人那心照不宣的眼色他都看在眼里。只是因为池瑶的冷落，他心不在焉，所以才没有计较。

池瑶眼睛睁大：“你赶紧给我说清楚。”

“池瑶，你知不知道你现在很可爱。”

他故意不说，气得池瑶抬手捏他的脸：“不要转移话题。”

“我拒绝了。”

“拒绝撮合还是拒绝郑小桉？”

“拒绝撮合。”

郑小桉从没当面向他表白，他还不至于自作多情到那种地步。

“谁撮合的？”

“……好几个。”江焰想了想，没把杨晓卖出去。

“那你怎么拒绝的？”

“我只喜欢你。”江焰重复，“我说我只喜欢你，他们就都知道了。”

池瑶其实很好哄。

她忍下笑意，说：“行吧，算你过关。”

“只是算？”

她瞪他：“别得寸进尺。”

江焰笑了笑，也没再回去和其他人玩游戏。

他带池瑶去了一个稍微偏点的空地，没有林木遮挡，抬头就能看到天。

“这边星星真的好多。”池瑶说，“小时候学校放暑假，我妈就会带我回外婆家。外婆家后面有片池塘，我白天捉泥鳅，晚上听蛙鸣。乡下的夜空也像现在这样漂亮，人躺在藤椅上，满眼都是星星，数都数不过来。”

“池承也和你一起？”

“是啊。不过他那时候才多大啊？小屁孩一个，天天吵死了。有一次他磕掉了颗牙，不肯扔，非说要留作纪念。但留就留吧，放我枕头底下算什么事，我干脆就扔房顶了。就因为这，他就躺地上哭，因为怕被骂，我也跟着哭，两个人一起哭了好久，吃晚饭的时候都还在抽气。”

江焰简直无法想象那个画面。

但他看过池瑶小时候的照片，有现在的神却没有现在的形，她不喜欢拍照，所以镜头里的她不是准备做鬼脸就是正在做鬼脸。等她长大了些，稍微好点了，却又迷上了皱眉头，一副小大人模样。

他说：“你小时候真可爱。”

“那么土还可爱，你这是情人眼里出西施。”池瑶撇撇嘴，“如果那时候你就认识我，你肯定会觉得我凶巴巴的，才不会喜欢我。”

“说不准。”

江焰的童年很安静，如果能在那个时候遇到闹腾的池瑶，他应该会觉得很新奇，很幸运。

之后两人又天马行空地聊了很久，久到其他人都结束了游戏，他们才回帐篷。

夜里的山上风凉，声音听着也瘆人，池瑶毫无睡意，她叫了声江焰。

江焰睡着了，没应。

她便找出他的棉衣披上，出了帐篷透气。

也就是这个时候，她听到了郑小桉的声音。

郑小桉说："就是觉得没劲。"

池瑶刚开始以为是幻听，她走近了点，又听到乔乔的声音："机会是留给有准备的人的。当时我就叫你直接挑明，你如果听进去了说不定还有机会，现在后悔了吧？后悔也来不及了，你看江焰对池瑶姐多好，吃个饭都不用开口，筷子就已经去帮忙挑笋丝了。"

池瑶不喜欢笋的味道。但添阳这边到处都是笋，无论她吃什么，笋丝随处可见。像江焰帮她挑笋丝这一举动，她倒没觉得有什么，因为平时他们的相处就这样。

原来在别人眼里，这就算特别了吗？

只听郑小桉又道："就算我当时说了，也不代表能成。"

乔乔默了默："不一定，我看江焰对你也挺好的。"

听到这，池瑶咬咬牙，悄声回了帐篷，却看到江焰醒了，他坐起来，头发凌乱，神情茫然。

"去哪儿了？"

"吹风。"

江焰拧眉，让她过来，握了握她的手："都吹凉了。"

池瑶不太领情，扯了扯嘴角，说："你说你这人，桃花运为什么这么旺？"

她当然相信江焰，也知道乔乔是为了安慰郑小桉才那么说，但心里还是不畅快。

这回她总算知道江焰当初看张一铭时的心情了——即使知道江焰不会和郑小桉有什么，但如果他没遇到池瑶呢？他会不会像乔乔所说的那样，和郑小桉在一起？

江焰不解："我怎么了？"

"别和我说话，我现在看到你就烦。"

江焰：……

不过好在池瑶不记仇，她睡了一觉，醒来后态度就恢复如常。

清晨六点，天已大亮，晨间的雾气深重，裹了大半座山，池瑶刷个牙的时间，头发都被打湿了。

江焰拿毛巾给她擦了擦，说："我去看了看，早餐有牛肉面。"

池瑶说："那就吃牛肉面。"

不出意外，牛肉面的汤头里又出现了笋丝。

江焰正好不在店里，他在外面退帐篷。

池瑶又不是没有手，一般这种时候，也就自己动手挑了。

但她今天没有这么做。

她用余光观察同桌的郑小桉，等了两分钟，才等到江焰回来。

"怎么那么久？"她问。

"帐篷出了点问题。"江焰坐下来，"在等我？"

池瑶煞有其事地点头："汤里有笋。"

江焰古怪地看了她一眼，直觉告诉他，她不对劲，但也没说什么，他拿过她的面，默默将笋丝挑到自己碗里。

池瑶看着他乖巧的样子，莫名想笑。

在他挑完笋后，她用膝盖碰了碰他的腿。

"嗯？"

她向他耳语："这次是真的过关了。"

池瑶是下午四点的车，三点江焰就送她离开了古镇。

这边没有个正规的汽车站，蒴城到添阳的车每天就往返一班，固定在一家奶茶店门口上下车，上车后才买票。

池瑶买了杯奶茶，满满的奶精味，她只喝了一口就给江焰了。

江焰没喝，拿在手里，说："我过两天就回去了。"

"不是说还得四天吗？"

他摇头："快的话这边两天就能结束。"

"你别累着自己。"

"放心。"

"还有郑小桉。"池瑶点到即止。

江焰一听她提这个就笑，点头，却不说话。

"笑成这样，很得意是不是？"

江焰扶着她的后脑勺，亲了她额头一下，说："知道了。"

池瑶走后，江焰加快进度，赶在国庆最后一天结束了手头的任务。

他准备第二天就走，不和杨晓他们一起。

杨晓感慨："儿大不中留啊。"

江焰嗤笑，直接把刚收下的衣服朝他丢了过去。

杨晓接住，嘿嘿一笑："如果我是你，我也这样，姐姐确实漂亮。"

不料江焰冷冷地斜他一眼，一言不发的，话全在这一眼里。

杨晓连忙把嘴拉上拉链："口误口误。"

江焰却又变了张脸："但她确实漂亮。"

杨晓翻了个白眼，往床上一倒："真该让她们看看你这花痴样。"

"她们是谁？"

"喜欢你的那些女生们咯，"杨晓看他，"别说你不知道。"

"知道，但看不到。"

杨晓呵了一声："你今天去月老庙，不会是信了老板说的吧？"

江焰安静了几秒。

“嗯。”

杨晓啧啧摇头：“郑小桉要听到，心都碎了。”

提到郑小桉，江焰眉心一拢，正了神色：“以后别再乱开这种玩笑。”

“我说真的，要是没有姐姐，你们有没有可能？”

江焰看向他，眼神清冷。

在他看来，这个问题实在多余。

“没有这个可能。”

他根本没办法想象没有池瑶的人生。

晚上和池瑶打完电话，江焰站在桥边看河里的光影。

当他不在的时候，池瑶便是独自一人乘船游湖，她说白天的景色和晚上的景色不同，一扇旧旧的木窗里，白天是安静的忙碌，晚上是吵闹的惬意。她说话时总是轻轻柔柔，将一天下来的所见所闻事无巨细地说给他听……

他想她了。

刚刚才通过电话，他却又开始想她了。

“江焰。”

江焰闻声，见是郑小桉，他点了点头，算是打过招呼。

“刚和池瑶姐打完电话？”见他投来探究的目光，她指了指后边，“我刚才就在后边，挺远的，没有听到内容。”

江焰收回目光，“嗯”了声。

“你们在一起挺久了吧？”郑小桉又问。

“两年。”

“两年啊……”郑小桉回想两年前，正是身边人开他俩玩笑开得最起劲的时候，她眼神一黯，愈发后悔自己当初的被动。

她深吸一口气，鼓起勇气道：“我记得那个时候，班里的人都在猜，你会喜欢什么样的女生。”

“是吗？”

“他们说，你喜欢的女生，一定很漂亮，很优秀。”

江焰兀地笑了：“是。”

池瑶就是优秀，就是漂亮。

他喜欢听别人夸池瑶，但容不得别人对她有一丝一毫的诋毁。池瑶身上的缺点，在他眼里皆是旁人的不知所谓，因为他从不认为那是缺点，那只是她个性中的一部分，他愿意包容，也享受其中。是他们不懂。

郑小桉却被他的笑刺得心里一抽，她低低地问道：“你和池瑶姐是怎么认识的？”

“我们很早就认识了。”

江焰平常很少和别人讨论自己的私事，但他想起池瑶的叮嘱，又觉得自己有必要说清楚。

“我喜欢她的时候，她还不知道我是谁。见到她以后，我眼里就装不下其他人了。”

郑小桉诧异地看他，没想到他会这么直白。

不光直白，神情还那般温柔。他看着添阳河河水，眼中脉脉含情，嘴角噙着笑，是想到欢喜之人才会出现的表情。

她知道他在想谁。

过去常有人开玩笑，说她只要主动，就能和江焰在一起。

乔乔这样说，杨晓也这样说，谁都这样说。

可他们都没有想过，有些事，不是努努力，就能争取得到的。

刚来添阳的那天，他们在山上玩游戏，她输了。

乔乔有意撮合她和江焰，故意问她，在场的有没有喜欢的人。

她看着江焰，鼓足了勇气说有。

大家都在起哄。

而他却置若罔闻，拿着手机站了起来。

他说："山上信号不错。"

郑小桉想，她并没有输。

因为江焰，连参赛的资格都不曾给过池瑶以外的人。

既然没有比赛，又谈何输赢呢？

池瑶已经回了蒴城，她并不知道远在添阳的江焰是如何拒绝郑小桉的。

她正在专心地陪池女士。

"你们什么时候换了跑步机？"

池女士一大清早就过来了，还带了炖牛腩，焖了一晚上的，闻着特别香。

池瑶说："江焰说之前那台有点问题，二手卖了。"

"哦，那也是，小江一看就知道是经常运动的，这块他懂，他说有问题肯定是有问题的。"

池瑶睨她一眼，暗自发笑。

江焰现在在池女士眼里，那是样样都好。

从一开始的拘谨，到现在的在池女士跟前来去自如，这其中江焰不知下了多少功夫。

池女士是个嘴硬心软的人，起初还会对江焰挑三拣四，架不住江焰太过讨喜，没多久她就倒戈了，有事没事都给江焰打电话。问他什么时候来家里吃饭，比叫自己女儿回家还勤快。

当然，池瑶对此乐见其成，她一点也不介意池女士的偏心。

"小江几时回来？"

"明天，怎么了？"

"他给我讲过，他爸妈下星期回国，想两家人一起吃顿饭。"

池瑶两眼一瞪："他怎么没和我讲？"

"那就是你们的问题咯，你先帮我想想我到时候是穿蓝色的衣服好，还是红色的衣服好？"

"黄色的衣服好。"

池瑶说完，回房打电话，也不顾池女士在后边喊："嘿你这丫头！"

大概是信号太差，江焰没接电话。

池瑶不太懂他的操作，为什么要瞒着她？难不成也想给她一个惊喜？

不过还好，他明天就回来了，她可以当面问。

第二天，池瑶到汽车站接人。

在出站口，她远远就看到江焰的身影。

她挥了挥手。

江焰看到后，快跑起来，一个刹不住，冲入她怀里。

池瑶拍拍他后背，问："其他人呢？"

"他们要多待一天，明天才回来。"

"你这算私自脱离团队吗？"

"我这是为了谁？"

池瑶笑，牵着他走出车站。

回家是池瑶来开车，江焰临时有事要处理，对着手机鼓捣了半天，又打了个电话，这才结束。

池瑶说着风凉话："看吧，私自脱离团队的下场。"

江焰歪着身子看她，看不够，又趁红灯摸她耳朵。

池瑶觉得痒，躲了躲，想起要问他的事。

"你爸妈下周要回来吗？"

"嗯，"江焰坐正，"阿姨和你说了？"

"你怎么不告诉我啊。"

“我打算今天告诉你的。”

池瑶狐疑道：“就只是一起吃个饭？”

江焰沉默。

池瑶也沉默，等着他思考措辞。

半晌，江焰说：“想和你结婚，就要摆出诚意。”

池瑶微怔，看到前边有块空地，干脆开到那儿停了下来。

“你还没毕业。”她说。

“那也快了。而且我爸妈很难得能同时出现在一个城市。”

大学毕业就结婚，这是江焰的打算。

池瑶记得他们最开始聊这个话题的时候，她那会儿态度不咸不淡，只感觉离他毕业还久着呢，根本没必要着急。

结果眨眼的工夫，她就和江焰在一起两年了。

“你认真的？”她问。

江焰抹了把脸，有些惆怅：“本来想回家说的。”

“……那我们回家再说？”

“算了，在这儿也行。”

江焰伸手从后座拿过包，翻了一会儿，找到一个盒子。

池瑶心跳不自觉地加快，手指也跟着颤了颤。

随着她的目光，江焰将盒子打开，里头是两枚素净的银戒。

“江焰……”

江焰说：“这是在添阳那家月老庙求的。”

池瑶咬着嘴唇，已经开不了口。

她也去过那家月老庙，可去的时候哪知道江焰会去那里求缘换戒？如果知道，她肯定不会那样漫不经心。

“虽然知道这八成就是个营销噱头，但听当地人说在那儿求过对戒的情侣都能走到最后的时候，我还是信了。”江焰边说，边取下女戒，“因

为我的需求，也只有这么简单而已。”

池瑶低头，看向那最普通的银戒，可仔细看过之后，却发现戒指内圈还印有细致的火纹。

就像江焰一样。

波澜不惊的江水之下，却蕴含着汹涌的火焰。

她不禁有些鼻酸。

江焰看着池瑶睫毛轻颤，可他比她更紧张，连声音都有点抖。

他轻声地问：“池瑶，你愿意吗？”

良久。

只见池瑶用指尖碰了碰银戒，呢喃细语：“再没比这个更合适的了。”

无须华丽，她只要他一颗赤诚的真心。

季明燕和江书宏不是同一天回的蒴城。

江焰知道季明燕只是回蒴城参加一个座谈会，待几天就走，他配合着季明燕的时间，提前在她常去的荷府订了包厢，而后才通知的江书宏。

江书宏是 S 大的历史系教授，他不像季明燕那般忙，可父子俩也并没有因为生活在同一个城市而经常见面，平时交流都是在网上。江书宏常会给江焰分享一些他看到的文章与新闻，他看到了就会分享，已成习惯，但江焰不一定会回复。

荷府不在市内，占了一整条长街，雪白的高墙，只在中间有一扇红门，门旁车子停了不少。走进府内，穿过一片园林才是吃饭的地方。

季明燕提前到了。

江书宏是第二个到的，他进门时季明燕以为是江焰他们，她先一步站起来，见到是他，又坐下了。

“好久不见。”

江书宏一顿，回道：“好久不见。”

距离他们上一次见面，已经过去一年了。

去年因为江焰和池瑶的事，季明燕在港城见到池瑶后，特地又飞去了蒴城一趟。那次她和江书宏短暂地见了一面，在一间茶室，两人聊完分开，茶水都还没凉透。

而今两人再次出现在一张饭桌上，江书宏坐在季明燕对面，一时相对无言。

还是江书宏先打破沉默："你这次回来待多久？"

"明天下午的飞机。"

"这么急？"

"已经回来两天了。"

江书宏了然，点头之余听到季明燕道："你坐过来吧，一会儿人该来了。"他一愣。

明白她的意思后，他起身，走到季明燕左边坐下。

刚坐下，长廊就传来动静，是江焰他们到了。

这场饭局，池女士再次发挥了她强大的社交能力，一丁点冷场的时候都不让有。

池瑶这是第一次见江焰的父亲，慈眉善目的学者相，言语速度不快，温雅有力，听着很让人舒心。江焰的长相随了季明燕，但动作和神态却与江书宏很像，尤其是张口说话时，左边眉梢会轻轻抬高的这个习惯，父子俩如出一辙。

夫妻二人对江焰向来没有要求，同时也很尊重他的选择。他喜欢什么人，只要他认定，他们就不会反对。

一顿饭下来，和和睦睦，什么意外都没有发生。

饭后江焰和池瑶送池女士和池父回南江域，然后又回到市区，来到季明燕的家。

今天江焰和池瑶要在这边留宿。

过夜的东西都已经提前准备好了，池瑶洗澡的时候好似听到了楼下有动静，出来后她没看到江焰，踱步下楼，却听到客厅有谈话的声音，她停了下来。

是江书宏过来了。

客厅对话的人是季明燕和江书宏。

池瑶不想打扰，刚要离开，就听到他们聊起了江焰。

她不得不留下。

忘了过去多久，池瑶折返上楼，才发现二楼的书房没关门，江焰方才是在里面写他的大作业。

她走过去。

江焰闻声抬头：“洗澡洗了这么久？”

“去找你了。”

池瑶想到刚才在楼下听到的，她抿唇，关门后向江焰走去，直接坐在了他的腿上。

江焰毫不知情，还笑她怎么这么主动。

他说：“刚刚小姨给我打电话了，问我今天战况如何。”

“你怎么回复她的？”

“双方签了同盟书，相亲相爱一家人。”

池瑶好笑：“那小姨还说了什么？”

“她说改天再带汤汤过来看你。”

“她又和姨夫吵架了？”

“……你还挺了解她。”

季芮大学是在港城念的，中文系，却不似同系女生那般文静，她风风火火，性格泼辣。现在的丈夫就是她当年主动追来的，听说追了好久，还追得人尽皆知。

二人从校园走到婚姻，小吵怡情，大吵养性。池瑶和江焰都习惯了他们的相处模式，因为到最后，季芮的丈夫总是会主动低头的。

有一回季芮飞来找他们玩，待了一个星期都不见姨夫追来，池瑶觉得奇怪，便问江焰这是什么情况。

“她是过来躲二胎的，不是躲姨夫。姨夫早就来蓢城了，你以为她怎么每天晚上都往外跑？都是去见姨夫。”

“那为什么她不直接留在姨夫那边？”

“她说，这是情趣。”

末了江焰还问：“你想不想试试这种情趣。”

池瑶都懒得理他。

坐在江焰腿上，池瑶陪他工作了一会儿。

但这样太容易分心，没几分钟，江焰缴械投降。

“不弄了？”

“嗯，明天再说。”

他心思缜密，问道：“有话跟我说？”

池瑶捧着他的脸，说：“我记得你说过，你的名字是你爸妈名字的结合。”

“是。”

江焰是带着所有人的期盼出生的，那时的季明燕和江书宏最是恩爱，他的“焰”字，便取自季明燕的“燕”。

“你还没和我说过你小时候。”

江焰觉得池瑶今晚有些多愁善感，他失笑：“你想听？”

“嗯。”

“我的童年很无趣，一直在学习，除了功课，还有一些兴趣班，没什么可说的。”

“小孩儿不都爱玩吗？”

像池瑶小时候，就特别好动。池女士到现在还会拿她小时候和现在做对比，还说她越变越忸怩，一点也不像儿时那般外向大方。

“我的玩心不重。”

江焰说：“那时候我爸妈都很忙，没空照顾我，去趟海洋馆都要提前两个月预约，但是最后也没去成。与其每次希望落空，还不如就不要期待，时间久了，就没那么爱玩了。”

池瑶心中酸楚，抱住他：“真是小可怜。”

“怎么了这是？”江焰笑，安抚一样顺着她后背，“其实还好的，只是这么一说是有点惨……不过，遇到你之后就不可怜了。”

“以后我对你好。”

“以前你对我也好。”

“那以后我对你更好。”

江焰将脸埋在她颈窝：“那你说到做到。”

池瑶默默地点头。

季芮曾和她说过，江焰从来是要什么有什么，她便以为他的童年美满又幸福，即便后来父母离异，他也一定不缺少他们的关爱。

然而这只是她以为的。

原来季明燕和江书宏的矛盾并非在江焰成年后才爆发，早在他很小的时候，夫妻关系就已经出现了问题。

因为愧疚，所以江焰想要什么，他们都会尽量满足。

可他最想要的，恰恰也是他们给不了的。

所以他从来不问，也从来不说。

池瑶未曾深究，只看到表面，却忘了问他为此付出了什么代价。

是她误会了，强势并非他的本性，敏感才是。

刚在一起那会儿，她因他偶尔的强势心动，还觉得他平时的讨好是因为两人年龄的差距，导致他表达爱意的方式太过小心。

她不断地让他做自己。

唯独没想过，这就是他，他一直在做自己。

池瑶懊恼，自己作为医生，见过那样多的病患，她怎么可以在这种情况下忽略枕边人的真实感受？

现在回想起来，她才发现自己的盲目。

两人在一起久了，她习惯了江焰的柔软，也习惯了江焰的黏人，他时不时表现出的强硬成了生活的调剂品。

而他强硬的时候，往往都是因为吃醋。

因为缺乏安全感，所以不得不强硬。

他那么怕失去……

她实在后悔过去的自己连一句表白都吝啬说给他听。

江焰只觉肩头一湿，他身子轻震："哭了？"

池瑶不让他看。

江焰转念一想："是不是我妈和你说什么了？"

"不是，"池瑶吸了吸鼻子，"你爸爸来了。"

"他不是回去了吗？"

"我不知道。"

"你听到他们说到我了。"

"……嗯。"

江焰叹了口气。

父母年龄越大，就越爱追忆往昔。

他摸了摸池瑶的头发，说："都过去了。"

池瑶用他肩膀蹭掉眼泪："我居然都不知道。"

"那是因为我没告诉你。"

“可我是医生。”

“但同时我们俩太亲密了。你不是说了吗？做你们这行的，没办法医自己，也没办法医家人和爱人。你没发现，这很正常。”

“可我还是觉得自己很失败。”

池瑶已经不哭了。

江焰这才看到她的脸，他碰了碰她湿润的眼睫毛：“你已经医好我了。”

“真的？”

“真的。”

她一直在影响他，潜移默化，他已经成为自己想要成为的人。

只要她在他身边，他做的就是自己。

池瑶见他表情不像在哄自己，她“哼”了一声，挡着脸，又觉得自己现在这样有些丢人了。

她重新抱住他，说：“你也改变了我很多。”

一直以来，她无论做什么，都是有计划的。

条条框框的板正，虽然不会出错，但也没有惊喜。

同时，也有很大的局限性。

是江焰让她学会跳出规则，也是江焰给了她跳出规则的力量。

这是江焰给她最大的影响，让她知道自己不是一个人，自己并不孤单。

这一晚上，两人互诉衷肠。

池瑶不知道江书宏是什么时候走的，也不知道江焰是怎么避开季明燕把自己抱回房间的。

她只记得她做了一个梦。

梦里有她，也有江焰。

他们在梦里追逐风浪，奔赴火海，但始终无恙。

在遇到江焰以前，池瑶以为日子也就只能那般营营役役地过下去，

无起无伏，按部就班，可江焰就是出现了。

他是盛夏的焰火，在黑寂的天池滚烫。

她因他沸腾，也为他沉沦。

……

水火不相容，但池瑶和江焰可以。

END

图书在版编目（CIP）数据

池焰 / 茶茶好萌著.
—武汉：长江出版社，2021.11
ISBN 978-7-5492-7732-2
Ⅰ. ①池… Ⅱ. ①茶… Ⅲ. ①长篇小说－中国－当代
Ⅳ. ①I247.5
中国版本图书馆CIP数据核字(2021)第231999号

池焰 / 茶茶好萌 著

出　　版　长江出版社
（武汉市解放大道1863号　邮政编码：430010）
选题策划　漫娱图书　李苗苗
市场发行　长江出版社发行部
网　　址　http://www.cjpress.com.cn
责任编辑　李恒
特约编辑　熊璐
总 策 划　不作工作室
装帧设计　刘江南　周真名
画　　手　gua老师 词申 碳烹
印　　刷　武汉鸿印社科技有限公司
版　　次　2021年11月第1版
印　　次　2022年2月第2次印刷
开本　889mm×1230mm　1/32
印张　8.75
字数　240千字
书号　ISBN 978-7-5492-7732-2
定价　46.80元

电话：027-82926557(总编室)　027-82926806（市场营销部）